BIG BROTHER'S CENTURY

THE GENEALOGY OF ANGLOPHONE DICTATOR FICTION

ビッグ・ブラザーの世紀

日本女子大学叢書24

英語圏における独裁者小説の系譜学

奥畑 豊 ── 著

BIG
BROTHER
IS
WATCHING
YOU

目次

＊註は章ごとに（ ）で通し番号で示し、各章末にまとめた。

はじめに
フィクションとしての独裁者たち

1

ジョージ・オーウェルの名作『一九八四年』(*Nineteen Eighty-Four*, 1949)において、独裁者ビッグ・ブラザーは誰もが直接目にしたことのない存在、すなわちある種の「不在の中心」として君臨している。ビッグ・ブラザーはあらゆる場所に遍在すると同時に、確たる実態を持たない記号のような人物である。これは現実世界をある程度まで反映しており、全体主義国家に生きる人々が実際に独裁者の姿を自分の目に収めるのは決して容易なことではない。「偉大な指導者」はポスターや映像、ラジオ放送、或いは国中の至るところに掲げられた額縁入りの肖像写真の中にのみ存在し、その仰々しいイメージは、一般大衆の生活から完全に隔絶した「どこか」に浮遊しているかのようである。もちろん、人々はその国で何が起きているかを知っているし、国家のあらゆる腐敗や抑圧が、この一人の男の仕業であることをも理解している。また、人々は軍事パレードや党大会、或いは戦勝式典の場で、バルコニーの上に立って演説する独裁者の姿を時には目にするであろう。立派な軍服や背広や人民服に身を包み、大袈裟な手振りを交えて熱弁する「彼」。だがそれは、果たしてホンモノなのだろうか? あれは影武者に過ぎないのではないか? そして、壇上で祖国の偉大さや民族の団結を雄弁に説くあの男、国家の「父親」や人民の敬愛すべき「同志」として振る舞うあの男は、本当にわれわれの家族や友人を殺し、罪なき人々を死の淵へと追いやった人物なのだろうか?

独裁者を描いた多くのフィクションは、国家の中心という「どこか」に君臨する唯一無二の存在ビッグ・ブラザーと、国家のあらゆる場所で実際に繰り広げられる無数の弾圧や虐殺といった出来事との間に横たわる、この埋めがたくも不可解な溝を常に意識している。独裁者小説は時として、前者の視点からその虚像を徹底的に暴くことによって、それが後者と接続していることを明るみに出す。また他方で、この種のフィクションは後者の——すなわち抑圧された大衆の——視点からビッグ・ブラザーを見上げることで、独裁者それ自体が多かれ少なかれフィクションのような空疎な構築物に過ぎないことを示唆し、(本の外に広がる)現実を打倒し変革するための足掛かりにしようと試みる。例えば、歴戦の勇士、天才的な理論家、ゲリラ運動の英明な指導者、労働者や貧農の味方、或いは稀代の革命家といった独裁者たちの経歴は殆どの場合、でっち上げられたり誇張されたりした神話に過ぎない。血なまぐさい現実——もちろんここで言う「現実」とは、起こった出来事をありのままに写し取ったものだけにとどまらない——に寄り添った文学は無数の大衆の側に立ち、ペンの力によって独裁者という唯一絶対の存在を脱神話化しようと試みるのだ。

二十世紀における多くの独裁者フィクションには、こうした両方向の運動がある。それらはいずれも独裁者と大衆の間に存在する謎めいた深淵を顕在化させるだけでなく、そこに断絶ではなく地続きの関連性があることを読者に思い起こさせる。このことはいわば、「偉大な指導者」が並べ立てるイデオロギーに満ちた美辞麗句と、現実の社会に頻発するおぞましい出来事との間の——容易には理解し難い——矛盾を不断に問い続けることでもある。「一人の人間の死は悲劇だが、数百万人の死はもはや統計に過ぎない」とはヨシフ・スターリン(もしくはアドルフ・アイヒマン)が言ったとされる言葉であるが、独裁者フィクションとは人間性や個別性を剝奪され、今や統計上の数値にまで抽象化された無数の犠牲者たちに、彼らの失われた尊厳や生の痕跡を取り戻させようとする営みでもある。

しかしそれだけではなく、文学テクストに描かれる架空の独裁者たちは、しばしば特定のモデルに由来しない「キャラクター」や抽象的な「シンボル」として、様々な形で展開する。独裁者フィクションは殆ど常に政治的であるが、当然そのことは文学的想像力(創造力)が自由に飛翔するのを妨げはしない。特定の人物や場所に関する制約から解き放たれたこの種の空想上の独裁者たちは、世界や人間性そのものについての普遍的な問題を提起し、私たち読者に絶えず思索や行動を促すのである。

2

本書の研究テーマは、二十世紀の英語圏文学における架空の「独裁者」表象の変遷である。これまでの研究活動や様々な文学作品の読解を通して、筆者は特に一九三〇年代以降の英語圏文学に「独裁者小説」とでも言うべき一つの系譜が存在するのではないかという考えを抱き続けてきた。もちろん、スペイン語で書かれたラテン・アメリカ諸国における独裁者フィクションは、今日既に文学ジャンルや研究対象として確固たる地位を築いている。だがそれとは対照的に、英語圏における独裁者文学はこれまで殆ど体系的に論じられてきたことがなかった。こういったことを漠然と意識し始めたのは数年前のことであるが、それは長らく将来のための粗雑なアイディアの段階にとどまっていた。だが幸いなことに、二〇一六年の秋にイギリスの大学院に留学したあと、（最初の一年半ほどが経過してからは）博士論文の執筆が思いのほか順調に進んだので、筆者はそれと並行してこの長年温めてきたプロジェクトを独自に進めることができた。また、留学を終えて二〇一九年に帰国後もしばらくは比較的まとまった時間が取れたので、それを本書の中核的な部分の執筆に充てた。

その結果、大幅な修正を施した既発表の論考と新たに書き下ろした成果とを組み合わせる形で、この本が出来上がった。「英語圏における独裁者小説の系譜学」という研究の問題設定や対象範囲、もしくは当該分野における主要な先行研究については、全体の序論に当たる第一章に詳しく記してあるので割愛するが、ここでは簡単に本書の性格と構成についてまとめておきたい。まず、本研究が扱う作家（及びその出身地）と作品は次の通りである。

◇シンクレア・ルイス『ここでは起こり得ない』（*It Can't Happen Here*, 1935）米
◇アーサー・ケストラー『真昼の暗黒』（*Darkness at Noon*, 1940）ハンガリー
◇ジョージ・オーウェル『動物農場』（*Animal Farm*, 1945）と『一九八四年』（*Nineteen Eighty-Four*, 1949）英領インド
◇ウラジーミル・ナボコフ『ベンド・シニスター』（*Bend Sinister*, 1947）ロシア
◇ウィリアム・ゴールディング『蝿の王』（*Lord of the Flies*, 1954）英
◇L・P・ハートリー『フェイシャル・ジャスティス』（*Facial Justice*, 1960）英
◇カート・ヴォネガット『猫のゆりかご』（*Cat's Cradle*, 1963）米
◇フィリップ・K・ディック『最後から二番目の真実』（*The Penultimate Truth*, 1964）米
◇アンジェラ・カーター『ホフマン博士の地獄の欲望装置』（*The Infernal Desire Machines of Doctor Hoffman*, 1972）英
◇ジョン・アップダイク『クーデタ』（*The Coup*, 1978）米
◇V・S・ナイポール『暗い河』（*The Bend in the River*, 1979）英領トリニダード
◇ヌルディン・ファラー『甘酸っぱい牛乳』（*Sweet and Sour Milk*, 1979）、『サーディン』（*Sardines*, 1981）、『閉まれゴマ』（*Close Sesame*, 1983）ソマリア
◇J・G・バラード『ハロー・アメリカ』（*Hello America*, 1981）上海共同租界

◇サルマン・ラシュディ『恥』（*Shame*, 1983）インド
◇ピーター・ナザレス『元帥はお目覚めだ』（*The General is Up*, 1984）英領ウガンダ
◇チヌア・アチェベ『サヴァンナの蟻塚』（*Anthills of the Savannah*, 1987）英領ナイジェリア
◇ジョン・A・ウィリアムズ『ジェイコブの梯子』（*Jacob's Ladder*, 1987）米
◇ジュリアン・バーンズ『ポーキュパイン』（*The Porcupine*, 1992）と『イングランド・イングランド』（*England, England*, 1998）英

なお、ここに挙げた書き手たちのうち、第一章で扱うアーサー・ケストラーの『真昼の暗黒』はドイツ語で書かれたあとに英訳されたため、厳密に言えば英語文学に該当しない。だがジョージ・オーウェルの重要作『一九八四年』に影響を与えたこの作品は、独裁者フィクションの一種の雛型、或いはその系譜の出発点の一つとして位置づけられる。また『真昼の暗黒』は英語版のみが流通しており、なおかつケストラーはその他の主要作品を基本的に英語で執筆していることもあり、ここでは彼の小説を敢えて分析対象に含めた。

3

本書は筆者の専門とする狭義の英文学のみならず、アメリカからポストコロニアル地域に至る広範囲な「英語圏文学」（Anglophone literature）を横断しながら、個々の作品に描かれるフィクションとしての――つまりは多分に現実を反映しつつも、基本的には空想上の――独裁者たちの表象を分析する。後述するように、そこで考察の対象となる作家たちは世界中の様々な地域の出身者であり、彼らの作品のジャンルやスタ

イルも、ディストピアン・フィクションはもちろんのこと、伝統的なリアリズムに近いものからSFやポストモダン小説と言えるものまで多岐にわたっている。そこで本書は、個々のテクストとそれに関連する文献の精読を基礎としつつも、それらを二十世紀の政治史や社会・文化史の大きな流れの中で捉えるマクロの視点をも重視する。こうした点から、様々な地域や時代の作品を扱うこの本では、分析する作家とテーマごとに六つの章を設定した。

序論として位置づけられる第一章では、ファシズムやナチズム、スターリニズムが勃興した一九三〇年代から四〇年代の終わりにかけての最初期の独裁者フィクションに焦点を絞る。この章では特に、大衆の支持を背景に議会制民主主義の枠内で台頭したドイツのアドルフ・ヒトラーと、プロレタリア独裁論に基づく革命により誕生した政府内で権力を掌握したソ連のヨシフ・スターリンの両者を、英語圏における架空の独裁者像の典型的なモデルとして位置づける。ここではまず、ヒトラーに基づく空想上の独裁者を描いたアメリカの作家シンクレア・ルイスの長編『ここでは起こり得ない』を起点に、第二次世界大戦以前の同国における「全体主義」や「独裁」といった概念の受容を考察する。それに続いて、ハンガリー出身のアーサー・ケストラーとインド出身のジョージ・オーウェルという二人の重要な英国作家を議論の俎上に載せ、スターリニズムを風刺した前者の『真昼の暗黒』から後者の代表作『一九八四年』への影響関係を再考する。なおこの本のタイトルにもなっており、なおかつ後年のテクストにも多大な影響を与えた架空の独裁者ビッグ・ブラザーが、当然ここでの分析の中心である。そして最後に、本章ではロシア出身のアメリカの亡命作家ウラジーミル・ナボコフを採り上げ、ナチズムとスターリニズムの両方から影響を受けつつも、敢えて意図的に非政治性を強調する彼のユニークな独裁者小説『ベンド・シニスター』を論じる。物語の非政治性を強く主張することによって逆説的に露呈する暴力性や残虐性について指摘しながら、ここでは全ての独裁者小説が宿命的に孕むテクストの政治的側面についても触れる。幾つかの重要な政治学的・哲学的言説や、「独裁者」それ自体の誕生の歴史的過程などにも目配りしつつ、「独裁者フィクション」という文学ジャンルの成立について明らかにしていくのがこの最初の章の目的である。

続く第二章も、同じくスターリンとヒトラーという実在の独裁者をモデルにしたテクストを扱う。本章で検討対象となるのは、オーウェルが遺したもう一つの独裁者小説である『動物農場』と第二次世界大戦後にデビューした英国作家ウィリアム・ゴールディングの第一長編『蠅の王』である。ここでは、両作品に共通する要素である「寓話性」に着目しながら、スターリニズムの確立から一九三〇年代の大粛清に至るソ連の恐るべき実態を、架空の「動物農場」を舞台に風刺したオーウェルの作品と、孤島に漂着した少年たちの「王国」建設にナチズムのイメージを重ねたゴールディングの「神話的」な小説『蠅の王』を比較的に分析する。そして両者の相反する「寓話」的側面が、共に後年の多くの独裁者フィクションの中に流れ込んでいる可能性をも指摘したい。

第三章では、東西冷戦や核開発競争といった歴史的背景を前提とした上で、一九六〇年代から八〇年代初頭にかけて英米で執筆されたSFやディストピアン・フィクションを採り上げる。ここで主に扱う独裁者小説は、アンジェラ・カーターの『ホフマン博士の地獄の欲望装置』とJ・G・バラードの『ハロー・アメリカ』である。しかしながら、共に戦後イギリスを代表する作家であるこの両者のテクストを分析するに当たって、ここではそれらに先行する英米における「核時代」の代表的な独裁者小説として、L・P・ハートリーの『フェイシャル・ジャスティス』、カート・ヴォネガットの『猫のゆりかご』、フィリップ・K・ディックの『最後から二番目の真実』にも言及する。本章ではこれらの作品群を読み解き、第一章と第二章で扱った実在のモデルに基づく架空の独裁者像が、SFという特殊な文学ジャンルや、東西冷戦や米ソによる核戦争の脅威という新たな歴史的文脈を背景に、西側大衆の漠然とした恐怖を象徴する文学テクスト上の一種の装置として発展していく過程を考察する。これらのテクストの多くは独裁者そのものの虚構性を多分に強調しているが、その中でも本章は、フェミニスト的視点から核軍拡競争時代の指導者たちの果てしない「欲望」を男性性や抑圧的父権性のフィクショナルな象徴として描いたカーターの作品と、その延長線上で新たな地平を切り拓いたバラードの作品を重視する。

その後の第四章では一転して、冷戦下のアフリカというポストコロニアル地域を舞台にした作品群の考察に移る。これらのテクストはいずれも、リビアのムアンマル・アル＝カダフィ、コンゴのモブツ・セセ・セコ、ソマリアのモハメド・シアド・バーレ、ウガンダのイディ・アミン、更にはナイジェリア軍事政権の歴代大統領といった実在の独裁者たちを多かれ少なかれモデルにしている。ここでは初めに、アフリカの弱小国を舞台にした米国作家ジョン・アップダイクの『クーデタ』と、トリニダード出身のインド系英国作家V・S・ナイポールの代表作『暗い河』を検討し、両作品が孕む限界や問題点を指摘する。続いてこれらと対比させる形で、本章ではアフリカの黒人作家たちの小説に見られる開発独裁や全体主義に対する政治的・文学的姿勢を紐解いていく。筆者がここで具体的に論じるのは、『甘酸っぱい牛乳』、『サーディン』、『閉まれゴマ』からなるソマリア出身の作家ヌルディン・ファラーの長編三部作、ウガンダ出身のピーター・ナザレスの『元帥はお目覚めだ』、そしてナイジェリアの巨匠チヌア・アチェベの最後の長編『サヴァンナの蟻塚』である。この章ではこれら旧植民地諸国の書き手たちが、冷戦期のいわゆる第三世界に存在する現実の専制体制に対して如何なる反発や抵抗の身振りを示したのかを明らかにしていく。

これと同様の問題意識に貫かれているのが、インド出身の英国作家サルマン・ラシュディにフォーカスしつつ、アジアのイスラム国家における独裁の在り方について探求した次の第五章である。ここでは独立後のパキスタンの政治的・宗教的混乱をファンタジー的、或いはポストモダン的手法で描いた彼の大作『恥』を採り上げ、ズルフィカール・アリー・ブットーとムハンマド・ズィヤーウル＝ハクという二人の独裁者たちをモデルにしたこの難解なテクストを丹念に読解する。その上で、本章では恐るべき独裁政権下における宗教政策と、そうした家父長的社会に生きる抑圧された女性たちの抵抗の可能性について考える。このように本書の第四章と五章では、架空の独裁者表象というフィクション上の形式が、特に一九七〇年代後半以降のポストコロニアル文学において再びラディカルな政治的意義を帯びていく過程を描写する。

二〇世紀の終幕という時代の転換点を考察する最後の第六章は、全体の結論部に当たるパートである。ここで筆者は、まず米国のマイナーな黒人作家ジョン・A・ウィリアムズの『ジェイコブの梯子』と、英国を代表する小説家ジュリアン・バーンズの代表作『イングランド・イングランド』に注目する。前者はアフリカの専制国家を舞台に冷戦期アメリカの覇権を描いた作品であり、後者は架空の「新たなイングランド」を構想しつつ、その背後に潜む——実のところアメリカ的な——新自由主義やグローバリズムの原理が、ある種のディストピアを生み出す過程を提示したテクストである。続いて本書が最後に分析するのは、冷戦終結後の一九九〇年代初頭の東ヨーロッパにおける社会主義独裁政権の崩壊と政治的混乱を巧みに活写したバーンズのもう一つの独裁者小説『ポーキュパイン』である。冷戦と二〇世紀の終わりを告げるこの中編を起点にして、この最終章ではこれまでの議論を総括し、架空の独裁者たちの肖像を通じて作家たちが投げかけた様々な問いについてまとめる。

こうして概観してみれば分かるように、本書はノーベル文学賞受賞者や世界文学史上の重要な書き手たちから、カルト的位置づけの作家や比較的無名な作家までをも分析の対象に含めている。しかしながら、もちろん「英語圏における独裁者小説の系譜学」というテーマ自体が非常に大きなものであるがゆえに、この本の考察から漏れてしまった作家やテクストもあるだろう。今世紀になって出版された独裁者小説に関する詳細な議論がないのも、ひとえにこのテーマの広大さを前にした筆者自身の力不足によるものである。また、本書における分析の比重には作品ごとに偏りがあるが、それはあくまで筆者の関心や問題意識を反映しているからに過ぎない。とはいえ、英語圏文学史の中に独裁者フィクションという新たな系譜を構築する上で、本書がささやかな貢献となるのであれば嬉しい限りである。

なお、本書における英語からの引用は筆者の翻訳によるものであるが、既訳がある場合には参照し、その書誌情報を註に記した。ただし、表記や表現は文脈に合わせて一部改めている。

第一章

独裁者小説の誕生と展開（序論）

――全体主義の時代とルイス、ケストラー、オーウェル、ナボコフ――

1　ルイスの独裁者小説――アメリカのヒトラー

アドルフ・ヒトラー率いるナチス・ドイツが国際社会に向けてヴェルサイユ条約の軍事制約条項の破棄を一方的に宣言し、ドイツの再軍備を開始した一九三五年、アメリカでは同国初のノーベル文学賞作家であるシンクレア・ルイスによる辛辣な独裁者小説『ここでは起こり得ない』(*It Can't Happen Here*, 1935)が出版された。ルイスといえば二十世紀初頭のアメリカ文学を代表する小説家の一人であり、白人中流階級の生活を精緻に描いた大作『本町通り』(*Main Street*, 1923)の他、『アロウスミスの生涯』(*Arrowsmith*, 1925)や『エルマー・ガントリー』(*Elmer Gantry*, 1927)といった長編群によって当時既に文壇に大きな地位を築いていたが、民主主義国家アメリカにおけるヒトラーさながらの独裁者バズ・ウィンドリップの誕生と失脚――更には当時既に現実の脅威として伸張し始めていた全体主義の影――を巧みに描き出したこの小説は、彼の長きにわたる文学的キャリアの中でも極めて異色なものであった。

チャールズ・チャップリンの傑作喜劇映画『独裁者』(*The Great Dictator*, 1940)公開のおよそ五年も前に刊行されたルイスの長編『ここでは起こり得ない』は、表現技法の面では守旧的なリアリズムに留まっているものの、その風刺や預言の鋭さは未だに鮮烈さを失っていない(1)。大恐慌から六年後のヴァーモント州を舞台にしたこの小説は、「平和のための武装」論やアメリカ社会への厳格な「規律」導入論、更にはナチズム/ファシズム擁護論を振りかざすナショナリストたちの集会の場面で幕を開ける(2)。彼らは大恐慌のもたらした傷も癒えぬ中、経済的安定を求めて民主党所属の上院議員バズ・ウィンドリップを次期大統領候補として支持しているが、一方でリベラル派に与するジャーナリストの主人公ドアマス・ジェソップはウィンドリップに強い不信感を持ち、彼が勝利すれば再び戦争が始まり、アメリカに「専制政治」がもたらされるに違いないと危惧している。[3] ドアマスが心酔しているのは、アメリカ全土に向けて毎週「預言的」ラジオ放送を行なっているポール・ピーター・プラング司教という人物であるが、メディアを通して大衆からの絶大な人気を獲得し、「忘れられた者たちの同盟」(The League of Forgotten Men) という巨大な組織を率いるこの男は、作中では一種のポピュリストとして描かれている。

しかしながら、彼があろうことか(政敵であると思われていた)ウィンドリップ支持の声明を突如発表したことにより政局は一変し、この一介の上院議員は現職のフランクリン・ルーズヴェルトなどを破り、民主党の正式な大統領候補となる。その後、ウィンドリップは全ての金融機関の国有化、反アメリカ的ラディカリズムに対抗するための労働組合制度の改革、反ユダヤ主義的側面の強い宗教統制、個人収入及び私有財産の制限、国防強化、通貨増刷、黒人からの権利剝奪、女性の労働の制限、共産主義者たちへの取り締まり、退役軍人への優遇策などに加え、三権分立の形骸化と大統領権限の強化を目的とした憲法改正を自身の公約として掲げ、[4] 遂には共和党候補を大統領選で打ち負かし、最高権力者の座に就くのである。

この小説の序盤において、ウィンドリップはヒトラーとは異なり、「土着のアメリカ的ユーモアのセンス」を備えた人物として提示されている。ドアマスが危惧しているように、それによってこの独裁者の持つ真の危険性がカモフラージュされているように見えるが、[5] 物語後半ではこうした喜劇的要素は完全に失われ、彼はドイツやソ連、イタリア、ハンガリー、ポーランド、スペイン、日本、中国といった全体主義国家の指導者たちと同じ残虐性や凶暴性の牙を剝き始める。作者によれば、「全ての独裁者たちは皆、あたかもサディスト的振る舞いに関する共通のマニュアルを読んでいるかのように、同じような拷問の手順に従うのだ」[6]。

このように、ウィンドリップ大統領はあくまで架空の「アメリカ的」独裁者として登場するが、他方で彼の人物造形や彼を取り巻く政府首脳陣の人間模様は、明らかにヒトラーとその側近たちのパブリック・イメージに基づいている。例えば、作中で「天才的な役者」と形容されるウィンドリップは、ヒトラーと同じくプロパガンダと雄弁によって自身の魅力的なイメージを作り上げただけでなく[7]、「私が権力を——偉大でかつ強大な、帝国の権力を——欲しているというのは事実です。しかしそれは私自身のためではなく、あなた方のための権力なのです!」という演説によって大衆からの熱狂的な支持を獲得し[8]、世界恐慌後の社会不安を背景に、既存の選挙制度の枠組み内で権力を掌握する。

こうした彼の人物設定は、例えばマックス・ウェーバーが定義づけた——非日常的な力や特性を有すると一般にみなされる——「カリスマ的」支配者を連想させる[9]。一方でまた、彼の存在は後にフランクフルト学派の哲学者マックス・ホルクハイマーとテオドール・アドルノが『啓蒙の弁証法』(*Dialektik der Aufklärung: Philosophische Fragmente*, 1947)において展開した、「今日のファシストの指導者たちは、超人というよりは、むしろ彼ら自身の宣伝装置の関数であり、無数の人々の同じような反応様式の交点なのだ」というテーゼを裏づけているとも考えられる[10]。ホルクハイマーとアドルノはヒトラーのような独裁者を念頭に置きつつ、次のように主張している。

彼らが道徳的影響力を持つとすれば、その一部は、まさしく次のことに基づく。つまり彼らは、それ自体として見れば無力な個人に過ぎないのだが、別の似たような個々人に代って代弁するという形で、十全の権力を体現しているのである。しかしだからといって彼ら自身が、たまたまそこへ力が加わった空虚な場所以外の何かになるわけではない。彼らが個性の崩壊を免れているのではなく、むしろ彼らのうちでは崩壊した個性が勝利を収めているのであり、いわば彼らの崩壊に対する報酬として権力が与えられているのである[11]。

ホルクハイマーとアドルノは、続けてこうした指導者たちが「指導という役柄の演技者に今や成りきってしまった」と結論づけ、ヒトラー総統と平凡な「ゲットーの床屋」との間の類似性を示唆したチャップリンの映画『独裁者』を例に挙げながら、プロパガンダによって「膨れ上がった指導者イメージを、その空虚さの寸法へと引き戻すこと」がナチズム／ファシズムに対する戦いにおいて重要であると述べている。[12] ルイスの小説においてもチャップリンの喜劇とほぼ同様の原理が働いていると言えるが、ここで大衆の代弁者として台頭したウィンドリップはある意味ではヒトラー的な「崩壊した個性」を体現しており、背が低く見た目にも冴えない平凡な男であるこの独裁者は、[13] まさに「天才的な役者」として、ホルクハイマー＝アドルノの言う「指導という役柄」を演じきるのである。事実、作中でウィンドリップはまさに自らを「指導者」(the chief) と呼ばせ、ナチ党親衛隊や秘密警察ゲシュタポを彷彿させる私兵集団「ミニッツ・メン」(Minute Men) を組織しつつ、愛国主義とユダヤ人・共産主義者の排斥を訴えて言論統制を行ない、反対派を大量に逮捕・処刑したばかりか、政権樹立の立役者であるプラング司教までも粛清してしまう。そして彼は、「忘れられた者たちの同盟」を含む全政党を禁止し、遂には「コーポイズム」(Corpoism) と呼ばれる一党独裁体制を築き上げるのである。

このようにヒトラーとウィンドリップの類似性は明らかであるが、先述した通りこの架空の独裁者を補佐する政府首脳の面々も、ヒトラーの部下たちのイメージをモデルにしている。例えばウィンドリップは自身の政治思想をヒトラーの『わが闘争』(*Mein Kampf*, 1925) に似た書物『ゼロ時間』(*Zero Hour*) に纏めているが、これを実際に執筆した彼の右腕リー・サラソン国務長官は、ナチ党副総統のルドルフ・ヘス、党の宣伝部門の指導者ヨーゼフ・ゲッベルス、更には親衛隊やゲシュタポを統率したハインリッヒ・ヒムラーなどを連想させる。それだけでなく、途中でウィンドリップを裏切ってカナダに亡命する穏健派の副大統領パーリー・ブリークロフトの存在は、一九三四年の「長いナイフの夜」事件で失脚したヒトラーの協力者フランツ・フォン・パーペン副首相や突撃隊指導者エルンスト・レームなどと結びつけられているだけでなく、連合国軍との講和締結のため一九四一年にヒトラーに無断でイギリスへ単独飛行した副総統ヘスの行動をも預言していると言える。

独裁体制下での苛烈な弾圧を生き抜くジャーナリスト・ドアマスの姿を描いた『ここでは起こり得ない』において、ルイスはアメリカ人の視点から見たナチズム／ファシズムの脅威に限りなく肉薄している。だが、いわゆる「文学史」的観点からすれば、もちろん本作を含む彼の膨大な作品群は、F・スコット・フィッツジェラルド、アーネスト・ヘミングウェイ、ジョン・ドス・パソス、ウィリアム・フォークナーといった、彼よりも少し遅れて登場した「失われた世代」の傑出したアメリカン・モダニストたちの存在により、一部を除いて今日では急速に忘れ去られつつある。しかしながら、本書では彼の『ここでは起こり得ない』を、ジョージ・オーウェルの『動物農場』（*Animal Farm*, 1945）や『一九八四年』（*Nineteen Eighty-Four*, 1949）といった記念碑的作品群にも先行する英語圏における「独裁者小説」の最初期の例として採り上げるのみならず、それを起点として——いささか大袈裟な表現が許されるのならば——英語で書かれた文学史の中に一種の新たな系譜学を構築することを目標とする。換言すれば、この本の中で分析的に扱われる大きな主題とは、二十世紀の英語圏文学における架空の「独裁者」表象の変遷に他ならない。

2　ここでは起こり得ない?——ナチズム／ファシズムとルイスの預言

こうした系譜を論じる上でまず注目すべきなのは、そもそも英語圏における最初の本格的な独裁者フィクションがアメリカ合衆国で書かれたという事実そのものである。それというのも、ベンジャミン・L・アルパーズが大著『独裁者、民主主義、アメリカの大衆文化』(*Dictators, Democracy, and American Public Culture*, 2003)のまさに冒頭で述べているように、「二十世紀の殆ど全ての期間を通じて、アメリカ人たちは民主主義や、或いは自分たち自身のアメリカ人としてのアイデンティティを、現代の独裁制と正反対のものであると理解していた」からである。彼によれば独裁制はその定義の本質的困難さにもかかわらず、アカデミックな観点からもしばしば「民主主義の反対物」として単純化された形で論じられてきたばかりでなく、その後「二十世紀後半にアメリカ人たちは、独裁制と民主主義を社会にとって可能なただ二つだけの政治的選択肢として扱った」[14]。アルパーズがこの著作で示そうとしているのはまさに、この両者が決して明確な対立項であるのではなく、これらの関係がむしろより複雑で互いに区別することが困難なものであるという事実である。

独裁の理論的定義といえば、ドイツ・ワイマール共和国で活躍した政治哲学者カール・シュミットによるものが現在では英米においても比較的広く知られているが、実は彼自身が主著『独裁』(*Die Diktatur*, 1921)の序論でその概念の混乱した用例を幾つか挙げながら、「独裁というような、如何ようにであれ〈指令する〉人は全て独裁者と呼べるのだという一般語源論によって、無制限な拡張解釈の可能な言葉で以ってそうすることは、この上なく愚かしい学者ぶったひけらかしであろう」と書いている。[15] シュミットは戒厳令下において憲法の規定によらずに国家緊急権が行使される場合を委任独裁と呼び、それを現行の秩序を革命などによって理想的なものに置き換えようとする試みの途上に誕生する主権独裁と区別しているが、いずれにしても彼による独裁の定義の根底にあるのは、それが「特定の目的を達成するための」時限的手段であるという前提であり、「独裁はただ例外的に、やむをえぬ事情のもとでのみ、導入されるべきものである」ということである[16]。

しかしながら、この定義を厳密に適用するとすれば、外的危機の意識や「例外状態」という幻想をプロパガンダによって大衆の間に意図的に創作し続け、全体主義的体制を殆ど無制限に維持し続けようと試みたヒトラーやヨシフ・スターリンの政権はむしろその枠組みから外れ、シュミットが言うところの単なる専制政治と変わらないものになってしまう。また、中国の毛沢東や北朝鮮の金日成、キューバのフィデル・カストロやユーゴスラビアのヨシップ・ブロズ・ティトーのように驚くべき長期間にわたって政権の座についていた共産主義諸国の指導者たちも、狭義の独裁者というカテゴリーから零れ落ちてしまうのである。もちろん、シュミットが明言しているように、独裁は革命によってもたらされるだけでなく、例えばワイマール共和国のような民主国家においても「例外状態」への対抗措置として誕生し得るが、その定義は実のところ非常に困難であり、当然のことながら「アメリカ民主主義の反対物」として簡単に割り切れる類のものではないのである。

実際、ハンナ・アーレントが『全体主義の起源』（*The Origins of Totalitarianism*, 1951）の第三部でヒトラーを例に挙げて説明している通り、このドイツの恐るべき独裁者は、当時アメリカ合衆国憲法以上に民主的であると言われたワイマール憲法の下で、まさに合法的な選挙によって政権を奪取したのであり、それゆえ「権力を握っている間の全体主義政権、また生きている間の全体主義政権の指導者が、プロパガンダによって人為的に作られたとは言えない本物の人気を享受していたことを忘れてしまう」ことは「重大な誤り」である。すなわち、アーレントによればナチス・ドイツのような「全体的支配は大衆運動がなければ、そしてそのテロルに威嚇された大衆の支持がなければ、不可能」だったのである。[17] ヴァルター・ベンヤミンの有名な表現を借りるならば、ナチズムは巧妙な「政治生活の美化」によって民衆を惹きつけ、「新しく生まれたプロレタリア大衆を組織化」したのである。[18]

もちろん、少なくとも一九三〇年代初頭のアメリカにおける一般的認識では、ルイスの小説の冒頭でウィンドリップ支持者のある登場人物が述べている通り、ナチズム／ファシズムのような独裁や全体主義とは、この「自由の国」において高い確率で「起こり得ない」ものに他ならなかった。[19] だがその一方で、民主的な大統領選挙によって合法的に「アメリカの独裁者」ウィンドリップが誕生するというこの小説のプロットそれ自体が示唆しているように、ワイマール憲法下のドイツで起きてしまったことが、実際にアメリカにおいて「起こり得る」のではないかという漠然とした懸念も、民衆の間で確かに存在していたと言える。またそれだけでなく、ルイスのテクストは一部の知識人や右派勢力がいわゆるカリスマ的指導者のリーダーシップに対して寄せる消極的な期待や幻想が、いつの間にかこの巨大な民主主義国家に独裁者を誕生させてしまう契機となりうることをも示している。例えば作中で、主人公ドアマスはクロウリーという人物に対してアメリカには独裁政権が生まれうる確かな土壌があると語っているが、相手は「どうして君は〈ファシズム〉という言葉をそんなに恐れているんだ？」と彼に尋ね、ヒトラーやベニート・ムッソリーニのような強力な指導者がアメリカに現れるのも「そんなに悪くない」と述べるのである。[20]

独裁者に対するこうした相反する見方、或いはアメリカ社会における「独裁者イメージ」受容の変遷に関しては、アルパーズが「全体主義」(totalitarianism) という語の起源を丹念に探ることで明らかにしている。それによれば、この用語はちょうどルイスが『ここでは起こり得ない』を出版した数年後、すなわち一九三〇年代の終わりまでには左翼・右翼の両陣営による新種の専制的政治体制を示すものとして幅広く用いられるようになっていた[21]。そもそも全体主義の語は、ムッソリーニがイタリアにおける自身のファシスト党政権を指してポジティヴな意味合いで使ったものであるが[22]、一九二〇年代後半から三〇年代前半のアメリカでは、こうした政治体制や彼のような独裁者は「完全なる他者」とみなされていた一方、ムッソリーニ個人は多くの米国民にとって非常に魅力的な存在にも映っていたのである[23]。アルパーズによれば、ムッソリーニが当初アメリカ社会で称賛を受けていたのには理由があり、一つは彼が社会不安、とりわけ第一次世界大戦後に大きな脅威となり始めていた共産主義の台頭に対処してくれるのではないかという期待感であり、もう一つは彼の「英雄」然とした個人的カリスマ性に他ならなかった[24]。すなわち、「アメリカ文化の生産者たちが現代社会における民主主義の有用性に疑問を投げかけたとき、ムッソリーニはちょうど政治の表舞台に現れ出てきた」のである[25]。

だが、ヒトラー率いるナチ党がドイツで政権を握った一九三三年以降、アメリカでは独裁や全体主義といった語が次第にネガティヴな意味合いで用いられるようになった。それは言うまでもなく、ヒトラーのドイツがアメリカ大衆に「血と征服欲に飢えた統制された社会」としてイメージされていたからに他ならず、それがムッソリーニのファシスト党政権に比べて、現実により「残忍な」ものであったからである[26]。ホルクハイマーとアドルノが指摘しているように、ナチ党による反ユダヤ主義は支配者にとって好都合なものであり、「それは不満を逸らせるはけ口として、安直な堕落手段として、テロリズムの好例として利用」されたのである[27]。それゆえユダヤ人迫害を空前の規模で推し進めたヒトラー政権に対して、アメリカでは幾つもの団体が反ナチ運動を展開したが、それにもかかわらず、他方ではナチズムを擁護するメディアや、第三帝国そのものに疑いもなくシンパシーを抱く右派の人々も一定数存在していた[28]。無論、こうした状況は大西洋を隔てた大英帝国とも似通っており、英語圏というより大きな視点で見るならば、実際にウィンダム・ルイス、ジョージ・バーナード・ショー、エズラ・パウンド、T・S・エリオットといった英米両国の優れた文学者たちが、ヒトラーに対して多かれ少なかれ好意的な態度を表明していたのである[29]。

ルイスの『ここでは起こり得ない』には、一九二〇年代から三〇年代前半にかけて揺れ動いた「独裁者」に対するアメリカ大衆のこうした複雑な反応が盛り込まれている。しかしそうした要素を多面的に描きつつも、作者は言うまでもなくナチズム／ファシズムが台頭する当時の切迫した国際情勢に対して警鐘を鳴らしているばかりか、その先の「未来」までをも想像的に見通しているのである。もちろん、この小説が発表された一九三〇年代中盤は第二次世界大戦勃発の遥か以前であり、当時は未だユダヤ民族の弾圧もホロコーストとして体系化されていたわけではなかったが、それでも本作における作者の想像力はナチズムが席巻した四〇年代ヨーロッパでの惨劇を多くの点で預言していたと言える。つまり、ルイスの描いた悲劇は確かにアメリカ本土では「起こらなかった」――或いは現在までのところ「起こっていない」――のかもしれないが、そうした事態はヨーロッパ諸国で後に現実に「起こった」のであり、また大戦後の東西冷戦という新たな対立構造の中で、それに似た状況は「敵国」ソ連や東欧のみならず、いわゆる第三世界においても幾度となく反復され再生産されたのである。またそれだけでなく、民主主義国家アメリカでは結局のところ「起こらなかった」独裁や全体主義の恐怖は、皮肉なことに他ならぬそのアメリカ政府の軍事的・経済的援助によって、冷戦期のアフリカや中東諸国において現実のものとなったのである。二〇〇三年に勃発したイラク戦争に敗北して逮捕・処刑されたサダム・フセイン大統領などは、まさにアメリカによって支援され、アメリカによって葬られた独裁者の典型であったと言えるだろう[30]。

3　英語圏における独裁者フィクションの系譜とは？

英語圏における独裁者フィクション研究の射程とは、まさにこうしたグローバル的かつ地政学的な視点から二十世紀の歴史を捉えつつ、複数地域のテクストを系譜学的に結びつけて考察することに他ならない。しかしながら、スペイン語で書かれた現代ラテン・アメリカ文学において、例えばミゲル・アンヘル・アストゥリアスの『大統領閣下』（*El Señor Presidente*, 1946）、アレホ・カルペンティエールの『方法異説』（*El recurso del método*, 1974）、アウグスト・ロア＝バストスの『至高の存在たる余は』（*Yo el Supremo*, 1974）、ガブリエル・ガルシア＝マルケスの『族長の秋』（*El otoño del patriarca*, 1975）、そしてマリオ・バルガス・リョサの『チボの狂宴』（*La Fiesta del Chivo*, 2000）といった「独裁者小説」が既に一つのジャンルを形成しているのと対照的に、英語圏の文学作品に描かれる架空の「独裁者」表象を包括的に論じた研究は多くはない。無論、この系譜上で重要な位置を占めるオーウェルの作品群には豊富な先行研究があるし、例えば先に挙げたように、映画を中心とする一九二〇年代から五〇年代のアメリカ大衆文化に現れる独裁者のイメージを論じたアルパーズの著作なども存在する。それらに加えて、欧米を中心に量産されてきたいわゆる「ヒトラーもの」フィクションを扱った研究としては、既にアルヴィン・H・ローゼンフェルドの『イメージの中のヒトラー』（*Imagining Hitler*, 1985）、ゲイブリエル・D・ローゼンフェルドの『ヒトラーが作らなかった世界』（*The World Hitler Never Made*, 2005）、マイケル・バターの『悪の権化』（*The Epitome of Evil: Hitler in American Fiction, 1939-2002*, 2009）などがあり、黒人文学・ポストコロニアル文学における全体主義と人種の関係を地政学的に論じた研究としてはボーン・ラズベリーの大著『人種と全体主義の世紀』（*Race and the Totalitarian Century: Geopolitics in the Black Literary Imagination*, 2016）が優れている。

しかし、「ヒトラーもの」フィクションを分析した前者の著作群はその分析対象をナチズムに限定しており、後者はそもそも「独裁者」という概念を正面から議論していない。他方で、旧植民地諸国における独裁者の表象そのものをイデオロギーや政治的状況など様々な視点から検討した研究としては、英語やフランス語、アラビア語、その他の現地語で書かれたアフリカ諸国の独裁者フィクションを分析した論文集『アフリカの独裁者の仮面を剝ぐ』（*Unmasking the African Dictator: Essays on Postcolonial African Literature*）が二〇一四年にテネシー大学出版から出版されているし、アフリカの現代文化・文学における独裁者表象を扱った論文集『アフリカにおける独裁のフィクション』（*Fictions of African Dictatorship: Cultural Representations of Postcolonial Power*）も二〇一八年に出ている。加えて、アフリカやラテン・アメリカなど南半球の独裁者小説を卓越した手法で論じたマガリ・アーミラス＝ティセイラの著作『独裁者小説』（*The Dictator Novel: Writers and Politics in the Global South*, 2019）も最近刊行されている。だが、ここに挙げた研究の対象は殆どが英語圏全体にまたがるものではなく、従って二十世紀における空想上の独裁者を描いた英米や第三世界の複数のテクストを横断的に扱う試みは、未だ十分になされていないといっても過言ではない。

それだけでなく、ファシズム／ナチズム以降の全体主義体制の多くが米ソによる冷戦――或いはその終結――の副産物であることを考慮に入れると、東西対立の歴史と独裁者たちの存在は不可分の関係にあると考えられるが、これまでの英米における「冷戦文学」研究はこのことを看過してきた。しかしラズベリーが指摘しているように、「冷戦期のアメリカとソ連は共に国際的画一化や、自然の搾取、差異の喪失、世界の諸言語の減少といったものに加担してきた」のであり、モダニティと科学技術に対する省察が第三世界に特有のディレンマ――すなわち早急の課題である近代化を推し進めることと、固有の地域性を守り抜くこととの間の葛藤――をもたらし、それを解決するために、旧植民地諸国では権威主義的な軍事独裁が歴史的に要請されてきたのである。[31]

そこで本書は、英語圏の作家たちがフィクションという芸術的枠組みの中で、現実における独裁者に様々な文学的応答や抵抗を試みてきたという事実を踏まえた上で、一九三〇年代から九〇年代に書かれた作品群に現れる架空の独裁者イメージの変遷を、二十世紀の様々な歴史的事件や国際関係、ないしは同時代の思想・イデオロギーとの関わりから辿っていく。すなわち、冷戦に先立つスターリニズムやファシズム／ナチズムの台頭に始まり、第二次世界大戦、米ソの核軍拡競争、独立後のアジア・アフリカ諸国における開発独裁の確立、イスラム圏の紛争、覇権国アメリカの軍事・経済「帝国」化、そして冷戦終結に伴う東側独裁体制の崩壊にまで至る世界史の展開を追いながら、本書はそれに伴って変化してゆく文学作品内の独裁者の表象を多角的に分析し、英語圏における「独裁者フィクション」というジャンルの研究を打ち立てることを目標とする。冒頭の「はじめに」で述べたので繰り返しになるが、それゆえＳＦからポストコロニアル文学まで幅広いテクストが、本書の射程となる。

ラズベリーが『人種と全体主義の世紀』の序論で述べているように、全体主義とは例えばアラン・バディウやスラヴォイ・ジジェクのような思想家にとっては単なるイデオロギーの一種に過ぎないが、他方でこれまで多くの人々によって二十世紀という時代そのものが、まさに否定しがたい現実として全体主義と結びつけられ記憶されてきた。[32]しかし重要なことに、二十世紀の全体主義諸国に君臨した現実の独裁者たちとは多くの場合、実在の人物であると同時に、統制されたプロパガンダやメディア情報の上に成り立つ、それ自体ある程度までフィクショナルな存在でもあった。そのため、地理的にも時間的にも広範な範囲にまたがる英語圏文学において、こうした一種の虚構的存在としての「独裁者」――或いはそのイメージ――に対する作家自身の姿勢やその表象の方法は、必然的に多様なものとなりうる。例えば一方で、実際に全体主義の恐怖を目撃したアーサー・ケストラーやヌルディン・ファラー、ピーター・ナザレス、チヌア・アチェベといった書き手にとって、独裁者とはあくまで目の前に立ちはだかる現実の脅威であり、フィクションという手段を通して告発され最終的に打倒されなくてはならない存在であった。だが他方で、例えばアンジェラ・カーターのようなフェミニストにとって、独裁者とは父権性と結びついた男性的欲望や抑圧の象徴であった。また冷戦期のＳＦ作家やウィリアム・ゴールディングのような戦後の寓話作家にとって、それは主として西側世界における大衆の抱く「悪」を具現化した一種の記号的な存在、或いは平穏な日常がいつの間にかディストピアへと転じることへの恐れを象徴するフィクション上の装置でもあったと言える。

このように、フィクションという形式は現実の独裁者への抵抗の手段として政治的に機能すると同時に、ヒトラーやスターリンからアジア・アフリカ諸国の指導者たちに至る多様な独裁者のイメージを取り込みつつ、それらを恐怖の象徴として創造的に再構築する芸術的側面を併せ持つ。もちろん、これらの要素は個々のテクスト内部において複雑に絡み合ってはいるものの、本書は以上の両方の側面を考慮に入れつつ、架空の独裁者を描いた文学作品の歴史的変遷を追い、独裁制や全体主義といったものに作家たちがフィクションの内部で如何にして応答し、或いは立ち向かおうとしてきたのかを明らかにする。従ってこの研究では、実在の独裁者の伝記的事実に基づくノンフィクション作品や、それに類する歴史小説、また独裁者の存在を単なる歴史的背景として扱った作品群は扱わない。また筆者は、一九六〇年代末以降に急増した、ヒトラーを描いた「歴史改変もの」小説の存在には次節の冒頭でごく簡潔に触れるが、このジャンルにも先述のように既に優れた先行研究があるため、本書では詳細な分析の対象にはしない。

以上のことを踏まえた上で、次節以降の本章後半では、ヒトラーと並ぶ二十世紀の重要な独裁者であるスターリンをモデルにした英語圏の作品として、ケストラーの『真昼の暗黒』（*Darkness at Noon*, 1940）とオーウェルの『一九八四年』を採り上げる。そしてそれに続いて、ナチズムとスターリニズムの両方から影響を受けつつも、敢えて政治的主張から距離を置いたウラジーミル・ナボコフのユニークな独裁者小説『ベンド・シニスター』(*Bend Sinister*, 1947) を、これらと比較しつつ考察してみたい。

4 空洞化するイデオロギーと洗脳の問題
――ケストラー、オーウェル、スターリニズム

一九四五年の第二次世界大戦終結を待たずしてイタリアとドイツの独裁政権は崩壊したが、凄惨を極めた独ソ戦を勝ち抜いてナチズムに勝利したソ連では戦後、圧倒的な威信と権力を獲得した指導者スターリンが史上空前の共産主義「帝国」を築き上げた。二十世紀における独裁者の歴史を語る上で、スターリンはヒトラーと並び称される悪役に他ならないが、A・ローゼンフェルドが『イメージの中のヒトラー』で指摘している通り、ヒトラーが「今なお人を魅了する人物であり、フィクションを通じてばかりでなくフィクションとしても着実に成長を続けている」のに対して、スターリンはフィクションの題材としては甚だ不人気であり、少なくともアメリカにおいてはテレビ、映画、大衆小説にあまり登場することはなかった。[33] ローゼンフェルドによれば、ヒトラーが「二十世紀の暴君の中で突出した存在であり、同時代の政治的残虐イメージの第一人者の地位を勝ち得ていた」のは、[34] 第一に彼がスターリンや毛沢東と異なりヨーロッパという「西洋世界」に恐怖をもたらした存在であったからであり、また第二に彼の犯したホロコーストという犯罪行為が、もはや歴史的分析を適用できない規模と目的を持っていたからに他ならない。[35] そのため、バターが『悪の権化』の中で集計しているように、一九三九年から四五年にかけてアメリカではヒトラーを扱った二十一もの

長編小説・短編小説が出版され、更にホロコーストの全貌が既に明らかとなった六八年以降、「歴史改変もの」フィクションを含む実に八十五ものテクストが二〇〇九年までの間に発表されたのである。[36]

このようにヒトラーと比べて、スターリンはアメリカをはじめとする英語圏においてフィクションの登場人物としては決して好まれているとは言えない。だが少なくとも、彼が現実に作り上げた全体主義的な監視社会や統治機構、或いはプロパガンダによって構築された彼自身のパブリック・イメージは、後年の独裁者フィクションやディストピアン・フィクションの中に間接的ないし直接的に流れ込んでいる。事実、オーウェルが生んだ英語圏で最も有名な架空の独裁者ビッグ・ブラザーは、紛れもなくスターリンを――或いは彼のイメージを――モデルにしているし、そのオーウェルに霊感を与えたケストラーの小説『真昼の暗黒』にも、スターリンの隠喩である指導者ナンバー・ワンが登場するのである。

オーウェルとケストラーは、一九三〇年代後半のスペイン内戦にそれぞれ戦闘員とジャーナリストとして参加しているが、両者は共に社会主義者でもあった。英領インド出身の前者は、[37]ビルマでの警察勤務を経てヨーロッパに移り、後に『カタロニア賛歌』(*Homage to Catalonia*, 1938)で描かれるように、マルクス主義統一労働者党(POUM)の一兵士としてスペインのファシスト勢力と戦っている。次章で論じるスターリン風刺の寓話的な独裁者小説『動物農場』の成功により名声を得た彼が、最後に執筆した小説が『一九八四年』である。これに対して、ハンガリー出身のユダヤ人であるケストラーは、ウィーンで教育を受けたあとドイツ共産党員としてナチズムと対峙し、スペインではフランシスコ・フランコ率いる反乱軍の支配地域にジャーナリストとして潜入している。自伝『目に見えぬ文字』(*The Invisible Writing*, 1954)などに詳述されている通り、ここで逮捕された彼は死刑判決を受けたあと救出されたが、その後ナチス・ドイツの傀儡国家であったフランスのヴィシー政府によって拘束され、収容所へ送られた経験を持っている。また、ケストラーにはソ連での長期滞在歴もあり、彼の代表作『真昼の暗黒』にはこうした豊富な実体験が多分に反映されている。ちなみにドイツ語で書かれたこの小説のオリジナル原稿は、一九四〇年に彼がフランス当局に逮捕された際に押収されてしまうが、出版社に送られた英訳原稿が辛くも無事であったため、[38] この作品は以降、英語版のテクストのみが流通することになる。

ケストラーが後に共産主義と決別したのと対照的に、オーウェルはあくまで社会主義者としてスターリン時代のソ連を冷徹に批判した。しかしながら、優れた書評家でもあったオーウェルがエッセイ「アーサー・ケストラー」("Arthur Koestler", 1944)の中で(この作家の限界を指摘しつつ)『真昼の暗黒』を高く評価していることからも明白なように、[39] 彼がケストラーから受けた影響を看過することはできない。もちろん、オーウェルの作品はソ連の作家エヴゲーニイ・ザミャーチンの『われら』(*We*, 1924)や、[40] オルダス・ハクスリーの『素晴らしい新世界』(*Brave New World*, 1932)といった先行するディストピア小説の流れを汲んでいるが、少なくとも『一九八四年』の直近の祖先は明らかにケストラーのテクストであろう。

ケストラーによれば、一種の監獄小説でもある『真昼の暗黒』の主人公ルバシチョフは、スターリン主導の悪名高いモスクワ見世物裁判で粛清されたソ連の政治家ニコライ・ブハーリンを主なモデルにしている。[41] ブハーリンと同じく、突如として無実の罪を着せられて逮捕されたルバシチョフは、獄中での尋問と公判の末に「反革命」の罪状を認め、処刑されてしまう。オーウェルはケストラー論の中でこの点に着目し、歴戦の革命家であるはずの古参幹部ルバシチョフが、なぜ犯してもいない罪を自白したのかと問う。[42] 拷問にすらかけられていない彼が「罪」を認め、指導者ナンバー・ワンの政治的意図に屈した理由としてオーウェルが提出した答えは、彼のような被告人たちが「絶望や精神的な破綻、党への忠誠心という習性に突き動かされた」からだというものである。つまり、長年にわたって党の完全な支配下にあったルバシチョフにとって、正義や客観的真実すらもはや重要ではなく、彼はたとえナンバー・ワンに個人的反感を抱いていたとしても、存在しない罪の告白を自らに命じる党の決定に従うことに一種の「誇り」を感じつつ、処刑の場へと向かうのである。(43) ケストラー本人は自伝においてこの点を次のように説明している。

彼ら［被告人たち］は自己の生涯を振り返り、己が犯罪者であることを悟る。ただしそれは、死刑の理由となっている犯罪とは違う。［中略］今や彼らは、彼らの死が大義のため役立つという理由で、死なねばならない。しかも彼らを殺すのは、同じ原則に賛同する人々である。(44)

もちろんここで言う「大義」とは、党にとっての大義であると同時に、その指導者ナンバー・ワンにとっての利益に他ならない。ケストラー本人が解説している通り、自分は誠心誠意、党のために働いてきたと抗弁するルバシチョフに対して、取調官グレートキンはかつてルバシチョフ本人が書いた文章を引用しつつ彼を追い込んでゆく。すなわち、この言葉の決闘において、「グレートキンは常に論拠を、ルバシチョフ自身の書いたものや発言に置く」のである。(45) 例えばかつてルバシチョフは、次のように語ってリチャードという人物を党から追放したが、ここで彼が披露したレトリックそのものが後に彼を自縛し、「自白」へと至らせるのである。

「私もきみも誤謬を犯すことはある。党は違う。党はだね、同志、きみや私や、その他何千もの人々以上のものなのだ。党は歴史における革命理念を体現したものなのだ。歴史は躊躇しない、逡巡しない。ゆっくりではあるが過つことなくゴールへ向かって進んでいく。途中の曲がり角で、張り付いた泥を、溺れ死んだ者を、捨てていかねばならない。しかし、歴史は己れの道を知っている。けっして誤謬は犯さない。歴史に絶対的信頼を置けぬ者は、党の戦列にはいられないのだ。」[46]

党の方針に背いたリチャードをかつて除名処分にしたルバシチョフは、皮肉にも彼自身が振りかざしたのと全く同じ論理を前にして、後に犯してもいない「罪」や「誤り」を認めてしまう。このように、イデオロギーに忠実であることを刷り込まれた人間は、まさにそのために死ななくてはならない。それというのも、党のイデオロギー自体の解釈がしばしば指導者によって恣意的に変更され、最終的にはそれが自分に死を命じることになるにもかかわらず、党＝イデオロギーへの忠誠という原則そのものは常に不変であり不可侵だからである。

このことは後に、スロヴェニア出身の哲学者スラヴォイ・ジジェクの主著『イデオロギーの崇高な対象』（*The Sublime Object of Ideology*, 1989）において定式化されている。ジジェクはスターリニズムを、体制＝システム維持のために「どんな犠牲を払っても見かけを保持しなければならないという強迫的執着」と呼び、次のように分析している。

舞台裏では野蛮な党派闘争が繰り広げられていることは誰もが知っている。にもかかわらず、どんな犠牲を払っても、〈党〉の統一という見かけは保持しなければならない。支配的イデオロギーを誰も信じてはいない。誰もがそこからシニカルな距離を保っている。そして誰も信じていないということを誰もが知っている。それでもなお、人々は情熱を傾けて社会主義を建設しており、〈党〉を支持しているという見かけを、何が何でも保持しなければならないのである。[47]

ケストラー本人によれば、『真昼の暗黒』におけるグレートキンのやり方は、党に絶対的忠誠の念を抱いている一部のボリシェヴィキの古株にだけ適応可能なものである。[48] それというのも、ジジェクの表現を借りるならば、彼らはイデオロギーから「シニカルな距離」を取りながらも、あくまで体制維持のためにスターリニズムという「強迫的執着」に奉仕し続けてきた人々だからである。だがむしろここで重要なのは、この小説に投影されたケストラーの問題意識が、共産主義革命家という存在自体が孕む矛盾を的確に示唆しているという点である。すなわち、革命家はたとえその党の領袖がスターリンやナンバー・ワンの如き狂気に満ちた独裁者であったとしても——或いは己の信奉するイデオロギーそれ自体の解釈が彼らによって意図的に書き換えられ、歪められたのだとしても——自分を滅ぼそうとする党＝指導者の決定に従わなくては、真に「革命的」たり得ない。この場合、皮肉なことに反革命の罪を負って死ぬことこそが、革命家として死ぬということなのである。

　こうしたアポリアを扱ったケストラーの『真昼の暗黒』は賛否両論を巻き起こした。例えば、フランスの哲学者モーリス・メルロ＝ポンティは、『ヒューマニズムとテロル』（*Humanisme et terreur, essai sur le problème communiste*, 1947）において共産主義者としての立場から、ケストラーがマルクス主義を理解していないと本書を批判した。彼はルバシチョフが常に歴史の中に、つまり「何年ものあいだ主観的なものを知らずに生き」てきたと述べ、「ルバシチョフの思考並びにケストラー流の共産主義の中では、歴史はかつてマルクスにとってそうであったところのものたることをやめてしまう」と主張する。それというのも、「マルクスにとって歴史とは、幾つもの弁証法的迂路を伴ってはいるが、少なくとも自らの目的に背を向けることはできない、そのような過程によって、人間的諸価値が目に見える仕方で実現されることだった」からである。[49]

だが、メルロ＝ポンティによるケストラー批判はある意味では的外れである。それというのも、ケストラーが本作において問題にしているのはマルクス主義イデオロギーの本質そのものではなく、むしろ党によるイデオロギー「解釈」の恣意的な変更にもかかわらず、党＝イデオロギーへの忠誠という基本原則に忠実であり続けることによって「革命的」であろうとする、ルバシチョフの特異なメンタリティに他ならないからである。また、メルロ＝ポンティ自身が後に共産主義に幻滅し、盟友ジャン＝ポール・サルトルとも決別したという歴史的事実を鑑みるならば、少なくともこの『真昼の暗黒』という小説におけるケストラーのスターリニズム批判や、空洞化した「イデオロギー」に無批判に追従する革命家たちに対する彼の疑問の先見性は明らかであったと言える。

これに対して、オーウェルは「スターリニズムの強迫的執着」に対するケストラーの問題意識を引き継ぎつつ、『一九八四年』の中で革命家個人の内面心理をより徹底した形で普遍化・制度化したものとして「二重思考」(doublethink) なる概念を提示している。オーウェルによれば、「二重思考とは、二つの相矛盾する信念を心に同時に抱き、その両方を受け入れる能力を言う」。彼は続けてこう書く。

> 党の知識人メンバーは、自分の記憶をどちらの方向に改変しなければならないかを知っている。従って、自分が現実を誤魔化していることも分かっている。しかし二重思考の行使によって、彼はまた、現実は侵されていないと自らを納得させるのである。この過程は意識されていなければならない。さもないと、十分な正確さでもって実行されないだろう。しかしまた同時に、それは意識されないようにしなければならない。でなければ、虚偽を行なったという感情が起こり、それゆえ罪の意識がもたらされるだろう。(50)

「二重思考」を会得した人間は、例えば党の命令によって無実の「反逆者」を殺害する場合、その行為の残虐性やそれに付随する倫理的問題を理解すると同時に、党の絶対的な正しさを信じている。しかし、彼はこの矛盾を意識しているという意識それ自体をも忘却してしまうため、彼が罪悪感のために党に反抗するようなことはない。それというのも、これは今や彼にとってあまりに「自然」な思考様式だからである。また、彼は党の命令の絶対性を信じつつも、他方でその問題点をも十分に理解しているため、党に対する悪評や党に不利益な情報を盲目的に遮断してしまうことはない。それゆえこの独裁国家においては、単なる盲信的なカルト集団の場合とは異なり、その体系化された専制体制が内部から自壊することは殆どあり得ないのである。

こうした「二重思考」は当然、ケストラーが『真昼の暗黒』で描く革命家ルバシチョフの心理にも通じている。先述のように、ルバシチョフにとってイデオロギーへの奉仕という党の命令は絶対であり、たとえそのイデオロギー自体が骨抜きにされ、以前と全く異なった意味合いを帯びるようになったとしても、彼はひとえに「革命的」であるために、党の指導とその空虚な「イデオロギー」に盲従し続ける。それゆえ、ルバシチョフはナンバー・ワンが作り上げた独裁体制に疑問を抱きつつも、「ナンバー・ワンの恐ろしさは、何より、正しいのは彼だという可能性にあった」と感じるのである。[51] また物語の中盤で、ルバシチョフの旧友で最初の取調官であったイワノフは「結局のところナンバー・ワンが正しかったなら？」と問いかけた上で、彼の考えを以下のように代弁している――「結局のところ、何のかんのと言いながら、汚物と血と嘘の中に、将来の堂々たる基礎が築かれつつあるのだとしたら？　歴史とはいつだって、嘘と血と泥でモルタルを混ぜ合わせる、非人間的で無慈悲な建築物ではなかったか？」[52]

言うまでもなく、党と国家のイデオロギーに（盲目的に）奉仕せよという命令は、それ自体がある種のイデオロギーに他ならない。この点で、『一九八四年』におけるオーウェルの文学的想像力は、ケストラー的主題をイデオロギーによる「洗脳」を巡る普遍的な問題として読み替え、なおかつそれを古参革命家の意識の問題から、独裁体制下における社会全体や共同体の記憶や歴史に関する問題にまで拡張していると言えるだろう。言い換えれば、彼はケストラーの提示した問題が、全体主義社会においていつの日か行き着くであろう恐るべき未来のヴィジョンまでをも視覚化しようと試みているのである。例えばオーウェルは別の箇所で、ビッグ・ブラザーが統治する架空の独裁国家オセアニアの状況について、「二重思考」との関わりから次の引用のように書いている。

オセアニアの社会はつまるところ、ビッグ・ブラザーは全能であり、党は誤りを犯さないという信念の上に成立しているのである。しかし現実にはビッグ・ブラザーは全能ではないし、党は誤りを犯さないわけではないので、事実の処理に於いて、たゆまぬ臨機応変が必要となる。ここでのキーワードは黒白である。ニュースピークに於ける多くの言葉と同様、この言葉も互いに矛盾し合う二つの意味を持つ。敵に対して使用する際には、あからさまな事実に反しては黒は白であると厚かましく主張する態度のことを言う。一方、党のメンバーに向けて使用するときは、党の規律が要求するのであれば、黒は白と言いきることのできる心からの忠誠心を意味する。しかしそれはまた、黒を白と信じ込む能力でもあり、更には、黒は白だと知っている能力であり、かつてはその逆を信じていた事実を忘れてしまう能力のことである。そのためには絶えず過去を改変する必要が生じ、それは他の一切を包含する思考法によって可能となるのである。その思考法はニュースピークでは二重思考として知られている。(53)

よく知られているように、ここでオーウェルの言うニュースピーク（Newspeak）とは、極端なまでに簡素化された言語体系であり、「年ごとに語彙を減らしている世界で唯一の言語」である。作中でサイムという登場人物が、真理省記録局に勤務する主人公ウィンストン・スミスに向けて語っているように、「ニュースピークの目的は挙げて思考の範囲を狭めること」にあり、それによって党及びビッグ・ブラザーへの不忠を意味する「思考犯罪」（thoughtcrime）が「文字通り不可能になる」のだ。[54] ビッグ・ブラザーを中心とする党の指導部は、これに加えて現実とプロパガンダとの間の大きな乖離を、まさに思考のレヴェルで恣意的に埋め合わせるために、「黒を白と思い込」み、「かつてはその逆を信じていた事実を忘れてしまう能力」である二重思考を人々に強要する。そしてこれを可能にするために、党は「絶えず過去を改変する」必要に迫られる。「現在をコントロールするものは過去をコントロールする」という有名なスローガンに基づき、[55] 党は書籍や定期刊行物、写真などありとあらゆる記録媒体に残された「過去」の痕跡を「日ごとに、殆ど分刻みに」現在の状況に合致するように書き換えてゆき、全能のビッグ・ブラザーがこれまで一度たりとも誤りを犯したことがないと喧伝するのである。[56]

『一九八四年』におけるオーウェルの試みは、『真昼の暗黒』におけるケストラーのそれよりも遥かにラディカルである。それというのも、ここで過去を書き換えるということはつまり、単にイデオロギーの解釈を変更するのではなく、イデオロギーそのものを根底から別のものに作り変えてしまうということだからである。また、それはそうしたイデオロギーの意図的な改変という歴史的事実さえも、社会全体や個人の記憶から抹消してしまうということに他ならない。事実、作中でウィンストンは「参照できる客観的な記録がないと、自分の半生の輪郭さえも不鮮明になってしまう」と感じ、[57]「革命の指導者及び守護者」としてのビッグ・ブラザーの伝承——党の公式見解では、彼は一九三〇年代から既に活躍していたことになっている——

が「どの程度まで真実で、どの程度まで捏造なのか、知ることは不可能」であると悟る。[58]しかも恐ろしいことに、こうして過去が絶え間なく作り変えられ、それと共に本来のイデオロギーそれ自体が空虚化していったあとも、党＝イデオロギーへの絶対的忠誠を要求する専制国家の強迫観念的な基本原則――そしてそれ自体もまたイデオロギーに他ならない――だけは堅持される。もちろん、そうした社会はもはや如何なる理想や理念もない真空地帯であり、そのあとにはただ暴力と、オーウェルが「権力のための権力」と呼ぶものだけが残されているのである。[59]

5　空虚な中心としての独裁者――ビッグ・ブラザーとナンバー・ワン

ヒトラーをモデルにしたルイスの『ここでは起こり得ない』とは異なり、オーウェルの『一九八四年』とケストラーの『真昼の暗黒』は、共に独裁者としてのスターリン個人のみならず、俗にスターリニズムと呼ばれる全体主義体制、更にはそうした独裁政治の土壌となりうるマルクス・レーニン主義の恣意的な解釈や実践をも痛烈な批判や風刺の射程に収めている。[60]このことは、スターリニズムがその思想や成立過程といった面でナチズムとは異なっているという単純な歴史的事実に基づいている。実際、ナチ党を率いるヒトラーは議会制民主主義の枠内で権力を奪取し、一九三三年成立の全権委任法によって「総統」としての自身を国家の立法権・行政権そのものと融合させることに成功した。こうして一党独裁制をも超越する個人的指導力と絶対的権威を獲得した初期のヒトラーは、まさにウェーバーの言う「カリスマ的」支配者の典型であったと言える。一方それとは異なり、ボリシェヴィキを率いるウラジーミル・レーニンの下でロシア革命を成功させたスターリンは、カール・マルクスの言うプロレタリア独裁論――「資本主義社会と共産主義社会の間には、前者から後者への革命的な転化の時期がある。この時期に照応してまた政治的な一過渡期がある。この過渡期の国家は、プロレタリアートの革命的独裁以外の何ものでもあり得ない」[61]――に基づき、共産党及び労働者階級による独裁国家の建設を推し進めた。しかしながらレーニンの死後、共産党書記長（及び一九四一年以降はソ連首相）として最高指導者の地位を手に入れた彼は、マルクス・レーニン主義のイデオロギー解釈を意図的に改変した上で、世界革命論を唱えるライヴァルのレフ・トロツキーを失脚に追い込む。そして彼は「党は実践集団であって、討論クラブではない」という有名なテーゼを掲げて民主集中制の徹底を図り、自身の指導下にある共産党を頂点とする巨大な官僚的支配機構を作り上げたのである。

もちろん、こうしたイデオロギーないし権力掌握の経緯に関する決定的な差異にかかわらず、既に多くの研究者たちが指摘しているように、全体主義的な支配体制を確立し終えたあとのナチス・ドイツとスターリン治下のソ連には多数の共通点も見られる。事実、プロパガンダ政策や秘密警察、強制収容所の例を挙げるまでもなく、ヒトラーとスターリンは非常に似通った恐怖政治の構造を作り上げていると言える。こうした点について、英領トリニダード出身の思想家C・L・R・ジェームズは、ハーマン・メルヴィルの古典的傑作『白鯨』（*Moby-Dick*, 1851）を冷戦初期の一九五〇年代前半という当時の政治的文脈に置いてラディカルに読み直した著作『水夫、反逆者、追放者』（*Mariners, Renegades and Castaways: The Story of Herman Melville and the World We Live In*, 1953）において、ナチズムとスターリニズムの同質性を指摘しつつ、もしヒトラーが成功し生き延びていたとしたら、彼は共産主義のやり方を模倣し自国に適用していたであろうと述べている。[62]

それだけでなく、ヒトラーはユダヤ民族の抹殺や全ヨーロッパの征服という壮大な野望を実行に移すことで、またスターリンはいわゆる永続革命論を主張することで、共にシュミットの言う「時限的措置」としての独裁を半ば永久的に持続させようと試みたと言えるだろう。更に、アーレントが『全体主義の起源』において考察しているように、ソ連とドイツの独裁政権はいずれも社会階級を崩壊させ、「アトム化した大衆社会」を創出することによってその統治の安定化を図った。彼女の言葉を借りれば、「共通の世界が完全に破壊され、内部に何らかの相互関係を持たない大衆社会、単に孤立しているばかりでなく、自分自身以外の何者にも頼れなくなった相互に異質な個人が同じ型に嵌められて形成する大衆社会が成立したとき初めて、全体的支配はその全権力を揮って何ものにも阻まれずに自己を貫徹し得るようになる」のである。[63]

以上のように、権力奪取後の統治機構や全体主義的支配の方法論などの面から見れば、ソ連のスターリニズムはドイツやイタリアの独裁政権とそれほど極端に違っているわけではない。また、例えばジョルジュ・ソレルの『暴力論』(*Réflexions sur la Violence*, 1908)のように、両者の橋渡しとなったテクストの存在も見逃すわけにはいかない。とはいえ、先に指摘したように、スターリニズムはナチズムやファシズムとは、その基盤となる思想やその成立過程といった点では大きく異なっている。すなわち、ナチズム/ファシズムの思想や体制が究極的にはカリスマ的支配者であるヒトラーやムッソリーニ個人に由来しているのに対して、共産主義体制においてはイデオロギーが指導者に先行するのである。無論、スターリンは大義となる党のイデオロギーを恣意的に解釈し直す権力を保持し、実際にそれをたびたび行使したのであるが、彼はあくまでレーニンの後継者、すなわちマルクス・レーニン主義イデオロギーへの正当な奉仕者として振舞ったのである。

興味深いことに、こうした本質的相違点は、スターリンを風刺したケストラーやオーウェルの作品と、ヒトラーのイメージに基づくルイスの『ここでは起こり得ない』との構造的な違いとも深く関わっている。例えば、ルイスの独裁者小説が全体主義の恐怖の源泉を専らウィンドリップという独裁者個人(及び彼を選出したアメリカ大衆自身)に帰しているのに対して、『真昼の暗黒』と『一九八四年』においてナンバー・ワンやビッグ・ブラザーといった政治上の独裁的指導者は、如何に強大な権力を握り個人崇拝を推し進めていようとも、あくまで党とその大義名分たる「イデオロギー」にとって必要不可欠な一種の制度に過ぎない。このことは、全権委任法によって国家それ自体と同一化したヒトラー「総統」と、支配政党である共産党中央委員会の「書記長」としてマルクス主義イデオロギーに「奉仕」し、（少なくとも名目上は）プロレタリアートという階級による独裁を目指したスターリンとの根本的相違に関係している。それゆえ、あくまで人格を持った個人としてドアマスの視点から描写される『ここでは起こり得ない』のウィンドリップとは異なり、ケストラーやオーウェルの独裁者たちは、作中で殆ど人格を欠いた統治上の一種の装置、或いはプロパガンダによって構築されたフィクションのような存在として提示されているのである。

実際に、英語圏における独裁者小説の歴史上、『一九八四年』に描かれるビッグ・ブラザーは最も重要な登場人物であると同時に、厳密に言えば物語の中に一度も直接的に「登場」することのない不可思議な存在でもある。スターリンに基づくこの架空の独裁者は、先述のように党と政府のイデオロギーを絶え間なく書き換え空洞化させてゆくが、まさにそのことを体現するかのように、国家の指導者たる彼自身があたかも肉体や感情を持たない空洞、或いは「空虚な中心」のようなものとして存在している。従って彼は世界で最も有名であるが――『真昼の暗黒』のナンバー・ワンをも凌ぐ――最も無個性なフィクション上の独裁者の一人でもあるのだ。

こうした点を踏まえた上で、ケストラーとオーウェルのテクストを再度比較してみよう。例えば前者の作品において、ナンバー・ワンとは国中の津々浦々の壁に掲げられ、大衆を見下ろす色刷り肖像画の中の存在であり、ルバシチョフは彼の「頭の中がどうなっているのか」を常に「知りたい」と願うのみである。(64) だが、ナンバー・ワンがあくまで一般市民や党員たちから遠く隔絶したところに実在する国家の頭脳として描かれているのに対して、オーウェルの独裁者は、「ビッグ・ブラザーがあなたを見ている」というキャプションと共に、その複製された無数の肖像画――「四十五歳くらいの男の顔で、豊かな黒い口髭をたくわえ、いかついが整った目鼻立ちをしている」――の中だけに存在するかのような人物である。[65] 彼の肖像は街角のいたるところに掲げられているばかりか、「硬貨にも、切手にも、本の表紙にも、旗にも、ポスターにも、煙草の箱にも」ビッグ・ブラザーの顔が描かれており、大衆を見つめるその眼差しから、人々は「眠っていても目覚めていても、室内にいても戸外にいても、風呂に入っていてもベッドで寝ていても――逃れる術はなかった」。[66] 有名な「テレスクリーン」(Telescreen)と共に、もはや風景と同化したビッグ・ブラザーは、こうしてまさにアーレントの言う「アトム化した大衆社会」に生きる個々人を絶え間なく「監視」する政治的役割を果たしているのである。この点は、作中で次のように説明されている。

誰もビッグ・ブラザーを見たことがない。広告板に顔が貼り出され、テレスクリーンから声が聞こえてくるだけの存在である。彼は決して死なないとわれわれが信じたとしても、それは無理からぬことかもしれない。彼がいつ生まれたのかという点については、既に相当曖昧になっている。ビッグ・ブラザーは、党が世間に自らを示すにあたって選び取った変装である。彼の任務は、愛と恐怖と尊敬とを一身に集める焦点として振舞うことであり、というのも、そうした感情は、組織ではなく、一個人に対して感じるものだからである。[67]

物語内でビッグ・ブラザーが大衆からの「愛と恐怖と尊敬とを一身に集める焦点」であるとすれば、その反対に人々のあらゆる憎しみや蔑みを集める対象となるのは、トロツキーをモデルとした人物エマニュエル・

ゴールドスタインである。彼はかつてビッグ・ブラザーと並ぶ党の指導者であったが、反革命運動に加わり、「ブラザー同盟」(the Brotherhood)なる地下組織を率いている「人民の敵」である。[68] それゆえテレスクリーンに彼の映像が映し出される「二分間憎悪」と呼ばれるプログラムの間中、オセアニアの全国民は集団ヒステリー的状況に陥り、彼に対して怒号を浴びせつつ、「醜悪なまでに高揚した恐怖と復讐心」をこの「裏切り者」に対してぶつけるのである。この瞬間、主人公ウィンストンはビッグ・ブラザーへの怒りさえも忘れて、「あっという間にまわりの人間に同化し」、国家指導者に対する「敬愛の念」さえも抱くのだ。[69]

ケストラーが提示した「革命」に関する問題意識をイデオロギーによる「洗脳」を巡る普遍的問題にまで拡張したオーウェルの『一九八四年』において、共に実在性の希薄な観念的存在であるビッグ・ブラザーと仮想敵ゴールドスタインは、まさに党にとって対になるべき重要な役割を担っており、国民統合と全体主義的統治のための一種の装置として機能している。[70] すなわち、オセアニアの大多数を占める一般市民は、このような状況下において指導者とあたかも個人的に繋がっているかのような錯覚に陥るのであり、また同時に各々がテレスクリーンを通して「国家の敵」のイメージとも直接的に対峙するのである。これはまさに、アーレントの言う「単に孤立しているばかりでなく、自分自身以外の何者にも頼れなくなった相互に異質な個人が同じ型に嵌められて形成する大衆社会」の究極的な一例であると言える。[71] 要するに、ビッグ・ブラザーとの個別の従属関係を通じて彼に崇拝を捧げるというオセアニアのシステムとは、いわば従来的な階級社会の壊滅によって互いに分断された「アトム化した大衆」への直接的・個別的な働きかけに他ならず、またゴールドスタインへの「二分間憎悪」は、党や国家に都合の良いイデオロギーをそうした個々人に刷り込んでゆくために不可欠な施策なのである。

ここに明確に表れているように、主としてヒトラー個人が作り上げたナチズムの支配体制とは大きく異なり、オーウェルが風刺したスターリニズムは、カルト的な個人崇拝と洗脳の手法をより巧妙に用いつつ、それらを恣意的に解釈されたマルクス・レーニン主義イデオロギーの実践とプロレタリア独裁体制の維持のために組織的に利用している。そのためヒトラーの失策と自殺によって瞬く間に崩壊したナチ党政権とは対照的に、スターリンの負の遺産は——ニキータ・フルシチョフによって糾弾され全否定されたにもかかわらず——彼の死後も簡単には清算できないものとして共産主義圏の多くの国々に残ったのである。また重要なことに、プロパガンダやメディアによって複製されるフィクショナルな独裁者表象は、米ソの対立が展開していく第二次世界大戦以降のいわゆる冷戦時代の独裁者小説——例えば本書の第三章で扱うＬ・Ｐ・ハートリーの『フェイシャル・ジャスティス』(*Facial Justice*, 1960) やフィリップ・Ｋ・ディックの『最後から二番目の真実』(*The Penultimate Truth*, 1964)、第四章で論じるＶ・Ｓ・ナイポールの『暗い河』(*The Bend in the River*, 1979) やヌルディン・ファラーの長編三部作など——において繰り返し再登場する。もちろん先述したように、スターリン個人はアメリカを中心とする大衆文化の中で必ずしも高い「人気」を獲得したわけではなかったが、彼が構築した恐るべき統治システムは世界中の全体主義国家に模倣されたのであり、また多くの書き手たちはこうした「空虚な中心」としての独裁者の機能に関心を寄せつつ、現実世界とフィクション世界の両方に存在するスターリンの亡霊を常に意識し続けていたのである。

6　ナボコフ、独裁者、(非) 日常——非政治的な政治小説

英国で活躍する以前にヨーロッパ大陸や第三世界を渡り歩いたケストラーやオーウェルと同様に、本章が最後に扱う独裁者小説の書き手であるナボコフもまた、一種のアウトサイダーに他ならなかった。一八九九

年に帝政ロシアの名門貴族の家に生まれたこの亡命作家が英語で執筆し、一九四七年に移住先のアメリカで最初に出版した長編『ベンド・シニスター』は、作者の言葉によれば彼が「レーニンの演説を僅か、ソヴィエト体制をたっぷり、そしてナチスのまがいものの効率を大量に」混ぜ合わせて作り上げた小説である。(72) 換言するならば、この物語に登場する架空の政治指導者パドゥクとは、スターリンとヒトラーの両方のパブリック・イメージに基づいた——単なる風刺や糾弾の対象ではない——全く新しいタイプの独裁者像に他ならない。

ロシア臨時政府の有力政治家だったナボコフの父親は、革命後の一九二二年に亡命先のベルリンで暗殺されているが、六三年に執筆された本作の「序文」で作家自身が明言している通り、彼にとってこの小説は「社会批評の文学なるもの」では決してなかった。(73) ここでナボコフは更に、自分が「教訓作家」でも「寓意作家」でもなく、「政治学や経済学、原子爆弾」の他、「ソヴィエト・ロシアにおける〈雪どけ〉の兆候」や「人類の未来といったこと」にも全く無関心であると断言し、自身の『ベンド・シニスター』を「偉大な」フランツ・カフカの作品や「凡庸な」オーウェルの小説などと比較すること自体がナンセンスであると書いている。(74) 作者によれば、この作品の主要なテーマとはむしろ「愛に満ちた［主人公］クルークの心の鼓動、深い優しさが蒙りやすい苦悩」なのであり、従って本作は彼とその息子ダヴィットの関係を描いた非政治的な物語に他ならないのである。(75)

ロシア語で執筆していた時代のナボコフには、一見して政治的な主題を扱ったテクストが幾つかあるが、英語で書かれた本作『ベンド・シニスター』に先立つ初期長編『断頭台への招待』(*Invitation to a Beheading*, 1938) や、この小説の原型となったであろう短編「独裁者殺し」("Tyrants Destroyed", 1938) などは、(76) いずれも特定の主張やイデオロギーとは無縁である。例えば、死刑宣告を受けた主人公シンシナトゥスを巡る一種の監獄小説である前者は、寓話のようで寓話でない曖昧模糊とした不条理の世界を描いているし、後者の短編――かつて弟の友人であった「独裁者」に対して、憎悪と反感の念を抱く主人公の内面心理を描写した作品である――は、政治的指導者の暗殺を狙う単なるテロリストの物語ではない。特にこの「独裁者殺し」に登場するモティーフは、後述するように『ベンド・シニスター』を先取りしているが、「病的な野心に満ちた、強情で、残忍で、陰鬱な俗物」である独裁者に対する語り手の憎しみは、(77) 必ずしも彼の党派性やイデオロギー的主張に基づいているわけではないし、また言うまでもなく、それは作者ナボコフ自身の立場とも本質的には無関係なのである。

だが（ナボコフ本人の主張とは対立することになるが）、そもそもどのような形であれ、独裁者や全体主義をフィクションの題材として採り上げることそれ自体が、既に現実に対するある種の政治的な応答であると言えはしないだろうか？　『ベンド・シニスター』は、そうした現実をフィクション化するに当たって、敢えて「親子の関係」といった日常的な主題を中心に据えているが、そのことは逆に、そうした主題を取り巻く状況そのものの非日常性を際立たせるのではないだろうか？　こうした問いに答えるために、本節ではこの独裁者小説に提示された「日常／非日常」の複雑な関係性に着目する。例えば、これまでに見てきたルイスの『ここでは起こり得ない』やケストラーの『真昼の暗黒』、或いはオーウェルの『一九八四年』は、いずれも独裁体制下という恐怖に満ちた非日常の世界――具体的にそれを象徴しているのは、例えば秘密警察や監獄での尋問、強制収容所などである――に生きる人々を描いた政治的テクストであったが、『ベンド・シニスター』はこれらに対して著しく異質な作品であると言える。事実、ウィリアム・シェイクスピアへの頻繁な言及や、作中人物たちが交わす哲学・文学談義などから明らかな通り、この小説は一種の唯美主義的な世界観に貫かれているし、その精緻で華麗な文体は作者の後の代表作『ロリータ』(*Lolita*, 1955) をも予見させる。

それだけでなく、先に挙げた一九三〇年代中盤から四〇年代にかけての独裁者小説群とは対照的に、ナボコフの『ベンド・シニスター』で主に描かれているのは、専制体制下における非日常的恐怖そのものではなく、むしろ刻々と社会全体を覆い尽くしてゆく非日常の中で辛うじて繰り広げられる「日常」の光景に他ならない。全体主義体制の確立に伴う危機的状況にもかかわらず、作中で哲学教授クルークは以前と変わらない平穏な日常生活を送ることに拘泥し、手術の甲斐なく妻オリガを失って以降、幼い息子ダヴィットへの溺愛をますます深めてゆく。

「あの石のてっぺんに登れるかどうか、試してごらん。できないだろうな」

ダヴィットは羊の形をした大きな石（氷河がうっかりあとに残していったもの）に向かって、枯れた牧草地をちょこちょこ走っていった。ブランデーはまずかったが、これで間に合わせにはなるだろう。クルークは不意に、ある夏の日、ちょうど同じこの草原を、背の高い黒髪の少女と連れ立って歩いたときのことを思い出した。唇の厚い、腕に産毛を生やしていた少女。その少女に求婚した直後、オリガと出会ったのだ。

「ああ、ちゃんと見てるよ。すごいぞ。さあ、今度は降りてごらん」

だが、ダヴィットは降りられなかった。クルークは大きなその石に歩み寄って、やさしくダヴィットを降ろしてやった。こんな小さな体をして。しばらくの間、二人は近くにあった仔羊の形の石に腰をかけて、蜒々と続く貨物列車が草原の彼方を、湖の側の駅に向かって煙を吐きながら進んでゆくのをじっと見つめていた。[78]

このように、特に本作の前半ではクルークとダヴィットの愛情に満ちた微笑ましい親子関係が淡々と描かれる。またそれと同時に彼は、しばしば親友のシェイクスピア学者エンバーと、これまでと変わらぬ高尚な文学談義に花を咲かせるのである。(79)

しかしながら、クルークの周囲に辛うじて残存していた日常は次第にパドゥク政権下の非日常的状況に浸食されてゆき、それに伴って彼自身までもが政治的争いに巻き込まれてゆく。そして遂に、かつて学生時代にパドゥクの友人であったこの哲学教授は、自身を取り巻く「以前と変わらぬ日常」がもはや存在しないこと、更には恐るべき非日常的光景が、既にこの全体主義社会において日常そのものになってしまったことを悟るのである。しかも皮肉なことに、かつて共に平穏な学生生活を過ごした旧友パドゥクその人によって――すなわち、今や「総統」(the Ruler) として社会のみならず彼自身の生活にまで影響力を行使しつつあるこの独裁者によって――クルークはまさにその「以前と変わらぬ日常」を奪い取られてしまうのだ。事実、「不思議な偶然の一致によって、たまたま過ぎし日に、もう一人の偉大な、わが国家を指導している人物の学友」であったクルークは、(80)同僚の教授たちから新体制下で閉鎖された大学を再開するための政府への陳情を要請される。クルークは当初これを拒絶するが、パドゥク率いる政府は国際的に著名な哲学者である彼を懐柔し、国家に奉仕させるために、エンバーをはじめとする彼の友人や同僚たちを次々に検挙・投獄して圧力をかけてゆくのである。

前任の国家元首を処刑して権力を掌握した恐るべき独裁者であるパドゥクは、(81)作中では「偉大なる人物、天才、百年にひとりの人間」と称えられている。(82)だが物語の途中で明かされるように、彼が自らの重要なイデオロギー指針として標榜する「均等主義」(Ekwilism) なるものは、実のところ彼のオリジナルではなく、フラドリク・スコトーマという無名の思想家の著作を都合よく改変した「暴力的で過酷な政治教義」に過ぎなかった。[83] ある種の共産主義を連想させるこの「均等主義」とは本来、全人類の間には「計測可能なある一定量の人間意識」が不均等に分配されているという認識に基づいており、各人の「容量に等級を付けたり、或いは風変わりな容器を除外して規格品の壜を採用することによって、分配量を揃えて公平を期すこと」を目標とする。[84] こうしたスコトーマの思想を巧みに借用し改変しつつ、パドゥクはある演説の中でその「理想」について語っている。

模索する諸君の人格は相互に交換可能なものとなり、裸の魂は不法な自我の独房にうずくまるかわりに、この国の万人の魂と触れ合うことになるのだ。いや、それだけではない。諸君はそれぞれ、融通性に富む他のどの市民の内面にも住みつくことができ、一つの内面からまた別の内面へと舞い飛ぶことができるようになる。そして遂には、自分がピョートルなのかヨハンなのか分からなくなってしまうくらいに、それほどまでに、諸君は国家の固い抱擁にひしと包まれ、諸君もまた喜び勇んで［中略］……[85]

スコトーマの「均等主義」を改竄し過激化させたパドゥクの戦略は、ユートピアの仮面を被ったディストピア社会を現出させる。そしてそれは、いつの間にか恐怖に満ちた「非日常」をこの架空の国家に作り上げてしまうのである。

だがこうしたエピソードが暗示しているのは、国家元首としてのパドゥクの偉大さではなく、むしろ「悪の凡庸さ」に他ならない。ナボコフは本作の第五章でパドゥクとクルークの学友時代の日常を延々と描写しているが、そこにおいても一貫して強調されているのは、前者が如何に取るに足らない普通の人間であったかという点である。例えば彼の少年時代の日常を知る主人公クルークの眼から見れば、この独裁者は「様々な風変わりな点にもかかわらず、［中略］退屈で、平凡な、我慢ならぬほど卑劣な奴」に過ぎなかった。[86] クルークによれば、「蟇蛙」（Toad）という綽名で呼ばれていたパドゥクは生気のない顔をした、全くユーモアの感覚を持ち合わせていないようなつまらない少年であったのだ。[87] こうした「若き独裁者の日常」に対する言及は、『ベンド・シニスター』の原型とされる短編「独裁者殺し」にも共通して見られる。この小品で強調されているのは、かつて自分の弟の友人だった陰気で「凡庸」な少年が国家の指導者となり、「彼の権力が増大するに従って、市民の義務、訓戒、制限、布告」といった人々に「課されたあらゆる抑圧が、ますます彼本人に似てき」たという事実に対する、語り手の強い憤怒である。[88]

本章の第一節で引用したホルクハイマーとアドルノの言葉を借りるならば、まさに権力の衣をまとった独裁者の「凡庸な」少年時代に言及した『ベンド・シニスター』と「独裁者殺し」の両テクストは、いずれも一市民である主人公と国家指導者との過去の日常を描き出すことによって、プロパガンダによって「膨れ上がった指導者イメージを、その空虚さの寸法へと引き戻す」という――チャップリンが映画『独裁者』において実践した――戦略を殆ど無意識のうちに踏襲していると言える。[89] 実際に『ベンド・シニスター』では、かつて「弱いものいじめのところがあった」クルークは、軟弱な少年だったパドゥクを学校時代の五年間を通じて頻繁につまずかせて、その顔の上に座ったりしていたという。[90] またその一方で、あるとき灯りの消えた教室でパドゥクがクルークの手の甲にキスをしたというような、いささか「センチメンタル」な逸話までもが彼によって明かされるのである。[91]

『啓蒙の弁証法』においてホルクハイマー＝アドルノは、こうした試みをナチズム／ファシズムへの一種の対抗策として提示したが、『ベンド・シニスター』の「序文」において自らの非政治性を強調するナボコフは、もちろんチャップリンのように意図的に全体主義への政治的抵抗の身振りを示していたわけではなかっただろう。むしろ、彼はこの耽美的かつ思弁的な小説において、若き日のパドゥクとクルークの日常という極めて非政治的な光景を回顧的に表象することによって、前者を無意識的に脱神話化し、逆説的にホルクハイマー＝アドルノの言う全体主義に対する政治的抵抗に加担していたのである。言い換えれば、作者は『ベンド・シニスター』において非政治性を徹底することによって、逆に意図しない形で独裁者の真実の姿を暴き出すという政治的な試みを実践していたのだ。そのことはつまり、たとえテクストそれ自体にスターリンやヒトラーのような独裁者を風刺ないし糾弾するような意図がなかったとしても、独裁者を描く殆ど全てのフィクションは、必然的に非政治的ではあり得ないということを示している。また、あくまで息子への「愛に満ちたクルークの心の鼓動」という全体主義的状況下における日常性を主題とするこの作品は、彼とダヴィットの親子関係が——前者の逮捕拘禁と後者の悲劇的な死という結末によって——終わりを迎えるという点からも明白な通り、非政治的な日常そのものが次第に恐るべき非日常の中へと絡めとられてゆく様をも表現している。つまり、ナボコフが作中（及び本作の「序文」）で父の息子への愛情という日常的主題を強調すればするほど、全体主義体制下の非日常性や、それがもたらす残酷性や悲劇性が前景化されてゆくのである。

もちろん、こうしてナボコフ自身の主張に反駁しながら『ベンド・シニスター』を読み解く上で看過してはならないのは、この作品が独裁体制下における日常と非日常の複雑な関係を扱っているという事実である。例えば物語の後半において、独裁者の「凡庸さ」を知っている殆ど唯一の人物——すなわち、独裁者のかつての日常を知っている稀有な存在——であるクルークは、まさにそのことによって否応がなく非日常的状況の中へと投げ込まれてゆく。実際、自身を懐柔しようと企むパドゥクとの会見を果たす場面において、クルークは総統に対してかつてのような不躾な態度を崩さず、相手の要求を拒絶するが[92]、国外逃亡の寸前に逮捕されてしまう。そして投獄されダヴィットと離れ離れになった彼は、愛する息子が手違いで殺されてししまったことを知ると、最終的には発狂してしまうのである。この小説でナボコフは、非日常的状況において辛くも維持されている日常の様相や、クルークと独裁者のかつての日常生活の記憶を執拗に描いたが、こうして作者が幾度も強調した非政治的な日常性は、最後には政治的な非日常性の中で文字通り霧散してしまう。そして言うまでもなく、独裁体制下ではこうした非日常的な出来事が社会全体で何度も反復されるがゆえに、それは次第に「日常」の一部となってゆくのである。

このように、ナボコフの独裁者小説『ベンド・シニスター』は作者自身の非政治的な意図を裏切り、皮肉なことに、まさに非政治的であることとの必然的帰結としての政治性や悲劇性を露見させている。そのため、こうした「非政治性の政治学」とでも言うべきパラドクスを踏まえつつ、敢えてこの小説をルイスの『ここでは起こり得ない』やケストラーの『真昼の暗黒』、オーウェルの『一九八四年』などと比較するとすれば、本作は直接的な政治風刺や弾劾の対象としてではない、全く新たな「架空の独裁者像」を打ち出した画期的な作品とみなされうる。しかしそれだけでなく、ナボコフによるこの優れた小説は更に、徹底して非政治的な独裁者フィクションさえもが、実のところ現実世界へのある種の政治的な応答たりうるという重要な事実をも物語っているのである。

【註】

（1）もちろん、今日ではこの小説をドナルド・トランプ時代のアメリカの預言として捉える者もいるだろう。
（2）Sinclair Lewis, *It Can't Happen Here* (1935; London: Penguin Books, 2017), pp. 1-11.
（3）Ibid., p. 16
（4）Ibid., pp. 61-64.
（5）Ibid., p. 142
（6）Ibid., p. 283.
（7）Ibid., p. 70.
（8）Ibid., p. 98
（9）マックス・ウェーバー『権力と支配』濱嶋朗訳（講談社、二〇一二年）八三頁
（10）マックス・ホルクハイマー&テオドール・アドルノ『啓蒙の弁証法——哲学的断想』徳永恂訳（岩波書店、二〇〇七年）四八九頁
（11）前掲書、四八九—九〇頁
（12）前掲書、四九〇頁
（13）Lewis, *It Can't Happen Here*, p. 69.
（14）Benjamin L. Alpers, *Dictators, Democracy, and American Public Culture: Envisioning the Totalitarian Enemy, 1920s-1950s*. Chapel Hill: University of North Carolina Press, 2003, p. 1.
（15）カール・シュミット『独裁——近代主権論の起原からプロレタリア階級闘争まで』田中浩・原田武雄訳（未来社、二〇一七年）五頁
（16）前掲書、七頁
（17）ハンナ・アーレント『全体主義の起原』第三巻、大久保和郎・大島かおり訳（みすず書房、二〇一七年）四頁。ここでは英語版ではなく、ドイツ語版からの翻訳を使用した。
（18）ヴァルター・ベンヤミン『ベンヤミン・アンソロジー』山口裕之訳（河出書房新社、二〇一一年）三三六頁
（19）Lewis, *It Can't Happen Here*, p. 16.
（20）Ibid., pp. 17-18.
（21）Alpers, *Dictators, Democracy, and American Public Culture*, p. 60.

（22）Ibid., p. 61.
（23）Ibid., p. 16.
（24）Ibid., pp. 17-19.
（25）Ibid., p. 19.
（26）Ibid., p. 36.
（27）ホルクハイマー&アドルノ『啓蒙の弁証法』三五五―五六頁
（28）Alpers, *Dictators, Democracy, and American Public Culture*, pp. 37-9.
（29）アルヴィン・H・ローゼンフェルド『イメージのなかのヒトラー』金井和子訳（未来社、二〇〇〇年）六四―六五頁。本書の英語原本は入手困難であったため、ここでは翻訳書のみを参照した。
（30）フセインの逮捕をモデルとした今世紀の物語として、マーティン・エイミスの短編「終わりの宮殿の中で」("In the Palace of the End", 2004) がある。作品集『二機目の飛行機』(*The Second Plane*, 2008) 所収。
（31）Vaughn Rasberry, *Race and the Totalitarian Century: Geopolitics in the Black Literary Imagination* (Cambridge, Massachusetts: Harvard University Press, 2016). p. 4.
（32）Ibid., pp. 7-8.
（33）ローゼンフェルド『イメージのなかのヒトラー』一三、四二頁
（34）前掲書、四三頁
（35）前掲書、四三―四八頁
（36）Michael Butter, *The Epitome of Evil: Hitler in American Fiction, 1939-2002* (New York: Palgrave Macmillan, 2009), p. 19.
（37）オーウェルの生涯や思想形成については、Bernard R. Crick, *George Orwell: A Life* (Harmondsworth, Penguin Books, 1992) を参照せよ。また、手軽に読めるものとしては、川端康雄『ジョージ・オーウェル――「人間らしさ」への讃歌』（岩波書店、二〇二〇年）がある。
（38）Arthur Koestler, *The Invisible Writing: Being the Second Volume of Arrow in the Blue* (London: Collins with Hamish Hamilton LTD, 1954), p. 402. 本文中の翻訳は、『ケストラー自伝――目に見えぬ文字』甲斐弦訳（彩流社、一九九三年）を用いる。
（39）George Orwell, *The Complete Works of George Orwell*, vol. 16, ed. by Peter Davison (London: Secker & Warburg, 1998), pp. 392-400.
（40）ロシア語で書かれたこの小説はソ連で発禁になったため、初出は英訳であった。ただし、オーウェルはフランス語訳で読んでいる。
（41）Koestler, *The Invisible Writing*, p. 394.
（42）Orwell, *The Complete Works*, vol. 16. pp. 395-96.

（43）Ibid., p. 396.
（44）Koestler, *The Invisible Writing*, pp. 393-94.
（45）Ibid., p. 396.
（46）Arthur Koestler, *Darkness at Noon*, trans. by Daphne Hardy (1940; London: Vintage, 1994), pp. 40-1. 本文中の翻訳は『真昼の暗黒』中島賢二訳（岩波書店、二〇〇九年）を用いる。
（47）Slavoj Žižek, *The Sublime Object of Ideology* (London: Verso, 1989), p. 197. 本文中の翻訳は『イデオロギーの崇高な対象』鈴木晶訳（河出書房新社、二〇〇一年）を参照。
（48）Koestler, *The Invisible Writing*, pp. 400-01.
（49）モーリス・メルロ＝ポンティ『ヒューマニズムとテロル――共産主義の問題に関する試論』合田正人訳（みすず書房、二〇〇二年）四五、五八―五九頁
（50）George Orwell, *Nineteen Eighty-Four* (1949; London: Penguin Books, 2004), pp. 244, 242. 以下、本文中の日本語訳は『一九八四年』高橋和久訳（早川書房、二〇〇九年）を用いる。
（51）Koestler, *Darkness at Noon*, p 18.
（52）Ibid., p. 104.
（53）Orwell, *Nineteen Eighty-Four*, p. 242.
（54）Ibid., p. 60.
（55）Ibid, p. 40.
（56）Ibid., pp. 46-47.
（57）Ibid., p. 37.
（58）Ibid., pp. 41-42.
（59）Ibid., pp. 301-02.
（60）だがもちろん、川端康雄がその未だに刺激的なオーウェル論の中で警告しているように、『一九八四年』は「二十世紀に書かれた最も明晰な政治批判の書」の一つであるものの、その政治思想は、作品の大雑把な枠組みに「〈管理社会〉とか〈全体主義国家〉といった出来合いの符牒を機械的に当てはめることによって明らかになるようなもの」ではない。川端によればそれはむしろ、テクストの細部に微妙に浮き出てくるものなのであり、作品の精緻な分析によってのみ読み取られるような類のものに他ならないのだ。川端康雄『オーウェルのマザー・グース――歌の力、語りの力』（平凡社、一九九八年）一五頁
（61）カール・マルクス『ゴータ綱領批判』望月清司訳（岩波書店、一九七八年）五三頁

(62) C. L. R. James, *Mariners, Renegades and Castaways: The Story of Herman Melville and the World We Live In* (Hanover: Dartmouth College Press, 2001), pp. 14-15. ジェームズはこの本の中でスターリンとヒトラーの狂気がいずれも「まさに西洋文明の最も深い土壌」で生育したと主張した上で、メルヴィルの「預言的」テクストを再読し、エイハブ船長を「全体主義的なタイプの体現者」とみなしている (pp. 13, 15)。

(63) アーレント『全体主義の起原』第三巻、三八頁

(64) Koestler, *Darkness at Noon*, p. 19.

(65) Orwell, *Nineteen Eighty-Four*, p. 1.

(66) Ibid., pp. 31-32.

(67) Ibid., p. 238.

(68) Ibid., p. 14.

(69) Ibid., pp. 17-18.

(70) 同様の関係性は、カート・ヴォネガットの『猫のゆりかご』(*Cat's Cradle*, 1963) において、独裁者パパ・モンザーノと教祖ボコノンとの関係性として再登場する。

(71) アーレント『全体主義の起原』第三巻、三八頁

(72) Vladimir Nabokov, "Introduction", in Vladimir Nabokov, *Bend Sinister* (1947; London: Penguin Books, 2001), p. 6. 以下、この小説及びその序文からの引用は、『ベンドシニスター』加藤光也訳（みすず書房、二〇〇一年）を用いる。

(73) Ibid., p. 6.

(74) Ibid., p. 6.

(75) Ibid., p. 7.

(76) 両テクストのタイトル表記は英語版のものを載せたが、出版年はいずれもロシア語での初出時のものである。

(77) Vladimir Nabokov, *Tyrants Destroyed and Other Stories* (London: Penguin Books, 1975), p. 15. この作品からの日本語訳は、「独裁者殺し」諫早勇一訳『ナボコフ全短篇』秋草俊一郎ほか訳（作品社、二〇一一年）を用いる。

(78) Vladimir Nabokov, *Bend Sinister* (1947; London: Penguin Books, 2001), p. 90.

(79) Ibid., pp. 94-108.

(80) Ibid., p. 50.

(81) Ibid., p. 41.

(82) Ibid., p. 26.

(83) Ibid., p. 71.

(84) Ibid., p. 70.
(85) Ibid., p. 88.
(86) Ibid., p. 64.
(87) Ibid., pp. 63-64.
(88) Nabokov, *Tyrants Destroyed*, pp. 21, 17.
(89) ホルクハイマー&アドルノ『啓蒙の弁証法』四九〇頁
(90) Nabokov, *Bend Sinister*, p. 51.
(91) Ibid., p. 80.
(92) Ibid., pp. 120-131.

第二章

スターリニズムとナチズムの寓話

――オーウェルからゴールディングへ――

1　寓話としての独裁者フィクション

英語圏における独裁者フィクションの伝統と系譜を考える上で、ジョージ・オーウェルが遺した二つの代表作──『動物農場』（*Animal Farm*, 1945）と『一九八四年』（*Nineteen Eighty-Four*, 1949）──は言うまでもなく重要であるが、前者がこのジャンルの歴史上で特異な位置を占めていることもまた事実である。ロシア革命からスターリニズムの確立、そして悪名高い一九三〇年代の大粛清に至るソ連共産党（ボリシェヴィキ）の実態を架空の「動物農場」を舞台に風刺したこの寓話小説に類するテクストは、英語圏におけるこれ以降の独裁者文学の歴史を見渡しても殆ど見当たらない。しかしながら、そのことは無論、『動物農場』で実践された「寓話」という表現方法が後世の作品群に全く踏襲されなかったというわけではない。例えば、サルマン・ラシュディの大作『恥』（*Shame*, 1983）やアフリカを舞台にしたピーター・ナザレスの小説『元帥はお目覚めだ』（*The General is Up*, 1984）などから明らかなように、架空の独裁者の表象には多かれ少なかれ風刺的かつ寓話的な側面が見られる。その点で、二十世紀における独裁者小説の書き手たちの多くが、少なくともオーウェルや彼の『動物農場』の間接的な影響下にあったといっても誇張にはならないだろう。

もっとも、このジャンルにおける寓話というスタイルを論じるに当たって外せないテクストは他にも存在する。その一つは、オーウェルの死から四年後にイギリスで出版されたウィリアム・ゴールディングの傑作『蠅の王』（*Lord of the Flies*, 1954）である。この小説は孤島に不時着した少年たちの「王国」建設とナチズムのトラウマ的イメージを重ねて描いているが、ウィルトシャー州ソールズベリーのグラマー・スクールに勤務する一介の教師であったゴールディングは、四十四歳のときに出版した本作の成功によって戦後を代表する流行作家の一人となった。しかしながら、オーウェルが英文学史上に既に確固たる地位を築いているのと対照的に、一九八〇年にブッカー賞、一九八三年にノーベル文学賞を受賞したゴールディングの名声は彼の死後、次第に忘れ去られ、現在では『蠅の王』を除くこの作家の主要なテクストが、一般読者や批評家の間で二十世紀のキャノンとして扱われることは少ない。その理由についてここでは議論しないが、それは彼の作品群が長らく――逆説的であるが、いささか古めかしい響きのある――「現代の寓話」として読まれてきたことと無縁ではあるまい。事実、アメリカの批評家ハロルド・ブルームは『蠅の王』について幾らか皮肉を込めつつ、それが「全くユーモアを欠いた」一種の「残酷な寓話」であると評している(1)。こうした評価について、ゴールディング自身は次のような所見を語っている――「私は神話とは寓話よりも深遠で重要なものであると考えています。寓話は表層的に作り出されているものですが、他方で神話とは存在への鍵、人生の全体的な意味、そして総体的な経験といった古代の感覚の根源から立ち現れてくるようなものなのです」(2)。

もちろん、ゴールディングはこの小説の政治的側面についてここで詳述しているわけではないが、『蠅の王』を英語圏における独裁者フィクションの系譜上に位置づけて考察しようと試みた場合、彼自身によるこの指摘は少なからず重要な意味を持つ。事実、確かに『蠅の王』はこれまである種の寓話として受容されてきたに違いないが、このテクストの有する「寓話性」は、オーウェルの『動物農場』におけるそれとは大きく異なる。つまり、オーウェルの寓話作品が同時代におけるスターリニズムやソ連共産党の欺瞞を告発するジャーナリスティックな風刺性を強く持っていたのに対して、ゴールディング自身の表現を借りればむしろ「神話的」であるこの小説は――後述するように、ナチス・ドイツの全体主義体制をその物語の実際のモデルにしつつも――独裁者や独裁政治をより普遍的な恐怖の象徴として、極めてアレゴリカルに表象していたのである(3)。

『動物農場』と『蠅の王』は、独裁者を動物や少年として表象しているという点でどちらも典型的な寓話小説に他ならないが、これらは様々な点で対照的なテクストである。例えば、前者においてオーウェルがスターリンを徹底的に弾劾している一方、後述するようにゴールディングはヒトラー的な権力掌握の過程をより暗喩的に描いている。それだけでなく、極めてジャーナリスティックな側面を持つオーウェルの『動物農場』がロシア革命や大粛清といった歴史上の一回性の出来事を風刺的に扱っているのに対して、一種の普遍的な「神話」構築を志向する後者のそれは悲劇的な出来事を、いつどのような場所にも再帰しうるものとして提示している。換言すれば、前者が現在進行中の「現実」を問題にしているのに対して、後者は未来における再帰可能性を問題としているのである。以上の相違点を踏まえた上で、本章ではまずオーウェルのテクストにおける「寓話性」を同時代のコンテクストに置いて分析したあと、ゴールディングが如何にしてこの寓話というスタイルを拡張し、自らが「神話」と呼ぶ文学世界を構築したのかを明らかにする。『動物農場』と『蠅の王』の読解を通じて、寓話としての独裁者フィクションの二つの相反する——しかし両立可能な——方向性について検討するのがこの章の目的である。

2 『動物農場』におけるナポレオン／スターリン——独裁、言語、文学

オーウェルは彼の最も有名なエッセイの一つである「鯨の腹の中で」("Inside the Whale", 1940) において、「過去百五十年のうち、想像力豊かな散文が一九三〇年代ほど生まれなかった十年間はなかった」と述べた上で、「良い詩や社会学的作品、優れたパンフレットはあったが、事実上何らかの価値のあるフィクションは皆無であった」と断言している。(4) オーウェルによればナチズム／ファシズムが台頭し、ヨーロッパ各地で社会主義の嵐が吹き荒れたこの時代には、「時代精神 (zeitgeist)」に感化されるだけの感受性がある者は誰もが同

時に政治に巻き込まれた」[5]。こうした中、作家たちは政治に関与すべきか否か選択を強いられる状況に直面したわけであるが、彼が指摘するように、例えばイーヴリン・ウォーやクリストファー・ホリスといった一部の有能な書き手たちは、「何か信じられるもの」を求めてカトリック教会へと逃げ込み、現実政治と対峙することを放棄した。だが他方で、非常に多くの作家や知識人たちが、同様に「信じられるもの」を求めて共産主義へと走った。『カタロニア賛歌』(*Homage to Catalonia*, 1938)に詳述されているスペイン内戦での体験を経て、オーウェルはソ連共産党やスターリニズムへの批判を急激に強めていったが、彼は「鯨の腹の中で」において一九三〇年代の若き知識人たちが、かつての自分自身と同じくナチズム/ファシズムへの対抗策として共産党に希望を託していたことを揶揄している。ここでオーウェルは、イギリス知識人たちによる共産主義への信奉を「根無し草の愛国主義」と皮肉めいて形容し、彼らのメンタリティについて次のように綴っている――「愛国心、信仰、帝国、軍事的栄光――これらを一言で表すならばロシアだ。父、王、指導者、英雄、救済者――全てを一言で言えばスターリンだ。神――スターリン。悪魔――ヒトラー。天国――モスクワである。地獄――ベルリンである」[6]。

一九三〇年代の停滞した文学と全体主義の台頭という政治状況の関わりを分析したオーウェルの問題意識は、第二次世界大戦の終結後の晩年に至るまで一貫して持続していた。その意味で、一九四〇年代前半に書かれた『動物農場』は、低調な一九三〇年代文学へのオーウェル自身による一つの回答であったと言える。「なぜ私は書くのか」(“Why I Write”, 1946)と題された後年のエッセイにおいて、オーウェルは自分が過去十年間かけて求めてきたのは、「政治的文章を芸術にまで高めること」に他ならなかったと述べ、この小説は「自分が何をおこなっているのか完全に意識した上で、私が政治的目的と芸術的目的を一つに融合させようと試みた最初の本であった」と告白している[7]。

ジェティ・メイヤーズが書いているように、この作品が発表された一九四五年八月とは、現代史上において最も重要な転換点であった。当時、既にフランクリン・ルーズヴェルトは死去しており、ベニート・ムッソリーニとヒトラーはもはやこの世にいなかった。のみならず、イギリスのウィンストン・チャーチル首相も総選挙での敗北により辞任に追い込まれていた。そして言うまでもなく、この月の六日と九日には広島と長崎に原子爆弾が投下され、第二次世界大戦が完全に終結している。この当時、かつてビッグ・スリーと呼ばれた連合国の首脳たちのうち、未だ権力の座にあったのはスターリンただ一人だったのである。(8) メイヤーズによれば、共産主義へのシンパシーに溢れていた当時のイギリス社会において、オーウェルが持ち込んだ『動物農場』の原稿はなかなか受け入れられず、五つもの出版社に刊行を拒否された。事実、オーウェルは一九四三年の十一月に本作の執筆を開始し、翌年の二月には書き終えたが、出版までには実に十八か月を要した。(9) 『動物農場』の脱稿に先立ち、スターリングラード攻防戦におけるソ連軍の決定的勝利と連合軍によるノルマンディー上陸作戦の成功があり、この時期のイギリス社会にはドイツ軍を退けたソ連に対する「強い連帯意識」が存在していた。こうした中で、オーウェルはソ連がヒトラーを打倒し、解放された全ヨーロッパがスターリンによって支配されてしまうという恐るべき未来像を思い描いていたのである。(10)

こうした将来への危機感は、堕落したボリシェヴィキたちを豚になぞらえて風刺した『動物農場』のほぼ全編にわたって反映されている。しかしながら、この寓話小説を一九三〇年代文学に対する一種の応答と位置づけ、なおかつ「政治的文章を芸術にまで高めること」を志向したオーウェル自身の意図に寄り添ってそれを読み解こうとするのであれば、われわれは「全体主義に支配されたヨーロッパの未来」という彼のディストピア的ヴィジョンのみならず、そうした独裁体制下における「言語」や「文学」そのものの在り方に対する作家の危機意識にも十分な目配りを行なわなくてはならない。よく知られているように、オーウェルは言語の「腐敗」を論じたエッセイ「政治と英語」(“Politics and the English Language”, 1946)の中で、「現代において政治的な演説と文書の大部分は弁解不可能なものに対する弁解に他ならない」と述べ、曖昧で陳腐な常套句に満ちた「政治的文章」のレトリックによって、権力の背後にある恐るべき現実が隠蔽されうることを指摘している。(11) また前章で述べたように、代表作『一九八四年』で彼は、こうした政治的言語の究極的な形態である「ニュースピーク」(Newspeak)を考案し、この新たな言語体系を全体主義社会における思考や表現活動の統制のための装置として提示している。これらに対して、もちろん動物たちを主人公とする『動物農場』においてオーウェルは決して高度な言語論を展開しているわけでも、文学の価値や政治的役割について難解な省察を行なっているわけでもない。しかしながら、作者が「政治的目的と芸術的目的を一つに融合」させようと試みたこの小説は、先に挙げた「政治と言語」や『一九八四年』と同様に言語に対する問題意識に貫かれているだけでなく、まさにそれ自体が、全体主義と独裁の時代に文学を使って文学そのものを防衛するために産み出された作品としても読まれうるのである。

寓話小説『動物農場』において最も特徴的なのは動物たちが「喋る」ということ、すなわち言語を駆使するということである。オーウェルは本来、決して言葉を発しない存在である動物たちにいわば「声」を与えたわけであるが、そのことはここで家畜に擬される帝政ロシアの農奴や貧しい労働者たちが、社会において如何なる「声」をも持たない沈黙の存在であったという認識に基づいている。カール・マルクスやフリードリヒ・エンゲルス、そしてウラジーミル・レーニンといった思想家や革命家たちの功績とは、ある意味ではこうした最下層の階級に生きる者たちを代弁したこと、更には「声」を剝奪された人々に自らの惨状を告発する上で必要な「言葉」を与えたということに他ならない。オーウェルは本作の冒頭でマルクスやレーニンを連想させる年老いた豚、メージャー爺さんを登場させ、「マナー農場」が位置するイングランドにおいて、動物たちが如何に隷属的な地位に置かれているかを力説させる。ここでメージャー爺さんは、その原因がイングランドの気候や自然にあるのではなく、人間たちによる収奪のシステム、或いは労働者（動物）たちが商品から疎外された状況にあることを強調し、次のように説くのである。

つまりわれわれのこの生活の邪悪全ては、人類の圧政から生まれているというのは火を見るより明らかではないだろうか？　人さえ始末すれば、われわれの労働の産物はわれわれ自身のものとなる。ほぼ一夜にしてわれわれは豊かで自由になれる。するとわれわれはどうすべきだろうか？　それはもちろん、日夜心身を傾けて人類の転覆を諮るのだ！　同志諸君、これが私の贈るメッセージだ。反逆を！　その反逆がいつ起こるかは知らない。一週間後だろうか、それとも百年後だろうか。でもこの足下の藁を見るのと同じくらい確実に、遅かれ早かれ正義が実現することは知っている。残り少ない寿命の間ずっと、そこから目を逸らしてはいけない！　そして何よりも、私のこのメッセージを後代の者たちに伝えるのだ。そうすれば将来の世代がこの闘争を引き継いで、いつの日か勝利を迎えられる。(12)

彼は他の動物たちを前にしたこの情熱的で理想主義的な演説において、自分たちの労働の成果である生産物や富を人間の追放、すなわち革命によって奪回することを提案する。ここで重要なのは、この演説を聞いた他の動物たちがまさに言葉の力によって初めて自分たちの置かれた状況を認識し、それによって革命への道が開かれていることを悟るという点である。

メージャー爺さんの死後、一九一七年のロシア十一月革命を連想させる蜂起によって農場主のジョーンズを追い出した動物たちは、知能の高い豚たち——その中でも特にナポレオン、スノーボール、スクィーラーの三頭——を中心として「動物主義」（Animalism）思想をまとめ上げ、次のような七つの戒律を制定する。このことはつまり彼らが言葉の存在によって、自分たちの理念を明文化した「法」を初めて産み出し得たということを表している。

1. 二本足で立つ者は全て敵。
2. 四本足で立つか、翼がある者は友。
3. 全ての動物は服を着てはいけない。
4. 全ての動物はベッドで寝てはいけない。
5. 全ての動物は酒を飲んではいけない。
6. 全ての動物は他のどんな動物も殺してはいけない。
7. 全ての動物は平等である。(13)

『動物農場』の冒頭で示されるのは、言葉によって動物たちの隷属状況に名前が与えられ、革命の契機が芽生えただけでなく、同じく言葉によって法や共同体の規範が生まれたという事実である。このように、「声」を持った動物たちはまさに言語の力によって人間の軛からの自由を手に入れるが、対照的にこの物語の後半部分で描かれているのは、七つの戒律や規範が次第にないがしろにされ、支配階級と化した豚たちによって一切の理想が踏みにじられていく過程である。「動物農場」設立直後の集団による農作業の描写は、一九二八年の第一次五か年計画で発表された農業集団化（コルホーズ政策）を暗示しているが、当初かつての家畜たちは人間による搾取を脱して自由と平等を手に入れたことに幸福を感じていた。しかしながら、まさに言語そのものの効力を悪用した独裁者ナポレオンの台頭によって、彼らは最終的に全ての希望が幻想に過ぎなかったことを思い知らされるのである。

そこでこの点を明らかにする前に、まずは『動物農場』に描かれている顛末と現実のロシア史との照応関係を少し概観してみたいと思う。革命と内戦を経てソ連が正式に成立したのは一九二二年であったが、この年に脳出血で倒れた初代指導者レーニンは徐々に政治的影響力を喪失していった。彼は一九二四年に死去するまで形式上は首相（人民委員会議議長）の地位に留まっていたものの、新設された書記長のポストに就き、党の日常業務と人事権を掌握したスターリンが、次第に後継者として頭角を現してゆく。一九二〇年代初頭、ソ連共産党における政策決定機関である政治局にはレーニンを筆頭に、スターリン、レフ・トロツキー、グレゴリー・ジノヴィエフ、レフ・カメーネフ、アレクセイ・ルイコフ、ミハイル・トムスキーらが名を連ねていたが、他方でスターリンが牛耳る党運営の中心機関である書記局のメンバーには彼の腹心ヴャチェスラフ・モロトフが選出されていた。指導部メンバーのうち、権謀術数に長けた書記長のスターリンと、赤軍の創設者であり外相や国防相といった花形のポストを歴任して大衆からの支持が厚かったトロツキーが激しく対立していたが、レーニンの死去に伴い、ひとまずはその補佐役だった副首相のルイコフが後任として首相に昇格する。スターリンは当初、コミンテルン議長のジノヴィエフ、そして副首相のカメーネフといわゆる「トロイカ体制」を組み、同時にルイコフやトムスキーら党内右派とも連携してトロツキーを孤立させることに成功するが、権力闘争に勝利するや否や、彼はかつての盟友や同僚たちを徹底的に抹殺していくことになる。大粛清の始まりによってスターリンの脅威となり得る人材が次々に姿を消す中、一九三〇年には彼の忠実な側近であったモロトフが、失脚したルイコフに代わって新首相に据えられることとなる。(14)

『動物農場』において「革命」後の農場経営を主導したのは、寡黙でありながら狡猾なナポレオンと、やや直情的ながらも陽気で演説に長けているスノーボールの二頭であったが、スターリンとトロツキーを模している彼らは、作中でことあるごとに対立し意見を戦わせている。当初、スノーボールは軍事作戦を指揮して人間の侵攻——これは一九一八年から一九二二年の列強による対ソ干渉戦争を暗示している——を食い止め、風車の建設を主導することで存在感を増していくが、それに反対するナポレオンと彼に忠誠を誓う大型犬たちによって（国外亡命を余儀なくされたトロツキーさながらに）追放されてしまう。姿を消したスノーボールとその一味は「裏切り者」のレッテルを張られ、また農場内で反体制の嫌疑をかけられた者たちは、秘密警察の役割を担うナポレオンの犬たちによって容赦なく「処刑」されていった。この大粛清のあと、独裁者ナポレオンは前言を翻して風車建設を推し進める一方で、巧みな「外交」戦術で農場内の食料困窮や恐怖政治を隠蔽しつつ、近隣の農場主たちと必要物資の売買契約を結ぶべく交渉を行なう。ナポレオンは（大英帝国を思わせる）ピルキントン氏を出し抜いて（ナチス・ドイツを連想させる）フレデリックと契約を締結するが、突如それを反故にした後者が農場への侵攻を開始すると、彼は大きな衝撃を受ける。しかしながら、まさしく第二次世界大戦中に独ソ戦を勝ち抜いたスターリンと同様に、ナポレオンは多大な犠牲を払いながらも動物たちを勝利へと導き、自身の絶対的地位を固めることに成功する。

興味深いことに、こうした権力掌握のプロセスを通じて、独裁者ナポレオンをはじめとする指導部の豚たちは、決して言語を文学や芸術、或いは娯楽のために用いようとはしない。言い換えれば、彼らは言語を政治的目的にだけ奉仕させ、専らそれを権力闘争と統治のための装置として利用するのである。例えば物語前半において、スノーボールの主導によって農場内に「読み書きのクラス」が開設されるが、これは結果として動物間にある種の格差を生み出してしまうこととなる。

豚はといえば、既に完璧に読み書きできます。犬たちは、読むのはそこそこ達者でしたが、七戒以外のものを読む気は全くありません。山羊のミリュエルは、犬より少し上手く読めて、ときには晩に、ゴミの山で見つけた新聞の切れ端を他の動物たちに読んで聞かせることもありました。ベンジャミンは豚たちに負けないくらい読めましたが、その能力を決して使おうとはしませんでした。なんでも、自分の知る限り読むに値するものなんかないとか。クローバーは、いろはは全て覚えましたが、言葉を綴ることはできません。ボクサーは、いろはにから先に進めませんでした。［中略］モリーは、自分の名前を綴る三文字以外は絶対に勉強しないと言います。(15)

オーウェルによるとそれ以外の動物たちはA以降の文字を憶えることができず、また羊や鶏、アヒルといった知能の低い生き物は七つの戒律を憶えることさえできなかった。そのためスノーボールはそれを短縮した一つの格言――「四本足は善い、二本足は悪い」――を公布したが(16)、このことは読み書き能力に長け、言語運用に優れた豚たちによる権力強化を決して妨げはしなかった。むしろ、言語能力の低い動物たちのために敢えて複雑な現実を簡略化したこの安直なプロパガンダが（『一九八四年』のニュースピークと同様に）、大衆の思考や現状認識それ自体を極度に単純化し、農場内の日常生活を少しずつ侵食し始めることになるのである。

鳥たちはスノーボールの難しい言葉を理解できませんでしたが、その説明を受け入れたし、もっと慎ましい動物たちはすぐに、新しい格言を暗記しようとしました。「四本足は善い、二本足は悪い」は納屋の外壁にもっと大きな字で書かれました。いったんこれを暗記してしまうと、羊たちはこの格言が大いに気に入り、畑で横になっているときにもしばしば「四本足は善い、二本足は悪い！」と鳴き始め、それを何時間も続けて飽きることがありませんでした。(17)

ここで「知とは権力である」とするミシェル・フーコー流の説明を持ち出すまでもなく、豚たちは言語運用能力を占有し、他の動物たちの言語使用や学習を意図的にコントロールすることにより彼らの思考そのものを管理し、大衆にイデオロギーの刷り込みを行なっていると言えるだろう。かつてマルクスやレーニンといった知識人は労働者階級の声を代弁したが、ここにおいて労働者を僭称した豚たちは、皮肉なことにまさに知識によって労働者を支配する。そして、それはナポレオンの権力掌握に伴って更に過激なものへと変貌していくのである。

スノーボールを追放して独裁者となったナポレオンは次第に公の場に現れることが少なくなり、彼に代わって雄弁家スクィーラーが「政権」のスポークスパーソンとして前面に立つ。かつてスターリンに次ぐソ連の実力者として戦間期の外交を指揮したモロトフ（首相・外相）と同様に、彼は絶対的指導者の有能な補佐役である。次の引用にあるように、スクィーラーは追放されたスノーボールとジョーンズの存在を農場の外的脅威として殊更に強調し、まさに言語とレトリックの力によって動物たちの恐怖心を煽りながらナポレオン独裁体制のイデオロギーを巧妙に広めてゆく。

「[スノーボールは] 牛小屋の戦いでは勇敢に戦ったじゃないか」と誰かが言いました。

スクウィーラーは言いました。「勇敢なだけでは不十分なのです。忠誠と服従のほうが重要。そして牛小屋の戦いはといいえば、いずれあのときのスノーボールの役割がずいぶん誇張されていたことがわかるはずですよ。規律ですよ、同志諸君、鉄の規律！今は重視すべきはこれなんです。一歩間違えれば、敵がまた襲いかかってくる。同志諸君、まさかジョーンズ氏に戻ってきてほしくはないでしょう？」

またもや、この議論には反論しようがありませんでした。もちろん動物たちは、ジョーンズの復活は望んでいません。日曜朝に議論をするとジョーンズが戻ってきかねないのであれば、議論はやめるしかありません。ボクサーは、今や物事をしっかり考えるだけの時間があったので、みんなの気持ちを代弁して次のように言いました。「同志ナポレオンがそう言うのなら、正しいにちがいない」。そしてその後かれは「ナポレオンは常に正しい」という格言を、自分個人のモットーである「わしがもっと働く」に加えて採用したのでした。(18)

スクィーラーの雄弁によって歴史は書き換えられ、スノーボールは農場を死守した救国の英雄から「裏切り者」に転落する。また、ナポレオンは当初から風車建設に反対しておらず、そもそも彼がその発案者であったという風に過去があからさまに捏造される。そしてそれと同時に、ナポレオンとスクィーラーは文字を満足に読めない多くの同志たちを尻目に、七つの戒律を無断で改竄し始めるのである。以上のことからも明らかなように、まさにこのナポレオン治下の「動物農場」において、言語を支配するものが社会全体を支配するのである。

これまで見てきたように、オーウェルの小説は言語を手に入れて「喋る」動物たちの物語に違いないが、彼らが口にする言葉の中身は徐々に画一的かつ無味乾燥なものになってゆく。要するにプロットが進むにつれて、輝かしい「動物主義」の理想は次第にナポレオン個人崇拝のためのスローガンに転化してゆくのである。大統領となったナポレオンは「万獣の父」、「人類の恐怖」、「羊たちの保護者」、或いは「アヒルの友」といった仰々しい敬称で呼ばれ、終いには彼を賛美する歌までが作られる。[19] このように、かつてメージャー爺さんの演説に心を打たれて革命へと導かれた動物たちの「声」は、いつの間にかナポレオンを称える全体主義体制の「声」に置き換えられてしまっている。もはや彼らはそれ以外の「声」を発することはできず、従ってかつて言葉の力によって不平等や搾取のシステムを糾弾したはずの動物たちは、今や独裁者の統治下において、事実上その「声」を再び奪い取られてしまっているのである。

言うまでもなく、オーウェルにとって独裁体制下におけるこうした言語の危機とは、いつの日か必ず文学の危機に直結するものであった。それゆえ、彼はスターリニズムを社会主義の理想だけでなく、近い将来に文学そのものを滅ぼしかねない現在進行形の脅威として捉えていたのである。『動物農場』から数年後に書かれたエッセイ「作家とリヴァイアサン」(“Writers and Leviathan”, 1948) において、オーウェルは当時を「国家統制の時代」と定義した上で、「われわれが少なくとも非文学的であると折に触れて気づく忠誠心というものによって、私たち［作家］の題材は狭められるだけでなく、文学に対する全般的な態度さえもが特徴づけられてしまうのである」と断言している。[20] また、それに先立つテクスト「文学の禁圧」(“The Prevention of Literature”, 1946) で、彼は全体主義国家における歴史修正主義を批判しつつ、そうした社会が「寛容や知的に安定した状態の実現を決して許さないであろう」と書いている。[21] オーウェルによれば、全体主義社会は「信頼に足る事実の記録や文学的創造が要求する情緒的な率直さを決して許容することができない」のである。[22] また、同エッセイにおいて彼は「散文作家は思考の幅を狭めれば必ず自らの創作力を殺すことになる」と述べた上で、「だが全体主義社会、或いは全体主義的なものの見方を選んだ人々の歴史は、自由の喪失があらゆる形式の文学にとって有害であることを表している」と指摘している。彼によれば「ヒトラー体制下でドイツ文学は殆ど消え失せ、イタリアでも状況が芳しくない」ばかりか、一部の例外はあるにせよ「翻訳書から判断する限り、ロシア文学は革命初期以来、明確に劣化している」のだった。[23]

これまで見てきたように、『動物農場』において寓話性とは、主に同時代の世界に存在する現在進行中の脅威に対する批判的応答の手法として機能している。この点でオーウェルのテクストは、次節以降で扱うゴールディングの「神話的」寓話小説『蠅の王』とは大きく異なっていると言えるだろう。「文学の禁圧」の最終段落において、オーウェルは「ある種の野生動物と同じく、想像力は囚われの状態では育まれ得ない」と断言しているが[24]、まさに彼が抵抗しようとしたのは、言語を腐敗させ、文学的想像力や表現を弾圧する全体主義体制に他ならなかった。事実、「作家とリヴァイアサン」の中で彼は、作家は常に政党やイデオロギーに奉仕することなく、独立した立場で政治について書く権利があると強調している。以上のような理由から、オーウェルは独裁者スターリンやトロツキー、モロトフといった個人や個別の出来事への詳細な風刺を自身の寓話小説の中で実践したわけであるが、彼はこうした文学テクストの創作を通して、いわば現実世界における文学それ自体の危機にも対抗しようと試みたのである。

3 『蠅の王』におけるジャック／ヒトラー——「人間性の欠陥」とは何か？

オーウェルとは対照的に、ゴールディングは自らの思想や政治信条をあまり直接的に表明しなかったが、ジャック・I・バイルズによる一九七〇年出版のインタヴューの中で彼は自作『蠅の王』について語り、この作品において「社会の欠陥を人間本性の欠陥にまで遡って捉える」ことを意図したと述べている。[25] 人間本性に潜在するというこの「欠陥」の詳細についてゴールディング自身は明確に説明していないが、少なくともこのインタヴューにおける彼の発言は、『蠅の王』が持つ神話的かつアレゴリカルな特徴を示唆していると言える。重要なことに、近未来を舞台とするこの物語の背景にあるのは世界規模の大戦争であり、そうした黙示録的な状況の中で、イギリスから疎開する少年たちの乗った飛行機が南国の無人島に墜落する。主人公の少年ラーフは、合理的・科学的思考を持つ太った少年ピギーと砂浜で出会い、合唱隊を率いるジャックとも合流する。少年たちはラーフを隊長に選出し、「法螺貝を持つものが集会において発言権を有する」という規則を定め、互いに協力し合う。しかし、ある日一人の少年が見た夢が契機となり、恐るべき「蛇のような獣」が島に潜んでいるというデマが流れ、年少者たちの間に動揺が広がってゆく。この怪物のイメージは旧約聖書におけるアダムとイヴの堕落や楽園追放を連想させるが、作中において合唱隊を狩猟隊に再編し野生の豚を駆り始めたジャックの一隊は、それをなぞるかのように顔を泥で彩色し、次第に「野蛮人」と化していく。彼らは救出のため山頂に烽火を焚くという仕事を忘れ、そのことを非難するラーフやピギーたちと対立を深めてゆくのである。

『蝿の王』において、作者の言う「人間本性の欠陥」を漠然と具現化したものが、恐らくこの「獣」に他ならない。物語中ではあるとき空中から何か不気味なものが島に飛来するが、それを「獣」だと勘違いした少年たちは恐怖に陥り、共同体の秩序が崩壊する。ヒトラーを髣髴させる独裁者となったジャックは豚の頭を捧物として「獣」に供えようとするが、他方でイエス・キリストを想起させる無垢な少年サイモンは森の中で無数の蝿がたかる豚の頭と対峙し、「獣」とは外側ではなく彼ら自身の内面にこそ存在することを悟る。彼は更に、そこでパラシュートの巻きついた兵士の遺体を発見する。それが空から墜ちてきた「獣」の正体だと知った彼は、仲間の元に戻り報告しようとするが、突然の雷雨の中で野蛮に踊り狂うジャックたちに「獣」と誤認され、惨殺されてしまう。大多数の支持を集めて権力を握ったジャックとその狩猟隊は火を起こすのに必要なピギーの眼鏡を強奪し、本拠地である岩山の砦に持ち帰る。ラーフとピギーは彼らを追い、ジャックと対峙するが、ジャックの手下ロジャーによってピギーは殺され、法螺貝も粉砕される。理性を失ったジャックは森に火を放ち、味方を失ったラーフは敗走するものの、彼は砂浜で英国海軍に発見され間一髪のところで救助される。

もちろん、難解なポストモダン文学やテクストの決定不可能性を説く批評理論の全盛時代を既に通過してきた現代のわれわれの目から見ると、『蠅の王』における神話的な描写やレトリックは多分に説教臭く、「人間本性の欠陥」を探求する作者の人間観はあまりに単純にさえ映るかもしれない。しかしながら、第二次世界大戦やホロコースト、そしてナチズムの傷跡や集合的記憶が未だ生々しく残っていた一九五〇年代前半のヨーロッパ社会という歴史的文脈を考慮に入れるならば、ゴールディングが作中で提示したヴィジョンが全くもってナイーヴであったと言いきることはできないだろう。作家自身の戦争体験についてはジョン・ケリーによる伝記が克明に描写しているが、(26) それによればオックスフォード大学を卒業して教職に就いていた彼は、大戦中にイギリス王立海軍に入隊して戦地に赴いただけでなく、D・デイ、すなわち一九四四年六月六日のノルマンディー上陸作戦にも参加していたのである。

独裁者小説というジャンルの先駆者であるアーサー・ケストラーやオーウェルは、一九三〇年代後半に左翼ジャーナリストや反ファシズム兵士としてスペイン内戦に身を投じ、ナチス・ドイツやイタリアの援助を受けるフランシス・フランコの反乱軍と対峙していた。一方、彼らから数年遅れて生まれたゴールディングにとって、自身を社会や人間本性の「欠陥」という主題の探求へと向かわせた決定的な出来事とは、まさにこの第二次世界大戦への従軍に他ならなかった。実際、ゴールディングはナチズムと戦った自らの従軍体験について言及しつつ、あるエッセイの中で次のように書いている――「第二次世界大戦以前、私の世代は人間の完全性に対して概してリベラルでナイーヴな信仰を持っていた。だが戦時中、われわれは肉体的に強健になったのではないにせよ、少なくともモラルの面で必然的に野卑な存在になってしまった。それから私たちは少しずつ、人間が他の人間に対して何をなしうるのか、動物がまさに自分と同じ種に向かって何をなしうるのかを目撃したのである」[27]。こうした理由から、『蠅の王』をはじめとする戦後の作品群において、ゴールディングは人間性の「弱さ」や「不完全性」といった主題を愚直に追求し続けた。この点について、大戦について雄弁に語った一九八〇年のインタヴューの中で彼自身は次のように述べている。

第二次世界大戦以前には、私は人類の進歩的展望に口先だけの賛同を唱えていましたが、大戦中や戦後に目にしたものによって私は酷く心を痛めました。私は個人次第では完璧な存在になり得るという人間生来のリベラルで、殆どルソー的な人類に対する見方の愚かしさを悟ったのです。私がここで本当に言っておかねばならないのは、人間には真の悪性の成分――或いは別の言い方が好ましいのなら、要素――があるのだということを悟らせる出来事を、私が目にしたという事実です。私は、人間は命がけでそれを黙殺しようとしているのだと思います。また、私はわれわれには愛と自己犠牲のための偉大な能力があると信じていますが、同時に活発な人間の悪が存在するということをも認めざるを得ません。例えばナチスについて少し調べてみるだけでよいでしょう。そうすればその中に、故意的でかつ特定の人間の悪がうごめいていたのが分かるでしょうから。[28]

ゴールディングはホロコーストに直接言及していないものの、ここでナチズムを悪の象徴として持ち出している。彼はかつて自身を「生来の楽観主義者」であると同時に「知的な信念の上では悲観主義者」であると形容し、人間のバランスはおよそ「五十対五十」だと述べたことがあるが[29]、第二次世界大戦やナチズム／

ファシズムによる巨大な災禍を目撃し、人間の完全性に対する信頼を打ち砕かれたこの作家は、それらの体験を経た上で、人間社会や文明のマクロ的「脆弱さ」を人間自体の「弱さ」に遡って探求する必要性を痛感したのであった。

『蝿の王』の中でそうした「人間本性の欠陥」を描くに当たって、ゴールディングは意図的に二項対立的な図式を導入し、迫害者たるジャックと複数の「犠牲者」たちを対置させている。後述するように物語中盤でヒトラーさながらの手法を用いて権力を奪取し、専制体制を確立したジャックに対して、主人公ラーフやピギー、そしてサイモンといった登場人物たちは後者のカテゴリーに分類される。例えば、リーダーとして決して有能ではないものの、選挙によって民主的に選出された本来の隊長ラーフは、無人島からの救出を待つために火を焚き続けることを繰り返し主張するが、この忠告はジャックやその配下の少年たちに全く聞き入れられない。そしてジャックたちの離反により隊長の地位から滑り落ちたあと、ラーフは彼らによる「狩り」の対象になり、物語の終盤で命の危機に晒される。また、彼に最後まで協力的であったピギーとサイモンも、その誠実さや実直さゆえにジャックとその一味による恐るべき暴力の犠牲者となってしまう。事実、「獣」が自分たちの内面に存在することを唯一悟っていたサイモンは皆に相手にされず、皮肉なことに自分自身をその「獣」と誤認され、狂乱の中で殺害される。同様に、合理主義者ピギーの的確な忠言はジャックたちに黙殺され続け、彼自身もまた悲劇的な最期を迎えてしまう。

しかしながら、『蝿の王』を寓話的、ないしは「神話的」独裁者フィクションとして読み解く上で真に重要なのは、むしろこうした独裁者＝迫害者と犠牲者との二項対立的な関係性が、実は必ずしも固定的なものではないという事実である。言い換えれば、犠牲者たちが迫害を行なう側の立場に転じうる可能性は常に存在しているし、その逆も然りということに他ならない。この点で、共に「弱さ」を備えた両者は交換可能な関係性にあると言えるが、そのことを端的に示しているのは、野生の豚を殺害したジャックとその狩猟隊が開催した饗宴のあと、彼らが「野蛮人」の如く舞い踊り始める場面である。当初これを静観していたラーフとピギーはこの熱狂に魅了されて踊りに加わるが、その最中に少年たちは森の中から帰還したサイモンを「獣」と誤認して撲殺してしまう。


「さ、俺たちのダンスをやろう! さ、始めるんだ! 踊るんだ!」

彼［ジャック］はぼくぼくする砂地に足をとられながら、火の向こうの広い空き地になっている岩場の方へ走っていった。稲妻がとだえている間は、あたり一面は暗く物凄い状況を呈していた。ががやと喚きながら、少年たちは彼の後からついていった。［中略］みんな輪になって回りだし、同時に歌を歌い始めた。［中略］ピギーとラーフは、この狂気じみたしかし半ば安定している団体の中に参加したい、という気持ちにしきりに誘われた。恐怖心を閉じ込め、その逸脱を抑えている褐色の肌に触れて、二人はほっとした気持ちになった。[30]

ここで自らの食欲や飢えに屈したピギーとラーフは、対立する独裁者ジャックから豚の肉を与えられて踊りに参加し、一時的にではあるものの彼ら「野蛮人」たちと同化する。このように、彼らは独裁者とその体制によって脅かされる犠牲者でありながら、同時に抑圧や迫害を行なう側の立場にも容易に転じうる存在、或いは本質的に「弱さ」を備えた不安定な存在として表象されているのである。

だが、この小説においてこうした「弱さ」を有しているのは、決して彼ら犠牲者たちだけではない。身体的、性格的、ないしは能力的な欠陥によって最終的に死へと追いやられてしまったサイモンやピギーと同様に、後に独裁者として頭角を現すジャックもまた、ある種の「弱さ」に苛まれていたと言える。事実、作中でジャックは、例の実在しない「獣」に対する底知れぬ恐怖感を他の大勢の少年たちと共有している。

「でもやっぱり――森の中でもそうなんだ。狩りをしているとき、もちろん、果物なんかを採ってるときじゃなく、自分の獲物を追っかけているときなんか――」

彼［ジャック］は、はたしてラーフが真面目に自分の言うことを受け取ってくれるかどうか、不安になって、一瞬言葉を切った。「それで？」

「狩りをしていると、ときどき思いがけなく、まるで――」彼は、突然赤面した。

「もちろん、何でもないことなんだ。ただ、そういう感じがするだけなんだ。つまり、自分が狩りをしているのじゃなく、逆に――自分が狩りだされ追っかけられている、つまり、ジャングルの中で、しょっちゅう何かに追っかけられているという、そういう感じがするんだ」(31)

引用にあるように、ジャックは――そのことを会話の中でラーフに上手く伝えることはできないものの――他の少年たちと同じく実在しない「獣」の存在を深く恐れている。物語の中で、少年たちの恐怖は現実とは異なる思い込みに由来しているが、自分たち自身が作り出した空想上の概念に対する深甚な恐れは、彼らが属する集団全体を次第に覆ってゆく。そして最終的に、そうした恐怖心は少年たちの小さな共同体を一種の「例外状態」に陥らせてしまうのである。

第三帝国時代に活躍したドイツの政治哲学者カール・シュミットが論じているように、国家や共同体の緊急事態において、いわゆる委任独裁者という存在は蔓延する大衆の不安を背景にして登場し、人民から強大な権力を付与される。第一次世界大戦後の敗戦国ドイツにおいて、当時世界で最も民主的であるとまで謳われたワイマール憲法の下でナチ党が政権を奪取し、ヒトラーが実権を掌握したのも、まさにこうした「危機の時代」という歴史的背景があったからに他ならない。事実、第一次世界大戦で甚大な損害を被ったヨーロッパ諸国は一九一九年にヴェルサイユ条約に調印し、翌年には国際連盟を設立して表面的には平和と協調の姿勢を打ち出すが、実際には戦勝国の排他的ナショナリズムによって敗戦国には莫大な賠償金が課されていた。その結果としてドイツでは国民による不満が噴出したが、同時期にイタリアではファシズムが台頭し、恒久平和を誓ったはずのヴェルサイユ体制はあっけなく崩壊していった。空前の好景気に沸き、大英帝国に替わる新たな覇権国家としての繁栄を享受し始めていたアメリカでも、一九二九年にはニューヨークで突如として株価が大暴落し、それによって世界は未曾有の大恐慌に呑まれていった。各地に伝播した経済不況の波は各国で不安定な情勢を生み出し、当時の国際連盟はドイツやイタリア、そして日本の軍国主義化を前になす術がなかったのである。

ゴールディングの『蠅の王』においても、「弱さ」と同時に狡猾さを兼ね備えた少年ジャックは、「獣」に対する漠然とした恐怖を他者と共有し、その恐怖感を制するために暴力化する。つまり彼は自分の中にある「弱さ」を見つめつつ、それに打ち克つため「力への意志」へと向かうのだ。実際に、作中でジャックは「獣」という集団内部の恐怖感を背景に隊長ラーフを失脚させて権力を握るが、ここで重要なのは既に言及したように、ジャックに現実世界の独裁者、特にヒトラーのパブリック・イメージが多分に投影されているという事実である。

シュミットは主著の一つである『合法性と正当性』(*Legalität und Legitimität*, 1932)において「諸措置の運用において顕現する行政国家にとっては、〈独裁者〉の方が、あらかじめ、かつ永久性を持って定められる、一般的な諸規範の議決を権限とする、執行部とは分離された議会よりも、むしろ適合しており、本質にふさわしいのである」と述べて、いわゆる「例外状態」における独裁制を擁護した。[32] ここで彼が指摘している通り、国家の緊急事態において大衆の恐怖や不安を背景にして登場したヒトラーという独裁者は、このように民主制議会に代わって権力を掌握したのである。言うまでもなく、シュミットが批判していたワイマール憲法を実質的に停止させた一九三三年の全権委任法は、まさに議会が有していたはずの立法権がヒトラーに賦与されたという点において、彼の定義による独裁制の成立を完璧に決定づけるものであった。しかしながら、シュミットは（彼の用語で言うところの）いわゆる委任独裁を――かつて共和制ローマにおいて半年間の任期内に限り絶大な権限を行使した独裁官《ディクタートル》制度と同じく――時限的な措置として想定していたが、総統として君臨し始めたヒトラーは自らが意図的に演出した「例外状態」を継続させ、一九三九年のポーランド侵攻を機に国家を取り返しのつかない戦争と虐殺の道へと引きずり込んでいった。ヒトラーによる長期的な統治はいわば、シュミットが独裁制と区別した専制政治と何ら変わるところがないものに堕してしまったのである。

『蝿の王』を一種の独裁者フィクションとして読むためには、こうした歴史上のプロセスと物語の符合する点に着目しなければならない。換言するならば、この寓話小説には危機に対処するための少年たちの協力関係が崩壊し、野蛮な殺戮へと発展していく過程が描かれているが、そうした構図は一九三〇年代前半のナチスの政権掌握過程と多くの点で重なるのである。もちろん、ゴールディングのテクストはオーウェルの『動物農場』のように現実を直接的に風刺しているわけではないが、本作と実際のドイツ政治史には、①危機的状況に対処するための異質な者同士の連携、②「想像上の恐怖」が人々を捕えたことによる内部対立の激化、③一方が圧倒的多数を制する形で再編されたことによる独裁体制の確立という、三段階のプロセスが共通して見られる。

小説中で①は、飛行機事故のあとラーフとピギーを中心とする子供たちのグループと、ジャック率いる合唱隊の一派が浜辺で出会い、ラーフを隊長に選出して協力体制を構築する冒頭場面に現れる。実際のドイツ史においてこれに対応するのは、一九三三年のヒトラー内閣の成立である。ヒトラーは第一次世界大戦後の経済状況や左派の台頭といった社会的「危機」を背景に国民の支持を集めて政権を奪取するが、当時はまだワイマール共和国大統領パウル・フォン・ヒンデンブルクが健在であった。また、組閣当初はナチ党からは彼以外に内相のヴィルヘルム・フリックと無任所相のヘルマン・ゲーリングの僅かに二名が入閣するにとどまり、副首相のポストには元中央党党員で首相経験者のフランツ・フォン・パーペンが就いていた。その他にも保守派の国家人民党メンバーや貴族、国防軍指導者が閣僚に名を連ねるなど初期のヒトラー内閣は連立政権であり、形の上では危機に対処するための異質な者同士の協力体制が敷かれていたのである。次に②は、小説中では「獣」という恐怖の対象が子供たちの間の対立を生んでゆく過程にまさしく現れているが、ドイツにおいてはユダヤ人が「殲滅すべき民族」とみなされたばかりでなく、共産主義者という仮想敵が恐怖の対象として認識され、それが政権内部の対立を生んでいる。ヒトラーは一九三三年二月の国会議事堂放火事件を共産主義者の犯行と断定すると猛烈な弾圧を開始し、政権内ではナチ党員以外の閣僚や議員が次々と失脚していったのである。そして最後の③については、小説中ではジャックによる権力奪取とその専横化に現れているが、実際のドイツ史においては言うまでもなくヒトラーによる独裁体制の確立、とりわけ先に述べた全権委任法の公布がそれに該当する。

このように、『蠅の王』における対立とその後の独裁体制成立までの構図は現実のドイツにおけるナチスの政権奪取の過程と類似点を持つ。また、作中でジャックは「狩り」をすることを何度も執拗に繰り返し主張しているが、この行為は有名な『わが闘争』（*Mein Kampf*, 1925）におけるヒトラーのプロパガンダ論——

「大衆の受容能力は非常に限られており、理解力は小さいが忘却力は大きい。このことから全て効果的な宣伝は、重点を絞り、そしてこれをスローガンのように利用し、その言葉によって目的としたものが最後の一人にまで思い浮かべることができるように継続的に行なわれなければならない」――とも共振している。[33] 事実、ジャックはヒトラー流の宣伝と大衆心理への刷りこみを利用して「獣」という脅威に対する集団の恐怖感を逸らし、他の少年たちを狩りへと向けさせているのである。物語の後半の熱狂的な宴の場面において、彼は更に「獣ヲ殺セ！　喉ヲ切リ裂ケ！　血ヲ流セ！」という単純なスローガンを幾度も繰り返す。[34] こうしたことからも、『蠅の王』においてジャックに現実の独裁者、とりわけヒトラーのパブリック・イメージが刻印されていることは明らかである。

4　ナチ化する英国少年たち――「それはここにおいても起こりうる」

『蠅の王』において、ヒトラーを彷彿とさせる「寓話的」独裁者ジャックが引き起こす血生臭い闘争の悲劇的結末は、単に少年たちが建設した小さな「社会」の制度的欠陥に起因するのではなく、作者によれば彼らの人間本性の欠陥にまで遡って考察されるべきものであった。従って、社会の脆弱性というものは、容易に悪へと転じうる人間自身の本質的「弱さ」に起因しているのである。作中において、こうした社会と個人との不可分な関係性は極めて巧妙な形で示されている。例えば、テクノロジーや科学を体現するピギーの殺害や、文明や法などを象徴する法螺貝の破壊は、共に人間社会の秩序や安定性がいとも簡単にないがしろにされ、失われてゆく過程を隠喩的に表している。一方で、サイモンが対面したパラシュートに絡みつく腐敗した遺体は、個人としての人間が醜悪な存在へとすぐに形を変えうることをアレゴリカルに示唆しているとも言えるだろう。しかしながら、この一種の寓話、或いはゴールディングの言う「神話」であるこの『蠅の王』というテクストにおいて、われわれは独裁とそれによって引き起こされる惨劇を単にナチズムの単純なパロディとしてのみ理解するべきではない。むしろ本作において重要なのは、人間や社会のナチ化（Nazification）がいつどのような場所においても——つまりは第二次世界大戦後のイギリス社会においてさえも——起こりうる可能性を持った出来事として、象徴的に提示されているという点である。事実、ゴールディング本人はかつて『蠅の王』について次のように書いている——「われわれの過ちの一つは、悪がどこか他の場所にあり、イギリス以外の別の国に特有のものだと信じていたことである。私の本は次のようなことを伝えようとしている——つまり、今や戦争が終わって悪は滅び去り、あなたたちは生まれながらに親切で礼儀正しいがゆえ、自分たちが安全であると考えているだろう。しかし私はあの出来事がなぜドイツで起こったのかを知っている。私はそれがどんな国においても起こりうることを知っている。それはここにおいても起こりうるのだ」[35]。

一九三〇年代にシンクレア・ルイスが『ここでは起こり得ない』（*It Can't Happen Here*, 1935）において「偉大な」民主主義国家アメリカにおけるファシズム独裁政権の誕生を警告したのと同様に、ゴールディングの『蠅の王』は、ジャックによる全体主義体制の確立と血生臭い残虐行為を描くことによって、まさに「栄光の歴史」を持つはずのイギリスの子供たちが、ナチス・ドイツを連想させる集団的悲劇の中へとあっけなく転がりこんでゆく様相を描いている。換言するならば、ゴールディングは「偉大な」イギリスというナショナリスト的幻想に反駁しつつ、まさに本来その担い手になるはずの同国の子供たちが新たなヒトラーを生み、ナチズムを彷彿とさせる虐殺と弾圧に満ちた全体主義体制を作り出す様を、将来における出来事として戦略的に表象しているのである。

ここで看過してはならない点は、この作品が「偉大な英国」というイデオロギーに満ち溢れた十八世紀から十九世紀末にかけての三作の無人島冒険小説――ダニエル・デフォーの『ロビンソン・クルーソー』(*Robinson Crusoe*, 1719)、R・M・バランタインの『珊瑚島』(*The Coral Island*, 1858)、ジュール・ヴェルヌの『十五少年漂流記』(*Deux ans de vacances*, 1888)――を多くの面で下敷きにしているという事実である。しかしながら、『蠅の王』はこうした作品群に対するアンチテーゼとして、それらとは全く異質な人間観や世界観を提示していると言える。ここでは先行するこれらの無人島物語から読み取れるイデオロギーとはどのようなものであり、またそれに対してゴールディングが如何なる態度を取ったのかを明らかにするために、彼の小説から次の場面を引用してみたい。

「正直なところ」と、士官は、なお自分の前に横たわる捜索の任務を思い浮べながら言った。「イギリスの少年たちだったら――君たちもみんなイギリスの少年だろう?――そんなんじゃなくて、もっと立派にやれそうなもんじゃゃなかったのかね――つまり――」

「初めはうまくいってたんです」と、ラーフが言った。「でも、そのあとで、いろんなことがあって――」

彼は言うのをやめた。

「僕らは初めは一緒に団結してやっていたんです――」

士官は、相手の心を励ますように頷いた。

「あぁ、分ってるよ。初めは物凄く上手くいってたんだね。『珊瑚島』みたいにね[36]」

以上は物語の最後に救助されたラーフがイギリス海軍士官と交わした会話であるが、ここで投げ掛けられた「君たちイギリスの少年ならばもっと立派にやれたのでは？」という問いの背後に前提としてあるのは、（決して失敗することのない）「偉大なイギリス」という英国民の強烈な自負である。そしてそれは『珊瑚島』への言及からも明らかな通り、過去の冒険物語におけるイギリスの成功の歴史でもあると言える。

ゴールディングは『蝿の王』において、「偉大な」はずのイギリスの少年たちが独裁者と化したジャックの下でナチ化する様相を活写したが、彼が批判を込めつつ下敷きにした三作の無人島物語は、ある意味ではいずれも大英帝国の栄光と発展の輝かしい記録に他ならなかった。ポストコロニアル批評家のエドワード・サイードはデフォーの『ロビンソン・クルーソー』を例に挙げ、近代イギリス小説と帝国主義が常に不可分の関係にあると語っているが[37]、実際にこの古典的小説が出版された一七一九年当時、英国は既に海外に勢力を伸張させていた。また、この物語の舞台となる十七世紀後半は、言うまでもなく後の大英帝国の栄華に繋がる果てしなき「拡張」の時代の幕開けでもあった。例えば『ロビンソン・クルーソー』からの次の引用は、作品冒頭で放浪の願望に取り憑かれた主人公が、海外へ出たいという欲望に耐えきれずに家出を決意する場面である。

しかし、不気味な運命の力が、もはや私の力ではどうすることもできない恐ろしい勢いで私を押しまくっていた。我が家に帰れ、という自分の理性の声、冷静な判断の声を何度も聞いた。しかし、もはや私は無力であった。私を押しまくる力を何と呼んだらいいのか、私には分からない。眼の前に破滅が待ち構えているのに、しかも大きく目を見開いたままそこへわれわれを駆り立ててゆくものを、ある隠れた抗し難い宿命の力だというつもりも私にはない。内心密かに反省するときには正しい分別も働かないではなかった。また、初めての試みながら二度までもまごうかたなき教訓を受けたはずであった。それなのにこれらを無下に退けて私をひたすら反対の方向に駆り立てたのは、まさしく、前に述べたような、私につきまとう、定められた不可避な不運、しょせん逃れることのできない不運というより他にはなかったと思う。(38)

こうしたクルーソー本人にすら制御不可能な海や異国への強烈な憧れには、海を越え欲望のままに膨張を始めた近代イギリス帝国主義の原点が体現されていると言える。また重要なことに、無人島漂着後のクルーソーは言うなれば有能な帝国主義者、つまり、従者にした原住民フライデーをはじめとする手下たちから「総督」と呼ばれる偉大な開拓者であり、神の慈悲を悟り、毎日聖書を読み耽り、祈りを捧げる典型的な福音主義者でもあった。

こうした「キリスト教の教えを授ける文明人」と「教化される野蛮人」という帝国主義的な構図は、一八五八年に出版されたバランタインの児童小説『珊瑚島』にも登場する。『ロビンソン・クルーソー』から約百四十年後に執筆された同作品は、海難事故の結果、無人島に漂着したラーフ、ジャック、ピーターキンという少年たちがジャックの強力なリーダーシップのもとで協力して生活し、様々な困難を退けて本国へ帰還するまでを楽観的でユーモラスな筆致で描いている。(39) ここに登場する少年たちは帝国主義・植民地主義の将来の担い手としてのいわば模範であり、独裁体制の下で堕落した『蠅の王』の少年たちの姿とは正反対の、まさに「立派な英国少年」の体現者であると言える。作中には『ロビンソン・クルーソー』同様に福音主義的な要素が散見されるが、キリスト教による「教化」や「啓蒙」が特に顕著に表象されるのは、物語終盤にラーフら三人を捕虜にした「野蛮人」の酋長が、突然現れたイギリス人宣教師によって自らキリスト教に帰依し、彼らを解放する場面である。

「もう自由だぞ！」と先生は繰り返し、僕たちの手を何度も何度も暖かく握った。「君たちの思い通り、自由にここを立ち去って、帰ることができるんだ。酋長は捕虜の縄を解き、囚われていた者たちを解放した。宣教師がわれわれのもとに派遣され、タラロ［原住民］はキリスト教に改宗した！　ここの人々はいまや木でできた自分たちの神々の偶像を燃やしている！　さぁおいで、親愛なる生徒諸君、偉大な光景を目に焼きつけようじゃないか！」[40]

このように、『珊瑚島』の作中でイギリス人は高度に文明的であり、未開の人たちを啓蒙し教化する偉大な国民として表現されているが、他方で「野蛮人」たちはそれとは対極に位置にする存在――つまりは偶像崇拝に拘り、外部の人間を食い殺す恐ろしく残忍な「他者」――として提示されている。

しかしながら、ゴールディングの独裁者小説『蠅の王』において描かれるのは、「文明的」存在であるはずのイギリスの少年たちが、自らの内面に潜む「獣」の存在に気づくことなく、いともあっけなく対極にある「野蛮人」――すなわちナチズム的な狂乱と虐殺――の中へと堕ちていく過程であった。だがそれでは、『蠅の王』に逆転写されたこの「立派な英国少年」というテーゼの根底には、一体何が存在したのだろうか？ジェームズ・ギンディンやS・J・ボイドなどの批評家たちは、ゴールディングが疑問を呈したのは、登場人物や作品自体の持つ「英国性」（Englishness）や「ヴィクトリアニズム」といった要素であると指摘しているが[41]、彼がモデルにしたもう一つの海洋冒険小説、すなわち一八八八年にフランスの作家ヴェルヌが出版した『十五少年漂流記』にもこうした要素が見られる[42]。同作品では英国植民地であったニュージーランドの学校の生徒たちが無人島に漂着し、団結して生活した末に無事故郷へ帰還する顛末が語られるが、そこではフランス人である作者の目を通したイギリス人の子供たちの様相が描かれている。この小説の子供たちは『珊瑚島』の登場人物と同じく生まれながらにして植民地主義の模範的な担い手であり、その証拠に彼らは島についてしばらくすると探索を開始し、島内の場所に名前をつけ、彼ら自身で指導者を選出する。この作品においてて注目すべきは「大統領」の地位を狙いながら選挙に敗北した英国人少年ドナガンが小説前半でアメリカ人のゴードン、フランス人のブリアンといった二人の元「大統領」に対して抱く敵意であるが[43]、ゴールディングの観点からすれば、このような感情は拡張と繁栄の時代における盲目的な「英国至上主義」やイギリス社会の傲慢な自信過剰に基づいていたと言える。

これまでに見てきたように、ゴールディングがパロディにした作品群――『ロビンソン・クルーソー』、『珊瑚島』、『十五少年漂流記』――は全て十八世紀から十九世紀後半に至るイギリスの拡大期・発展期に執筆されたものであり、いずれにおいても大英帝国が大戦を機に衰退し没落していく以前の時代的空気が作中に多分に反映されていた。それに対し、近未来を舞台とした『蠅の王』には、既に二十世紀に二度の世界大戦を経験しながらも、再び大戦争を繰り広げているイギリスの姿が暗示されている。しかも、そうした「大人」たちの堕落した世界は、無人島における子供たちの「ナチ化」した独裁の世界とパラレルに表されている。つまり、作中に描かれた暗黒の未来の更にその先の未来を担うはずの子供たちまでもが、既に彼ら自身の小さな戦争や残虐行為に加担しているのであり、その点でこの独裁者小説は、二重の意味で救いのないヴィジョンを示唆しているのである。

評論集『熱き門』(*The Hot Gate*, 1965) 所収の初期のエッセイの中で、ゴールディングは次のように問い掛けている――「如何にして初期社会主義の理想主義的な諸概念が最後にはスターリニズムに変わってしまったのか？　ドイツにおける政治的ないし哲学的理想主義が、如何にしてその究極の産物であるところのアドルフ・ヒトラーによる統治を産み出してしまったのか？」[44]。言うまでもなく、「社会の欠陥を人間本性の欠陥にまで遡って捉える」ことを企図するこの作家にとって、生身の個人であると同時に、ある意味で社会や国家そのものを体現する存在でもある独裁者とは、まさに最も相応しい分析対象であった。しかしながら、先述したようにゴールディングの寓話小説は、独裁者を単なる風刺の対象として扱っているわけではない。むしろ彼の描く独裁者ジャックは、いつどのような場所においても――それが仮に世界で最も民主的で文明的な場所であったとしても――誕生し得る存在として提示されている。言うなれば、オーウェルにとってスターリニズムが現在進行中の脅威、或いは風刺や弾劾の対象であったのと対照的に、ゴールディングにとってナチズムとは、あくまで過去の歴史的事件でありながらも、将来において再帰する可能性を秘めた恐るべき現象なのであった。

5　その後のゴールディング――独裁者フィクションを越えて

ゴールディングが直接的に独裁者の問題を扱ったのは『蠅の王』に限られているが、彼のその後の神話的・寓話的作品群は、まさに彼がこのデビュー作で提示した主題の一種の変奏とでも言うべきものである。事実、ゴールディングの作品には先述した迫害者と犠牲者との二項対立的な構図が頻繁に描かれるが、こうした要素は人間本性の「弱さ」の探求という作者の試みと共に、長編第二作の『後継者たち』(*The Inheritors*, 1955)から、それに続く『ピンチャー・マーティン』(*Pincher Martin*, 1956)、『自由落下』(*Free Fall*, 1959)、『尖塔』(*The Spire*, 1964)、『ピラミッド』(*The Pyramid*, 1967)まで、ある程度形を変えつつも連綿と受け継がれていった。しかしながら、一九六〇年代後半以来しばらく沈黙を守っていたゴールディングが実に十二年ぶりに出版した長編『可視の闇』（*Darkness Visible*, 1979）は、ある意味で彼にとって転換点となるテクストであった。それというのも、この小説以降のゴールディングの後期作品群——例えば、中編小説『紙人間』（*The Paper Men*, 1984）や、『通過儀礼』（*Rites of Passage*, 1980）、『接近』（*Close Quarters*, 1987）、『下方の炎』（*Fire Down Below*, 1989）からなる「地球の彼方へ」三部作など——における迫害者と犠牲者の対立的図式は、恐らく意図的に脱構築されているからである。つまり、作者は敢えて迫害者的な登場人物と犠牲者的な登場人物の関係性を反転させたり、或いは迫害者の中に犠牲者的要素を刷り込ませたりすることによって、従来の独裁者フィクション的な枠組みを越えた、より多面的な人物像を構築しているのである。そこでやや補足的になるが、ここでは独裁者小説『蠅の王』がゴールディング自身に与えた影響について考察するため、このデビュー作と比較しつつ彼の後期作品群の展開を簡単に辿ってみたい。もちろん、それよって『蠅の王』自体の重要性を間接的に浮かび上がらせることが、本節の目的である。

後期の幕開けを告げる寓話的作品『可視の闇』において、物語の中心人物ソフィーは一見して明らかに、ジャックと同じ迫害者のカテゴリーに該当するように思える。彼女は後に海外でテロリストとなる双子のトーニと共に、有名なコラムニストを父に持つ比較的裕福な家庭に育つが、若くして道を踏み外し、強盗などを繰り返した挙句、身代金目的の誘拐犯となる。彼女に関しては、性交の最中に相手の男の肩に突如ナイフを刺したり、誘拐が成功した暁に少年の喉元にナイフを突き立てる姿を妄想したりと、作中では幾度もサディスティックな欲望に駆られる姿が描写されており、その常軌を逸した性質が殊更に強調されていると言える。しかしその一方で、ソフィー自身の置かれた環境や状況を考慮に入れた場合、彼女が決して一方的な迫害者ではなかったことが明らかとなる。事実、ソフィーの冷酷で歪んだ性格は、彼女自身の不幸な境遇に由来するものであることがテクスト中で何度も示唆されている。例えば、エドウィンやシムといった登場人物たちは作中でそれぞれ、両親の離婚により親から適切な育児も愛情も受けることなく育ったソフィーとトーニの姉妹へ同情を寄せている。(45) 言うまでもなく、彼女の迫害者的性質の背後にはこうした不幸な「犠牲者」としての生い立ちが深く関係しているのである。また、プロットの最終段階において彼女の誘拐計画は、犠牲者的な登場人物であるマティが突如として火の海の中に突進し、人質を解放したことによって瓦解してしまう。マティは第二次世界大戦中のロンドン大空襲から奇跡的に救出された孤児であり、顔に醜悪なケロイド痕を持ち、言語を話さず、社会から孤立する中で独り聖書研究に没頭し、交霊会などの謎めいた活動を主宰する人物であった。キリスト的イメージが付与された彼は『蠅の王』のサイモンの再来とでも言える存在であるが、ここでは他ならぬこの「犠牲者」の命を賭した行為によって、「迫害者」ソフィーの周到な計略は失敗に終わり、彼女は思いもがけず敗北するのである。

独裁者小説『蠅の王』から出発したゴールディングの作品群は、これまでいずれも迫害者と犠牲者の二項対立的図式（もちろん、両者の関係性が本質的には交換可能なものであるという暗示はしばしばなされる）に基づいていたが、この『可視の闇』においてソフィーは、迫害者でありながら犠牲者としての側面をも具有した存在として表象されている。それればかりか、本作で迫害者は逆に犠牲者に翻弄され、最終的にマティのような「無垢な愚か者」の前に敗れ去るのである。こうした二項対立の脱構築は、例えば一九八四年の中編『紙人間』にも見られる。世界的作家である主人公ウィルフレッドは、自身の公式伝記作家になりたいと願う文学研究者タッカーに執拗に付きまとわれる。ストーカー被害に悩まされたウィルフレッドは、最終的にタッカーを伝記作家として公認するための「通過儀礼」と称して、床に置いた皿に酒を注ぎ、それを自分の目の前で「犬のように」飲むことを彼に強要する。(46) この侮辱に怒り狂ったタッカーは部屋を出ていくが、結局伝記作家になれず発狂した彼は、物語の最後にウィルフレッドを銃殺してしまう。ここにおいて犠牲者は迫害者となり、また迫害者は逆に犠牲者となるのである。

第一作『蠅の王』においてゴールディングは、「偉大な」英国少年たちがヒトラーさながらの独裁者を生み出す過程を物語化することによって、ナチズムの悲劇が「文明的」なイギリス社会においても起こりうることを寓話的／神話的に示唆しつつ、偏狭なナショナリズムや帝国主義的世界観を批判した。この小説において独裁者＝迫害者であるジャックはある種の「弱さ」を備えた人物でありながらも、他の少年たちと共有する集団の恐怖感を巧みに利用しつつ、専制的な支配体制を築き上げたのである。だがこれに対して、『可視の闇』や『紙人間』といった後期作品に見られる「迫害者であり同時に犠牲者でもある」登場人物たちの存在は、ジャックとはまた別の意味で、二十世紀の戦後イギリスという国家そのものの在り方と重なり合っていると言えるかもしれない。

歴史家アンドリュー・ギャンブルが『イギリス衰退100年史』(*Britain in Decline*, 1981)の中で分析しているように[47]、二度の世界大戦を経て国際政治の主導権を喪失したイギリスはアメリカの覇権の傘下に入ることを余儀なくされ、その支配の下でのみ幾らかの軍事的影響力を保障された。植民地を手放し経済力を減退させていったイギリスは、その犠牲者的な没落にもかかわらず、アメリカの傘の下においては迫害者たりえたのである。事実、同国は一九五六年には国際世論の反対を無視してスエズ戦争に踏み切り、六〇年代以降ヴェトナム戦争を支持し、七二年には北アイルランド独立運動を武力弾圧している。また、アメリカとの同盟関係を強化したマーガレット・サッチャー政権下の八二年には、フォークランド紛争を引き起こしている。加えて、本書の趣旨に合わせて敢えて付言しておくなら、アジアやアフリカといった旧植民地諸国の独裁者たちは、まさしくこの宗主国イギリスという巨大な迫害者の「没落」を機に誕生したのである。

もちろん、『蝿の王』のジャックとは異なり、ゴールディングの後期作品群における迫害者的な登場人物たちは、寓話的な意味でも文字通りの意味でも、決してヒトラーのような独裁者ではない。彼らはむしろ、没落した「犠牲者」であると同時に残酷な「迫害者」でもある戦後のイギリス国家そのものの体現者なのである。更に言えば、第二次世界大戦後の植民地喪失の過程が多くの場合、被支配者たちの反抗によってもたらされたという事実も、前述の「犠牲者たちに翻弄され敗北した迫害者たち」のイメージに通じていると言えるだろう。本節では最後にそうした「犠牲者でもあり迫害者でもある」イギリスの姿が作品中に暗示された具体例として、ゴールディングの死後に出版された未完の遺作『二枚舌』（*The Double Tongue*, 1995）を挙げておこう。古代ローマ時代の都市デルフォイを舞台にしたこの小説において、荒廃したパルテノン神殿の描写は大きな意味を持っているが、そこではギリシア世界の威光の喪失が象徴的に表現されている。[48] だが他方で、作中には次のようにも書かれている。

> デルフィーやその他のあまり有名でない神官たちは、ギリシア本土がローマによる支配から自由になるべく説得工作を行なっていた！　計画全体を馬鹿げたものにしたのは、ローマの支配に何の問題もないという点であった！　もちろんどんな樽にも腐ったリンゴがあるが、ローマ人はギリシアに、自国民に与えることのできなかったものをも与えていた。何百年もの間、ギリシア本土はあらゆる種類の策略や裏切り、野蛮さなどで互いに争い合う村落の集まりでしかなかった。今や法の支配と平和がある。無論ローマ人は私たちにそれを現金で支払わせたのだが、私たちもまたそのことを喜んでいたのである。[49]

失われたギリシア世界の栄光に対する憧憬と、ローマによるギリシア支配がもたらす社会的安定という、この全く相反する要素が暗示しているのは、まさにトルーマン・ドクトリンやマーシャル・プラン、北大西洋条約機構といったアメリカの傘の下での安穏を享受する、没落したかつての世界帝国イギリスの姿ではないだろうか。また、物語中でギリシア・デルフォイの巫女と神官は、崩落した神殿の天井の修理費を寄付によって調達するため、「物乞い」になる必要に迫られる。(50) この比喩が寓話的に表しているのは、経済的衰退によって超大国のプライドを捨て、アメリカの支配の下で金銭的援助を乞う必要性に駆られた戦後イギリスの姿が、彼ら登場人物たちに投影されているという可能性である。

将来いつの日かイギリスに出現するかもしれない存在として『蝿の王』の中で提示されたヒトラーのような独裁者は、結局のところ作者ゴールディングの生前には——或いは少なくとも今日まで——登場していない。しかしながら、長年にわたって「社会の欠陥を人間本性の欠陥にまで遡って捉える」ことを一貫して追求してきたこの作家のテクストにおいては、こうした人間性の「弱さ」と社会そのものの「弱さ」とは常にパラレルに展開し、神話的かつ象徴的な世界観を形作っている。その意味でゴールディングの後期作品群は、『蝿の王』に見られた「人間本性」批判や痛烈な帝国主義・ナショナリズム批判を踏襲しつつ、この独裁者小説で培われた寓話的技法を更なる対象——すなわち、戦後世界におけるイギリス国家そのもの——に向けて拡張しているのと言えるのである。

6　歴史のブラック・ホール——『動物農場』と『蝿の王』

これまで見てきたように、寓話としての独裁者フィクションには二つの相反する方向性が存在する。例えば、全体主義体制下における言語や文学への危機意識からスターリニズムを弾劾すべき対象として徹底的に風刺したオーウェルの『動物農場』において、寓話性は極めてジャーナリスティックな役割を果たしていた。しかしながら他方で、ゴールディングの『蠅の王』では、寓話というスタイルは人間社会の欠陥を個々の人間性の欠陥そのものにまで遡って考察するための装置として機能している。その結果、ゴールディングは多様な文学的モティーフを交えながら、歴史の闇に消えた人間性の真の欠陥や「弱さ」を、その卓越した想像力を駆使して「神話」として描き出すことに成功したのである。晩年の第二評論集『動く標的』(*A Moving Target*, 1982)の中で、彼は次のように書いている。

第二次世界大戦は、先の大戦における全ての想定を破壊し尽くす寸前にまで至ったし、記述不可能性の全く異なった領域を剝き出しにさせた。燃料を充填した戦車や、燃え盛る航空機、破壊され沈没してゆく潜水艇といったものの恐怖――こうした全てを描写するのは困難であるが、そうした仕事はきっとなし得るものだ。ハンブルク、ベルゼン、ダッハウ〔強制収容所〕での経験は想像不可能である。私たちは戦争に行ったが、それはまた筆舌に尽くし難いものだった。こうした経験は宇宙におけるブラック・ホールのようなものである。如何なるものもそこから抜け出ることができず、その内部がどうなっているのかを知る手立てはない。このブラック・ホールは、「それがどのようなものであったか」という類のものであるが、他方でそれは全く何ものでもなかったりする。われわれは歴史の裂け目の前に立っている。われわれは文学に関して限界を産み出してきた。そして恐らく、こうした幾つものブラック・ホールは、将来における神話の一部となるのだろう〔後略〕[51]。

一九四九年に結審したニュルンベルク裁判とそれに続く一連の訴訟によってナチズムの悪行はある程度

まで解明されていたとはいえ、第二次世界大戦の悲劇を採り上げたこのエッセイが示唆している通り、ゴールディングにとって戦争やホロコーストの歴史とは一筋の光も外に逃さない「ブラック・ホール」に違いなかった。だがその一方で彼は、そのような歴史の闇こそが将来の「神話」の一部になるとも主張していた。

ゴールディングのみならずオーウェルにとっても、独裁者による悪行とはまさに歴史のブラック・ホールの中に吸い込まれてしまった真実に他ならなかった。それゆえ、オーウェルは『動物農場』においてスターリニズムを同時代における現在進行中の出来事として捉え、全体主義に覆われた世界という暗黒の未来を回避するために、その闇の奥深くにあるものを暴き出し告発しようと試みた。それに対して、ゴールディングの『蝿の王』はナチズムという過去の巨大なトラウマ的事件をモデルにしつつも、歴史の闇から生まれる「神話」を物語ることによって、それを未来において再び起こりうる出来事として象徴的に再構築している。このように、オーウェルとゴールディングによる寓話は全く違った方向性に特徴づけられていると考えられるが、少なくとも両者はブラック・ホールとしての歴史の暗黒に、それぞれの方法論を用いて挑んだと言えるだろう。そして重要なことに、彼らが提示した「寓話」のあり方は、それ以降の独裁者小説のみならず多種多様な政治的フィクションの中に、互いに両立可能なものとして密かに息づいているのである。

【註】

（1）Harold Bloom, "Introduction", in *William Golding's Lord of the Flies*, ed. by Harold Bloom (Broomall: Chelsea House, 1996), p. 5.

（2）James R. Baker and Arthur P. Ziegler, eds., *William Golding's Lord of the Flies* (New York: Putham, 1964), p. 197.

（3）言うまでもなく、ヘブライ語のベルゼバブ、すなわち悪霊を意味する『蠅の王』というタイトルからして、この作品における作者による宗教的含意は明らかであろう。

（4）George Orwell, *The Complete Works of George Orwell*, vol. 12, ed. by Peter Davison (London: Secker & Warburg, 1998), p. 105.

（5）Ibid., p. 105.

（6）Ibid., p. 103.

（7）George Orwell, *The Complete Works of George Orwell*, vol. 18, ed. by Peter Davison (London: Secker & Warburg, 1998), p. 320.

（8）Jetty Meyers, *Orwell: Wintry Conscience of a Generation* (New York: W. W. Norton & Company, 2000), p. 250.

（9）Ibid., p. 245.

（10）Ibid., p. 245.

（11）George Orwell, *The Complete Works of George Orwell*, vol. 17, ed. by Peter Davison (London: Secker & Warburg, 1998), pp. 427-28.

（12）George Orwell, *Animal Farm: A Fairy Story* (1945; London: Penguin Books, 2000), pp. 5-6. 以下、本作からの引用文は『動物農場』山形浩生訳（早川書房、二〇一七年）を用いる。

（13）Ibid., p. 17.

（14）モロトフは一九三九年から外相を兼任するが、第二次世界大戦中に首相職をスターリンに譲り、以降は一九四九年に第一副首相に転じるまで外相専任であった。

（15）Orwell, *Animal Farm*, p. 23.

（16）Ibid., p. 24.

（17）Ibid., p. 24.

（18）Ibid., p. 41.

（19）Ibid., pp. 67-68.

（20）George Orwell, *The Complete Works of George Orwell*, vol. 19, ed. by Peter Davison (London: Secker & Warburg, 1998), p. 288.

（21）George Orwell, *The Complete Works*, vol. 17, p. 376.

（22）Ibid., p. 376.

（23）Ibid., p. 377.

（24）Orwell, *The Complete Works*, vol. 17, P. 370

（25）Jack I. Biles, *Talk: Conversations with William Golding* (New York: Harcourt Brace Jovanovich, 1970), p. 41.

（26）John Carey, *William Golding: The Man Who Wrote Lord of the Flies* (London: Faber and Faber, 2009), pp. 82-110.

（27）William Golding, *A Moving Target* (1982; London: Faber & Faber, 1984), p. 163.

（28）John Haffenden, ed., *Novelists in Interview* (London: Methuen, 1985), pp. 112-13.

（29）Baker and Ziegler, eds., *William Golding's Lord of the Flie*, p. 191

（30）William Golding, *Lord of the Flies* (1954; London: Faber and Faber, 1997), pp. 167-68. 以下、本作からの引用は『蠅の王』平井正穂訳（新潮社、二〇〇三年）を用いる。

（31）Ibid., p. 53.

（32）カール・シュミット『合法性と正当性――中性化と非政治化の世界』田中浩・原田武雄訳（未來社、一九八三年）一一三頁

（33）アドルフ・ヒトラー『わが闘争――完訳』第1巻、平野一郎・高柳茂訳（黎明書房、一九六一年）二三一頁

（34）Italics in original; Golding, *Lord of the Flies*, p. 168.

（35）William Golding, *The Hot Gates* (1965; London: Faber & Faber, 1984), p. 89.

（36）Golding, *Lord of the Flies*, p. 224.

（37）Edward W. Said, *Power, Politics and Culture: Interviews with Edward W. Said* (London: Bloomsbury, 2004), pp. 242-43.

（38）Daniel Defoe, *Robinson Crusoe* (Oxford: Oxford University Press, 2009), p. 14. 本作からの引用文は『ロビンソン・クルーソー』上巻、平井正穂訳（岩波書店、二〇〇二年）を用いる。

（39）言うまでもなく、『蠅の王』の主要登場人物たちの名はここから採られている。

（40）R. M. Ballantyne, *The Coral Island* (1853; Maryland: Wildside, 2006), p. 164.

（41）James Gindin, *William Golding* (Basingstoke: Macmillan, 1988), p. 20; S.J. Boyd, *The Novels of William Golding* (Sussex: Harvester, 1988), p. 12.

（42）この小説には、『蠅の王』の独裁者と同名の少年ジャックが登場する。年少のジャックは本来いたずらっ子だが、自分が寄港中の船の縄を解き漂流の原因を作ってしまったことで、良心の呵責に苛まれている。

（43）ジュール・ヴェルヌ『十五少年漂流記』波多野完治訳（新潮社、一九五一年）を参照したが、この翻訳ではドナガンではなく「ドノバン」になっている。

（44）Golding, *The Hot Gates*, p. 87.

（45）William Golding, *Darkness Visible* (1979; New York: Farrar, Straus and Giroux, 2007), pp. 207, 222.

(46) William Golding, *The Paper Men* (1984; New York: Farrar, Straus and Giroux, 1999), p. 150.
(47) Andrew Gamble, *Britain in Decline: Economic Policy, Political Strategy and the Britsh State* (London: Macmilan, 1981), pp. 58, 105-06.
(48) William Golding, *The Double Tongue* (1995; New York: Farrar, Straus and Giroux, 1999), p. 134.
(49) Ibid., p. 159.
(50) Ibid., pp. 129-30.
(51) Golding, *A Moving Target*, p. 102.

第三章

冷戦期SFにおける核、独裁者、男性／父権性

1　カーターとバラード、そして冷戦期における独裁者小説

近年発表されたデヴィッド・プリングルによるインタヴューの中で、戦後イギリスを代表する女性作家であるアンジェラ・カーターは、自身の独裁者小説『ホフマン博士の地獄の欲望装置』（*The Infernal Desire Machines of Doctor Hoffman*, 1972）について語り、[1] サイエンス・フィクションというジャンルから受けた影響について告白している。ジョン・ウィンダムの『トリフィド時代』（*The Day of the Triffids*, 1951）などの古典的なテクストから、ウィリアム・S・バロウズ、マイケル・ムアコック、トマス・M・ディッシュ、ブライアン・オールディス、そしてJ・G・バラードといったいわゆる「ニュー・ウェーヴ」の書き手たちにまで言及しつつ、彼女はここで『ホフマン博士』が一種のSFであることを認めている。[2] カーターとこの文学ジャンルの関わりについてはロズ・ケイヴニーによる重要な先行研究があるが、この批評家によるとカーターは「サイエンス・フィクションの書き手ではなかった」にもかかわらず、自作において「サイエンス・フィクションに由来する文彩を自由に用いていた」のである。[3]

しかしながら、晩年のエッセイ「愚か者こそわがテーマ」（"Fools Are My Theme", 1982）で明言されているように、SF雑誌『新世界』（*New World*）の熱心な読者であったカーターにとって、このジャンルにおいて最も尊敬すべき書き手とはバラードに他ならなかった。[4] 実際、一九八四年の『太陽の帝国』（*Empire of the Sun*, 1984）の書評で彼女はバラードを「新しい科学技術時代の英国の偉大な年代記作者」と呼んで称賛し、[5] 彼の作品が「止むことのない優れた形式上の革新や、高度に洗練され極端で衝撃的な暴力性、そして真っ黒なユーモア」といったポストモダン的特徴に彩られていたと指摘している。[6] それだけでなく、カーターは先述のプリングルによるインタヴューにおいても、彼の短編集『終着の浜辺』（*The Terminal Beach*, 1964）に触

れているし[7]、また大英図書館所蔵の未公刊の創作ノートの中でも、『沈んだ世界』（*The Drowned World*, 1962）や『燃える世界』（*The Drought*, 1964）[8]、『結晶世界』（*The Crystal World*, 1966）といったバラードの代表的なSF小説群に言及しながら、彼を現代イギリスにおける稀有な作家として讃えている[9]。

カーターの全作品中、バラードからの影響が最も濃厚に表れているものの一つが、独裁者小説『ホフマン博士』である。例えば、本作においてカーターは後述する「ネビュラス・タイム」の到来が生み出す時間と空間の歪曲を象徴的かつシュールレアリスム的な手法で描いているが、それらは核時代のディストピアを描いたバラードの初期短編「時の声」（"The Voices of Time", 1960）や「終着の浜辺」（"The Terminal Beach", 1964）などが扱う重要なモティーフとも重なっている。しかしながら、同時代を生きたカーターとバラードの影響関係は、これまで考えられてきたように果たして後者から前者への一方通行的なものに過ぎなかったのだろうか？

確かに、一九六〇年代から晩年までのインタヴューを集成した『極限のメタファー』（*Extreme Metaphors: Collected Interviews*, 2014）の中でバラードがカーターに言及するのは僅かに一箇所に過ぎず[10]、しかもその内容は特筆すべきものではない。だが少なくとも、バラードがカーターから受けた影響を一種の仮説として検証する上で重要なテクストとして、ここで彼自身による独裁者フィクション『ハロー・アメリカ』（*Hello America*, 1981）を挙げることはできるだろう。それというのも、この作品においてバラードはカーターと同じく、核エネルギーという地上における究極の兵器のイメージを、独裁者という究極の権力者のイメージと意図的に結びつけることによって、われわれにとって恐るべき未来の光景を暗示しようと試みているからである。その点で、彼の『ハロー・アメリカ』は先行するカーターの独裁者小説と非常に似通った問題意識を共有していると言える。もちろん、テクストの比較的読解から抽出される事実だけをもって二人の相互的な影響関係を断定するのは早計であるが、言うまでもなくわれわれにとって、『ホフマン博士』と『ハロー・アメリカ』の両方を同じ文学的系譜の上に置いて検討することは十分に可能であるだろう。

こうした観点から、本章ではカーターとバラードの作品を読み解くのに先立ち、まずは戦後のＳＦやディストピアン・フィクションのうち、核戦争後の社会や核兵器の脅威を描いた重要な独裁者小説の系譜を簡単に確認しておきたい。これらのルーツとして最もよく知られているのは、当然のことながら第一章で扱ったジョージ・オーウェルの『一九八四年』(*Nineteen Eighty-Four*, 1949) に違いないが、ここでは『ホフマン博士』と『ハロー・アメリカ』の両者に先立つそれ以外の作品の例として、一九五〇年代後半から六〇年代初頭に書かれたＬ・Ｐ・ハートリーの『フェイシャル・ジャスティス』(*Facial Justice*, 1960) とフィリップ・Ｋ・ディックの『最後から二番目の真実』(*The Penultimate Truth*, 1964) を差し当たり挙げておく。彼らの小説は核戦争、或いは戦争後の世界の汚染や荒廃といったいわゆる「例外状態」を描きつつ、その中で独裁者が一種の統治システムとして如何に機能しているのかを活写しており、その点で『一九八四年』以来の独裁者フィクションの伝統に忠実である。それというのも、作中に一切姿を見せないビッグ・ブラザーの実体を欠いた虚構性を強調していたオーウェルと同様に、ハートリーとディックもまた独裁者をプロパガンダやメディアによって構築されたある種のイメージとして表象していたからである。しかしながら、この章が後に指摘する通り、共に独裁者のパブリック・イメージに付与される男性性や父権性の欺瞞を意図的に暴き出したハートリーとディックの試みは、カーターが自作で見せる独裁者に対するフェミニスト的なクリティークとも共鳴していた。

以上の点を踏まえた上で、本章は核兵器と独裁者という二つの重要なモティーフを結びつけたカーターの『ホフマン博士』とバラードの『ハロー・アメリカ』を、冷戦期ＳＦ（或いはディストピアン・フィクション）と独裁者文学の両方の系譜上に置いて分析する。また本章の後半部分では、バラードのテクストをカーター作品と比較しつつ再読し、「核と独裁者」に関して両者に共通するヴィジョンを見出すことを目標とする。その手始めとなる作業として、次節ではまずカーターやバラードに先行するハートリーとディックの独裁者小説の位置づけを明らかにしたい。

2 核時代と独裁者――ハートリー、ディック、バラード、カーター

『核批評』（*Nuclear Criticism*, 1993）においてケン・ルースヴェンが述べている通り、冷戦初期には核兵器による「第三次世界大戦」が第二次世界大戦よりも遥かに壊滅的なものになるだろうということを誰もが信じて疑わなかった。[11] 更に、ダニエル・コードルが『冷戦文学』（*Cold War Literature: Writing the Global Conflict*, 2006）所収の論考で指摘しているように、一九六〇年代初頭までに「国際的な核紛争は、冷戦のありうる結末として大衆の想像力の中に強固に根づいていた」。[12] そして「この戦争に関する大衆のイメージとはまさに文明を破壊し、恐らく地球上での人間の生活をも終焉させてしまうであろう破滅というものだった」。[13] これらの引用に示唆されているように、世界全体がもはや核の傘に覆われてしまった状況下において、そこで暮らす全人類の生存可能性は常に等しく宙吊りにされていた。それというのも核の傘は「抑止力」の名の下、モータルな人間身体を保護すると同時にそれを不断に脅かすからである。この点から、少なくとも英米をはじめとする多くの西側諸国において、当時の一般大衆は自身の生の極めて不安定な状態のみならず、人類の未来に関する不確かさをも絶えず意識せざるを得なかったのである。

しかしながら、後にマーティン・エイミスが短編集『アインシュタインの怪物たち』（*Einstein's Monsters*,

1987）の序文で厳しく批判したように、[14] 少なくともイギリスにおいて、いわゆる旧世代の「メインストリーム」の小説家たちの殆どはこうした核の問題を真正面から扱うことをせず、その役割は専ら通俗的なＳＦ作家たちによって担われてきた。[15] もちろん、本章で扱うカーターやバラードに加えてドリス・レッシングなど純文学の側にも少数の例外はいたものの、核兵器の問題に関心を寄せていたこれらの小説家たちは、エイミスが指摘するように、いずれも多かれ少なかれＳＦ作家たちの影響を受け、この文学ジャンルを意図的に自らの実験の場に選んでいた。

カーターは一九八五年のインタヴューで「一九五〇年代や六〇年代」に「ポストカタストロフィック小説の真の流行があった」と振り返っているが、[16] その当時、「メインストリーム」から距離を置いた冷戦期の大衆的ＳＦ作家たちは、自作において核戦争による世界規模の破滅を極めて積極的に描いていた。例えば、一九五〇年代にはレイ・ブラッドベリの『火星年代記』（*The Martian Chronicles*, 1950）、ジュディス・メリスの『炉辺の影』（*Shadow on the Hearth*, 1950）、アンドレ・ノートンの『スター・マンの息子』（*Star Man's Son*, 1952）、ウィルソン・タッカーの『長く声高な沈黙』（*The Long Loud Silence*, 1952）、ネヴィル・シュートの『渚にて』（*On the Beach*, 1957）、モルデカイ・ロシュワルドの『レヴェル７』（*Level 7*, 1959）、そしてパット・フランクの『鳴呼、バビロン』（*Alas, Babylon*, 1959）などが刊行されている。また一九六〇年代には、ウォルター・M・ミラーの『黙示録３１７４年』（*A Canticle for Leibowitz*, 1960）、フィリップ・ワイリーの『勝利』（*Triumph*, 1963）、エドガー・パングボーンの『デイヴィー』（*Davy*, 1964）、ロバート・A・ハインラインの『自由未来』（*Farnham's Freehold*, 1964）、ディックの『ドクター・ブラッドマネー』（*Dr. Bloodmoney, or How We Got Along After the Bomb*, 1965）、更に（やや純文学寄りではあるが）アンナ・カヴァンの『氷』（*Ice*, 1967）などが書かれている。

このように、一九五〇年代から六〇年代にかけて英米で量産された「終末もの」作品の多くは現実世界における核戦争の脅威を反映していたが、先に挙げた戦後のSF的／ディストピア的独裁者小説群のうち、特にハートリーの『フェイシャル・ジャスティス』とディックの『最後から二番目の真実』はこれらとほぼ同時期に創作されているだけでなく、ここに挙げた小説群と非常に似通った核に対する問題意識を共有している。のみならず、核戦争後の世界の分裂や独裁体制の確立を描いたオーウェルの『一九八四年』と同じく、ハートリーとディックのテクストは、核戦争やその後の世界の荒廃といった「例外状態」を背景にして現れた架空の独裁者が、大衆に対してどのような政治的機能を持ちうるかという点にも着目しているのである。

しかしながら、『フェイシャル・ジャスティス』と『最後から二番目の真実』は独裁者をビッグ・ブラザーと同じく肉体性を欠いた統治のためのシステム／装置として表象しているものの、他方でスターリン亡きあとに出版されたこれらの小説は、実在の独裁者をモデルや風刺の対象としていないという点でオーウェルの作品とは少し異なっている。つまり、ハートリーとディックのテクストにおいて、独裁者はビッグ・ブラザーさながらのフィクショナルな存在であるものの、彼らは現実世界と結びついた文学的抗議や糾弾の対象ではなく、あくまで物語内部で象徴的かつ機械的な役割を担っているに過ぎないのである。そこで以上の点を踏まえた上で、本節ではこの二人の作品の内容を簡単に概観してみるが、恐らく殆どの読者にとって、『高い城の男』(*The Man in the High Castle*, 1962) や『アンドロイドは電気羊の夢を見るか?』(*Do Androids Dream of Electric Sheep?*, 1968) といったカルト的傑作群で知られるディックに比べて、ハートリーは圧倒的に馴染みの薄い存在であるに違いない。十九世紀末に生まれたこのイギリス人作家は一九二〇年代より小説や短編集を出版し、代表作『取り持ち役』(*The Go-Between*, 1953) が二度にわたって映画化されるなど一定の評価を受けているが[17]、他方でSF色の強い『フェイシャル・ジャスティス』も後に小説家アンソニー・バージェスから手放しで称賛されている。[18]

ハートリーの『フェイシャル・ジャスティス』は、核戦争――第三次世界大戦――後の近未来のイングランドを舞台にしている。戦争によって荒廃し汚染された地上世界を捨てた人々は、長らく地下世界にとどまっていたが、地上が既に居住可能な環境にあるという事実が次第に彼らの間に広まってゆく。地上への回帰を求めるグループとそれに反対するグループとの間で諍いが顕在化するが、政府が後者に肩入れしたことにより、地下世界では政権に対する反発が巻き起こる。そうした中、イングランドではラジオ・スピーカーを通して伝えられる正体不明の「声」に導かれて大衆が立ち上がり、彼らは地上への再進出を果たす。「声」の主である「素敵な紳士」は地上に成立した新政府の独裁官（Dictator）となり、放射能の影響下における「種の生存」のために強権的統治を行なう。[19] この独裁官は自国民を「病人たちと非行者たち」と呼んで人々に罪の意識を植えつけ、「三度の世界大戦によって確かになった、共通の堕落した状態を彼らに思い起こさせた」。[20] それというのも、核戦争のトラウマ的恐怖は未だ大衆の脳裏に焼きついており、まさに「人類は経験から教訓を学んだ」からであった。[21]

核戦争という過去の「罪」に対する意識と共に、独裁官の統治下において極端なまでに重視されるのが「平等」の概念である。この点で『フェイシャル・ジャスティス』は（スターリンへの直接的な風刺こそ見られないものの）共産主義に対する一種の揶揄としても理解され得る。[22] 独裁官は決して苛烈な罰則によって大衆をコントロールしているわけではないが、彼は人々の日常生活に様々な規則や制限を設け、「検査員」（Inspectors）と呼ばれる組織を操って国民を監視する。そして物語のタイトルからも明らかなように、独裁官が特に注力しているのが「顔の平等化」の徹底である。作中で「女嫌い」と称される独裁官は、[23] 他の女性たちに妬みや羨みといった感情をもたらす美しい顔を禁止する。彼は女性の顔をアルファやベータといった等級に分類し、卓越した容姿を持つ者に「標準化」の整形手術を受けさせるのである。美貌で知られる主人公の女性ジャエルは、独裁官を心酔する兄ジョアブと暮らしているが、実のところ政権の方針に不満を持っている。彼女は自動車事故で大怪我を負って入院した際、自分の知らない間に顔面の「ベータ化」手術を施されたことを契機に反政府運動に身を投じ、独裁官の暗殺を企てるようになる。国内では独裁官への反発が強まり、ジャエルが書いた記事の影響力もあって社会は混乱状態に陥る（それによって彼女の兄も殺害されている）。大衆が暴徒化する中、独裁官は遂に退陣を表明し行方をくらますが、一向に収拾のつかない社会状況を見かねた人々は物語の終盤、彼の復帰を求めてデモを行なう。

究極的な「平等」を志向する独裁官は、人類が核戦争という巨大な過ちを繰り返さぬため、格差や羨望、嫉妬や争いのない画一化した社会を構築しようと試みる。作中で常に他人の声を通して民衆に語りかけることの指導者は、公の場に一切姿を現さないため一部からは実在を疑問視されている。だが、他方で人々の「考えを超越した存在」でもある彼は、少なくとも大多数の一般大衆を洗脳することに成功していると言えるだろう。[24] このようにハートリーの作品は、自らを「抽象物」と形容するこの謎めいた独裁官の「声」が、[25] 核戦争後の壊滅的な社会情勢の中で、一種のメディア・プロパガンダとして政治的機能や役割を持ちうることを明らかにしている。オーウェルのビッグ・ブラザーと同じく、ここで独裁者は人格を備えた一個人ではなく、むしろ国家と一体化した抽象的「制度」として描かれているのである。

興味深いことに、ディックの『最後から二番目の真実』にも『フェイシャル・ジャスティス』と同様の設定が見られる。この小説の粗筋は（特に後半において）非常に込み入っているが、物語が舞台としているのは核戦争後の地上世界と地下世界である。放射能を恐れて地下の巨大な塔に暮らす人々は、地上から派遣された総督の下で「要員」（leady）と呼ばれる戦闘用ロットの生産活動に従事させられている。彼らはスクリーン上に映し出される架空の護民官タルボット・ヤンシーの支配下にあり、その言葉によって地上では資本主義陣営の「西半球民主圏」と社会主義陣営の「太平洋人民圏」による争いが未だに続いていると信じ込んでいる。しかしながら、実のところ核戦争は十三年も前に両陣営の和解によって既に終結しており、人間が居住可能な状態にまで回復しつつある地上世界では、「補佐官」(Yance-man)と称する少数のエリートたちによる専制体制が構築されていたのである。補佐官たちが所属する組織「地下管理局」の支配者はスタントン・ブロウズという狡猾な老人であり、独自の軍事力をも有するこの男はホルト将軍とハレンザニ元帥という東西両陣営の首脳さえも遥かに凌ぐ絶対的な権力を掌握している。この真の最高権力者の指導により、結託した両陣営と補佐官たちは撮影スタジオにおいて核戦争のイメージ映像をでっち上げ、ヤンシーという架空の独裁者のシミュラクラを用いて地下民たちを奴隷化し、彼らを徹底的に搾取するのである。もちろん、もし地下に住む人々が「不都合な真実」を知ってしまえば地下管理局の支配に対する世界規模の大反乱が巻き起こるため、ブロウズとその補佐官たちは既得権益を守るべく、彼らの地上への進出を支援する開発業者ルイス・ランシブル抹殺のために暗躍する。

『最後から二番目の真実』において結局ブロウズの企みは失敗し、物語の最後に彼は一種のクーデタによって暗殺される。だがこの作品において重要なのは、ハートリーのテクストと同様、一個人としての独裁者とメディアを通じて大衆に伝達されるそのパブリック・イメージとが、完全に分割された形で表象されているという点である。現実には痘痕だらけの小男だったスターリンや、晩年には衰弱して会話や自力で立ち上がることすらできなかったとされる毛沢東と同じく、本作において独裁者の実像は喧伝されるその「外向きの」イメージとは大きく異なっている。事実、一種のフィクションである表向きの独裁者ヤンシーは勇壮で頭脳明晰な「理想の」リーダーとして地下民が集う巨大スクリーンに映写されているが、他方で全身に埋め込まれた人工臓器によって生き永らえている真の支配者ブロウズは、「腐敗し悪臭を放ちながら青白くぎらつく海魚を思わせる老人」や「緑内障のような曇った目をした、鯖の死骸じみた老いぼれ」という醜悪な存在である。[26] あたかもハートリーの作品における独裁官の如く、本作における最高権力者ブロウズは大衆を騙し洗脳するため、彼らが期待する「理想的」独裁者像を意図的に作り上げているのである。つまり、少なくともブロウズや支配者層にとって、核戦争後の非常事態と言える社会を安定的に統治する上で民主制や集団指導体制は不十分であり、単一のカリスマ的指導者によって率いられる独裁制こそが最も効率的かつ都合の良いシステムに他ならなかった。そのため、ブロウズはメディア・プロパガンダによって自身の表の顔としての「理想的」指導者ヤンシーを巧妙に構築し、その人気を利用して無知な地下民たちを抑圧し続けてきたのである。

ここまで見てきたように、核戦争という「例外状態」を独裁者誕生の契機として提示したハートリーとディックの独裁者小説は、互いに似通ったプロットやモティーフを持つ。それは恐らく、それぞれキューバ危機の前後に書かれたこれらの作品が、同時代の緊迫した空気をある程度まで共有していたからに違いないだろう。それに対して、一九七〇年代前半に出版されたカーターの『ホフマン博士』と八〇年代初頭に出たバラードの『ハロー・アメリカ』は、オーウェル、ハートリー、ディックといった先行するSF的独裁者小説の系譜上に連なるテクストでありつつも、「核兵器を手に入れた独裁者」という新たなヴィジョンを更に前景化させているという点で大きく異なる。またそれだけでなく、『一九八四年』や『フェイシャル・ジャスティス』、『最後から二番目の真実』がいずれも独裁者をある種の抽象的存在として提示したのに対して、カーターとバラードの作品は文学的想像力を駆使して独裁者たちの生身の人間性に迫り、恐るべき大量破壊兵器を手に入れた彼らの狂気や欲望により肉薄しようと試みている。

「独裁者と核兵器」という両者が採用したこのテーマは、現実世界においても決して単なる絵空事に過ぎなかったわけではない。第二次世界大戦中にヒトラー率いるナチ党政権が秘密裏に原子爆弾の開発を進めていたことはよく知られているが、もちろん戦後の冷戦期になると、一九六八年に国際連合で採択され七〇年に発行された核拡散防止条約（NPT）によって、核兵器の保有が認められるのは五大国（米、ソ連、英、仏、中国）のみに制限された。しかしながら、例えば中国やソ連といった東側の一党独裁国家に専制的かつ好戦的な「狂気の」指導者が現れ、彼らが世界を再び核戦争の危機に陥れることは必ずしもあり得ないことではなかった。また、イスラエルやインド（或いは後の北朝鮮）の例があるように、NPTの加盟国であれ非加盟国であれ、この条約を無視して核開発を行なう国家が現実に存在したことも事実である。

これらの点を前提とした上で、本章ではまずカーターの独裁者フィクションを米ソ冷戦期の核軍拡競争との関わりから読み直す。そのために次節では作中に現れる二人の対照的な独裁者――ホフマン博士と決定大臣――の人物造形に着目し、両者の「リアリティ戦争」を描いたこの小説が、実は冷戦期の軍事対立や核兵器に対する様々なアリュージョンに満ちていることを明らかにする。更に、その後の節では「欲望」という本作の主題を巡る両者の相反する態度が、同時に資本主義と共産主義の対立をも暗示していることを論証するだけでなく、そうした独裁者たちの「軍事的」及び「経済的」欲望を、作者が共に一種の性的欲望と結びつけて表象していることを示す。その過程で、ハートリーやディック、更にはカート・ヴォネガットによる先行する他の独裁者フィクションを参照しつつ、本章はカーターの独裁者に対するフェミニスト的クリティークを議論の俎上に載せる。そして、ホフマンが発明した「サンプル」と呼ばれる最終兵器――その配列によって宇宙の全現象を生成・改変することができる――やそれによって生み出されるディストピア世界の諸相を分析し、この作品に描かれた「恐るべき兵器を手に入れた独裁者」というヴィジョンが、バラードの『ハロー・アメリカ』へと引き継がれていったという仮説を提示するのが本章の最終的な目標である。

3 『ホフマン博士』における二人の独裁者と軍拡競争——ヴォネガット作品との比較から

カーターの『ホフマン博士』は南米の架空の国家を舞台に、同国を実質的に支配する決定大臣が、「欲望による独裁」を打ち立てようとする「想像力のテロリスト」ことマッド・サイエンティストのホフマン博士の一味と繰り広げる「リアリティ戦争」を描いたSF的作品である。本作の語り手はかつてホフマンとの戦いを終結させ、図らずして英雄となった伝説的な人物デジデリオであるが、彼は後に決定警察を指揮してホフマンたちの「攻撃」から首都を防衛する決定大臣に長らく秘書官として仕えていた。『ホフマン博士』は彼による自伝という形式を採用しているものの、本作を一種の独裁者フィクションとして、或いは冷戦時代の現実世界に対するカーターの文学的応答として理解するためには、当然のことながら主要登場人物であるホフマン博士と決定大臣の関係性を明確化しておく必要があるだろう。

リンデン・ピーチが指摘している通り、この小説でカーターはプラトンの対話編『国家』を下敷きにし、ホフマンをアテネの都市国家から追放される詩人に、大臣を彼と対峙する哲人王になぞらえている。[27] こうした見方は、アンドレイ・ガシオレックなどの批評家にも支持されている。彼によれば本作は、前者が具現化する欲望や想像力、無秩序、反構造性、自由といった諸要素と、後者が体現する理性や哲学、法、団結、構造性などとのプラトン的対立をアレゴリカルに描いたものである。[28] ガシオレックは本作の脱構築的側面に拘泥し、現実世界とテクストの接点を見逃してはいるものの、少なくともホフマンと大臣が本質的には表裏一体の存在であるという彼の指摘は正確である。[29]それというのも、この「リアリティ戦争」においては、たとえどちらが勝利しようとも、その先に待っているのは同じ結末――すなわち独裁／全体主義体制の成立――に違いないからである。

『ホフマン博士』において、決定大臣とホフマン博士は共にある種の独裁者として表象されているものの、両者は互いに相反する性質を持つ。例えば作中で大臣は「能率性」の模範として描かれており、[30]更には「最も強固な存在」や「これまでほんの僅かでも不確実の感覚を味わったこと」のない存在とまで形容されている。[31]デジデリオによると、現実の摂理を改変し「欲望の独裁」を打ち立てようと企むホフマンの「攻撃」から首都を防衛するため、[32]大臣は自らこの都市の「見えない壁」となり、部下たちを鼓舞するのである。しかしながら、見えない敵を打ち破ろうとする大臣の不屈の意志にもかかわらず、時空間に裂け目を作り出すホフマンの巨大な発生装置が起動し首都への攻撃が開始されると、もはや全てのものが一秒として同じ形質を保つことができず、都市そのものが「夢の気紛れな領域」に変貌してしまう。[33]そしてその結果、時間や空間だけでなく自然や人々の記憶さえもが歪曲され改変されるのである。人間たちは今や現実と夢の差異を認識することができず、外部からも隔離された首都は完全な混乱状態に陥る。大臣は「現実検知実験所」を設立し、現実と非現実を区別する――すなわち「決定」する――レーダー装置を開発してこれに対抗するが、彼とその配下の決定警察はホフマンの攻撃の前になす術がない。首都の現状が「いつか解くことができる実存的なクロスワード・パズル」であると信じつつ、[34]大臣は更に大規模なプロジェクト――つまりは世界の全物質の組成を算出するコンピューター・システムの建設――の陣頭指揮を執るのである。

世界で最も理性的な男である大臣に対して、ホフマンは芸術性や想像力の化身であるが、両者は共に全体主義的な側面をも併せ持っている。だが、ホフマンの大使が大臣との会談の中で明言しているように、現実を改変しようとする博士の野望はあくまでも「自由」の探究である。[35]ここで大使は次のようにホフマンを代弁している――「博士は通りを管理の圧政から解放したので、今では人々はどこへでも行かれるのです」。[36]これと同じ場面において、大臣が社会構造こそ人間による最上の芸術作品であると話す一方で、大使は彼に対し社会は改変可能であり、世界それ自体が、ホフマンとその手下たちが自分たちの欲望を達成するための一種の媒体に過ぎないとまで宣言する。[37]もちろん、ここで大臣をホフマンの単純なアンチテーゼとして捉えることは可能であるだろうが、デジデリオの発言からも分かるように、[38]実のところ前者は後者の持つ強大な力に密かな憧れを抱いていた。また更に重要なことに、この二人の独裁者たちは自然の摂理に関する極めて似通った思想をも共有している。そこで、両者のメタフィジカルな面での類似性を明らかにするために、まずは彼らが探究する理論を簡潔に検討する必要があるだろう。

そもそも、大臣が考案したレーダー装置の背後にある前提とはまさに、「感覚によって認知しうる物体は、突起したものを逆立てる分子構造を持つ」というものであった。[39]彼の並外れた知性や強力な指導力の下、物理学者たちのチームは「非現実原子」に関する仮説モデルを開発し、万物を構成する諸分子が如何にして雨粒の結びつきのように組み合わされているのかを解き明かそうと試みるが、それは私たち読者に核開発を連想させる。リアリティ戦争の初期における大臣のこうしたドクトリンは、作中で次のように要約されている。

彼は、この街は宇宙の縮図であると考えていたのだが、ここには限定された一連のものと限定されたそうした一連のものの組み合わせがあるので、論理的に存在可能なあらゆるもののリストを作成できると信じていた。こうしたものは数えられ、系統立てて概念の枠組みに編成できるので、情報検索システムによって入手できるあらゆる現象を確認するための一種のチェック・リストを作成できる。[40]

こうした認識に基づき、大臣はこれまでに存在した人間が知りうる全物質に関する情報データを、一つ残らずコンピューターにインプットするという、殆ど超人的な作業に従事し始める。

宇宙の全現象が一連の有限な対象やそれらの組み合わせによって構成されていると信じる大臣と同様に、ホフマンもまた「サンプル」と呼ばれる装置の適切な配列により世界に存在しうる全ての状況や、それら全ての変異体を再現することが可能であると考えている。[41] 厳密な科学というよりは錬金術のようにも思えるこの「現象動力学」理論の背後にあるのは、「想像できるものは全てまた存在しうる」というテーゼに他ならない。[42] ゆえにホフマンの観点から言えば、無数のサンプルの操作によって万物を（再）構築することさえ可能なのである。そしてそのサンプルによる攻撃の結果、次の引用にあるような混沌とした現象が街中で繰り広げられることとなる。

空間の感覚が非常に影響を受けたので、時々、建物や都市の風景は、巨大で不吉な大きさに膨れ上がるか、無限に何度も繰り返し現れた。［中略］鳥の中には羽根の生えたジャガーの大きさになり、ジャガーの気質を身につけたものもあった。歯の鋭いスズメは幼い子供の眼をくり抜いた。［中略］ハトは、激し易い羽根の生えた狂人のように不快なリズムで喋り、しわがれた声で笑いながら、実在しない切妻から窓枠へ飛び移ったり、煙突の煙りだしの上に止まって、ヘーゲルからの引用を叫んだりした。[43]

かつて大学教授としてホフマンを指導していた覗きカラクリ師が語ったように、兵器としてのサンプルの正確な使用は大臣の信奉する「現実」を打倒しうる。また皮肉なことに、彼によると大臣が到達した最終的結論とは、実はホフマンが何年も前に既に達成していたものに他ならなかった(44)。

両者のイデオロギー的、或いは戦略的相違にもかかわらず、自然についてのホフマンと大臣の理論はこのように殆ど交換可能である。彼らは共にサンプルの組み合わせによって宇宙の全現象を組成し、操作することが可能であるということを認識しているため、両陣営の対立は必然的に「リアリティ戦争」、つまりは爆弾やミサイル、戦車、戦闘機、戦艦、潜水艦といった通常兵器の使用を伴わないある種の「冷戦」へと発展していくのである。こうした状況下において、この争いの勝者は世界の全知全能の支配者として——つまりは地球全体の独裁者として——森羅万象を改変し得る途方もない力を手に入れるのである。

カーター自身は明言していないものの、ホフマンのサンプルには現実世界における原子爆弾や水素爆弾のイメージが付与されている。興味深いことに、このことはハートリーやディックの作品とほぼ同時期に書かれたカート・ヴォネガットの独裁者小説『猫のゆりかご』(*Cat's Cradle*, 1963)において、全世界を瞬く間に結晶化させる禁断の発明品「アイス・ナイン」が、明らかに核兵器のメタファーであることにも通じていると言えるだろう。キューバ危機の翌年に出版されたヴォネガットの『猫のゆりかご』は、核時代における「世界の終わり」のヴィジョンを提示したスラップスティック的な小説である。南国に位置する架空の独裁国家サン・ロレンゾにまつわるこの奇妙な物語は、マンハッタン計画に関わった空想上の「原爆の父」フィーリクス・ハニカーがアイス・ナインの開発者でもあるという設定からも明白な通り、『ホフマン博士』と同じく核の脅威という主題を暗示的に扱っている。例えば、アイス・ナインの次のような特徴は、カーターの小説に登場する「非現実原子」やホフマン博士のサンプルの構造を想起させる。

[ブリード]博士は酒石酸エチレンジアミンの巨大結晶を作っていた工場の話をした。何かの製造にそ

の結晶が役に立つのだという。ところがある日、作業員たちはその結晶に、工場側が望んでいた性質が失われているのに気づいた。分子が違った形に積み上がり、組み合わさり始めているのである。(45)

ヴォネガットの作品中でアイス・ナインの素と呼ばれるものは、「水の分子が違った組み合わさり方、凍り方をする素」であり、仮にこれを目の前の水溜りに投げ入れた場合、その水溜りのみならず、それを取り囲む泥沼や、池や小川といった全てのものが結晶化してしまう。(46) このような驚異的な威力を持つ物質アイス・ナインは、ハニカー博士の死後、彼の三人の子供たちの手に渡る。しかしそのうちの一人であるフランクは、後年サン・ロレンゾに移住して同国で大臣に就任した際、独裁者パパ・モンザーノ大統領にそれを譲渡してしまう。このように、『猫のゆりかご』には――カーターの作品と同様に――世界を壊滅させる「究極の兵器」が独裁者の手に握られてしまうという戦慄すべき状況が描かれているのである。

だが、ヴォネガットの小説において、高齢のモンザーノ大統領は既に死にかけている。一方それとは対照的に、カーターの『ホフマン博士』では、究極兵器の開発を推進する二人の独裁者たちは熾烈な争いを繰り広げている。それゆえ、まさに「現実」そのものを巡るホフマンと大臣のこうした争いにおいて、当然のことながら殆どの通常兵器は全く無意味なものとなる。両陣営にとってむしろ重要なのは、敵に対するテクノロジー的優位を保つために、「非通常兵器」の開発を絶え間なく続けることにある。以上の点でこの空想上の冷戦は、われわれに現実世界における実際の軍拡競争を想起させる。ホフマン博士と決定大臣による「軍拡」の内容については次節で詳述するが、本作においてカーターが描く架空の冷戦は、すなわち米国とソ連によって引き起こされた実際の冷戦を多くの点で反映していると言えるのである。例えばアンドリュー・ハモンドによると、この作品のプロットそのものが冷戦時代のスパイ小説や映画の枠組みに基づいている。(47) また、市街地を取り囲む壁によって孤立した作中の首都は西ベルリンを連想させるし、大臣の指揮下にある決定警察の暴力性は共産圏における秘密警察のイメージとも結びつけられている。更に、超大国の指導者たちが核の抑止力が機能している状況においてさえ「情報戦争」の重要性を認識していたのと同様に、ホフマンと大臣は世界におけるありとあらゆる「情報」の収集に取り憑かれている。

しかしながら、二人の独裁者たちの途方もない欲望が次第に肥大化しコントロール不可能なものになっていくにつれて、作中の状況は二十世紀後半の現実世界よりも更に混沌としたものになってゆく。事実、突然の崖崩れによってホフマンのサンプルが失われると、人々は時間や空間のルールの外部に投げ出されてしまう。そして最後には、もはやホフマン自身ですら状況を制御できなくなるのである。こうした事態は、『猫のゆりかご』においてモンザーノ大統領がアイス・ナインを口に入れて自殺したあと、全世界が彼の死体と同じく結晶化してゆくという終末論的な場面に似通っている。ヴォネガットの小説においては、最終的に独裁者の死が世界の破滅をもたらしたが、他方でカーターが描くリアリティ戦争の終盤においては、大臣とホフマンという独裁者たちだけでなく、今や世界そのものが誰の手にも負えないものに変貌してしまうのである。

4　経済的欲望と軍事的欲望

「欲望装置」を冠したその書名から明らかなように、カーターの『ホフマン博士』の中心的主題の一つはまさに欲望、とりわけ性的欲望である。本作を一種の冷戦フィクションや独裁者フィクションとして読み解こうとした場合においても、この概念を分析することは非常に有効である。実際、この小説には二種類の異なった欲望――つまりは経済的欲望と軍事的欲望――が巧みに表現されているが、重要なことにそれらはいずれも本質的には性的欲望に由来している。前者を詳細に論じたセイラ・バーンスタインの二〇一五年の論考は、ジャン＝フランソワ・リオタールが『リビドー経済』(*Économie libidinale*, 1974) で提示した理論を導入しつつ、『ホフマン博士』をイギリスの政治史的文脈に位置づけ直し、本作が一九七〇年代前半という「決定的な歴史的岐路」、すなわち「戦後コンセンサスの終焉と新自由主義の始まり」の狭間に書かれたことを強調する。[48] 彼女によればこの作品におけるリアリティ戦争とは、決定大臣に体現される戦後の福祉国家主義と、ホフマンに体現されるリビドー経済、つまりは後のマーガレット・サッチャーを予見するような新自由主義経済／体制との対立として読み替えることが可能であった。[49] 現代の資本主義経済は消費者が生存のために必要とする要領を遥かに超えた彼らの際限なき欲望に立脚しているため、今や自由市場の商品は個々人の性的欲望、言い換えればジークムント・フロイトがかつてリビドーと呼んだものに働きかけ、それを刺激することで価値を生み出している。バーンスタインはこのリビドー経済において性《セックス》が身体から疎外され、それ自体が商品として流通していることを指摘した上で、大臣とホフマンという二人の指導者が「セクシュアリティと欲望の規制」を巡って対立していると述べている。[50]

バーンスタインの議論はイギリス国内の社会史にのみ焦点を当て、冷戦というグローバルな視点を欠いている点で不十分であるが、少なくともホフマンと大臣の対立を経済的側面から検討する視点を提供したという点で斬新であった。作中で前者は性的想像力の自由を宣言し、世界をエロティックでかつシュールレアリスム的なイメージで満たすべく「現実改変装置」を開発し、更には「愛の奴隷たち」に絶え間なくセックスをさせ続けることで「欲望発生装置」を駆動させているが、先に述べた点を考慮に入れるならば、この人物はまさに資本主義経済における労働者からの搾取を暗示しているのみならず、西側の大量消費社会において大衆の（性的）欲望を刺激するマス・メディアの幻想をも具現化していると言えよう。これに対して、そうした性的欲望やイメージを極度に抑圧し規制しようと試みる大臣の存在は、オーウェルが描いた『一九八四年』のビッグ・ブラザーを想起させるが、それは言うまでもなく東側の社会主義経済と結びつけられている。
だがむしろここで特筆すべきなのは、それぞれ資本主義陣営と社会主義陣営のアレゴリーでもあるホフマンと大臣の両者を、カーターが共に「独裁者」としてネガティヴに表象しているという事実である。無論、現実世界における東西冷戦は経済上の覇権争いであったと同時に軍事上の熾烈な開発競争であったが、カーターはイデオロギーを超えた立場でそうした軍拡競争それ自体を批判しているのである。また、フェミニストであった彼女にとって、核時代の超大国が軍拡において剝き出しにする一種の欲望とは性的欲望、より具体的に言えば男性的欲望と同義であった。核の問題について論じた後年のエッセイ「暗黒の風景の中での怒り」("Anger in a Black Landscape", 1983)に明言されている通り、彼女は東西両陣営の「犯罪的狂人たち」がより強力な核兵器を絶えず欲望し続ける状況を危惧していた。[51] このテクストによれば、超大国間の軍拡競争は、東西対立の状況下で主導権を奪取しようとする両陣営の指導者たちの巨大かつ制御不能な欲望に由来しているのであった。

「使用するには余りに恐ろしい」かもしれないが、実際には使用をためらうほどには恐ろしくない全く新しいクラスの核兵器は現実に存在するようになった。たぶん、これまでに起こってきたのはこういうことかもしれない。つまり、彼らはより大きな爆発力を開発し続けているがゆえに、「使用するには余りに恐ろしい」核兵器とは、彼らがつい最近そう考えていたものに過ぎない。そのため、まさにスライド制のように、「去年」には究極的でかつ想像もできなかったような兵器が、「今年」には二番目の兵器になっているのであり、来年になればそれは「使用しても」全く問題のないようなものとなるのだ。[52]

フェミニストとしての視点から、カーターはこの種の強烈な軍事的欲望がある程度まで男性／男根中心主義に基づいていると考えていた。事実、核ミサイルを男根のイメージと相関させつつ、このエッセイの中で彼女は超大国の指導者たちがレインコートの前をはだけ、相手を挑発しながら自身の「武器」——すなわち男性器——を誇示するという卑猥なジョークをも紹介している。[53] このことは、「核の言説を生み出した最初の社会は男性中心主義的であった」と断言する批評家ルースヴェンの次のような指摘と共振していると言えるかもしれない——「男性的な精神的想像力において、文化や科学や爆弾はおしなべてマスキュリンなものとしてコード化されており、男根の保有という形で象徴化されている。一方で、それゆえに自然や女性や敵はフェミニンなものとしてコード化されているのである」。[54]

物語中に核ミサイルの男根的イメージこそ直接的には示されていないものの、カーターの『ホフマン博士』において一貫して強調されているのは、リアリティ戦争の進展に伴って次第に制御不能になっていく独裁者たちの壮大な男性的／軍事的欲望に他ならない。実際、作中では「欲望による独裁制」を打ち立てようとするホフマンが現実改変装置や性欲エネルギーを生成する欲望発電機を開発する一方で、[55] 大臣は現実検知実験所、決定レーダー装置、そして前述の巨大なコンピューター・センターを建設して彼に対抗している。このように、軍拡競争の過程で二人の男性指導者たちは互いに相手を打ち倒すためにより強力な武器や設備を求め、自身の攻撃的かつ強烈な欲望をますます肥大化させてゆくのである。

重要なことに、本作においてカーターは（性的）欲望に由来する軍拡競争それ自体だけでなく、それを推進する独裁者たちの暴力的な男性性をも批判的に暴き出している。もちろん、ベニート・ムッソリーニからアドルフ・ヒトラー、そしてヨシフ・スターリンや毛沢東、ポル・ポトに至るまで、現実の独裁者たちは常に男性であり、また彼らのパブリック・イメージにはマスキュリニティや父権性、或いは家父長性といった要素がプロパガンダ的に付与されていた。ベンジャミン・L・アルパーズが指摘しているように、こうした独裁者たちの持つ力強い男性性や身体性は女性を魅了する役割を果たし、彼らは自らを女たちの手の届かない場所に君臨する存在、すなわち「社会的規範の束縛」を超越した存在として提示していたのである。[56] 言うまでもなく、この種の現実を反映した二十世紀の独裁者小説において、こういったことは長らく暗黙の前提となってきた。例えば、前章で扱ったウィリアム・ゴールディングの寓話的作品『蠅の王』（*Lord of the Flies*, 1954）に女性が一人も登場しないことは、この点において極めて示唆的であると言えよう。

しかしながら、英語圏の独裁者小説はその系譜の最初期においてさえ、「独裁者の父性／男性性」といった歴史的前提に対して決して無批判ではなかった。例えば、オーウェルの『一九八四年』は女性による性的欲望の解放をビッグ・ブラザーの父権性に対抗しうる「脅威」として提示しているし、スクリーン上の指導者タルボット・ヤンスマンを登場させたディックの『最後から二番目の真実』は、国家や民衆の「父」としての独裁者の男らしいイメージを強調しつつも、他方でそれが作られた虚構であることを暴露し、その欺瞞を暗に批判していると言える。この作品において、一種のフィクションに過ぎない護民官ヤンスマンは「剛毅な体躯をした男」であり、その顔は「灰色の髪や、有能そうで父親のような、円熟しているが勇壮な面差し、そしてたくましい顎」によって特徴づけられている。[57] また彼の低く力強い声は、作者の描写によれば「強い肉体と聡明な頭脳を持った年季の入った戦士の声」であった。[58] しかしながら、ここでディックはこの威厳たっぷりの護民官が、実は撮影スタジオにこしらえられた機械仕掛けのシミュラクラに過ぎなかったことを暴くだけでなく、更にその背後にいる真の権力者ブロウズが、脳以外の身体器官を殆ど失った勇壮さのかけらもない老人——もしくは人工心臓によって辛うじて生き永らえているサイボーグ人間——でしかないことを明らかにすることにより、父権的独裁者イメージの欺瞞を二重に印象づけているのである。

それに対してハートリーの『フェイシャル・ジャスティス』は、物語の最後に実は独裁者が男性ではなく女性だったと暴露するという点で、ディックの作品よりも更にラディカルである。先述したようにこの作品は独裁官を専ら実態なき「声」として描いている。だが作者は、物語内でこの指導者の女性蔑視やミソジニー的側面を繰り返し強調するだけでなく、大衆が「彼」を両性具有者や独身者、或いは同性愛者として様々に解釈する様を紹介することによって、(59) 現実世界の独裁者が持つ男性的セクシュアリティの強固なイメージを溶解させようと試みている。また、作中でジョアブが代弁しているように、「家庭」を諸悪の根源と考えている独裁官は、放射能の影響を避けるため子供たちを両親から隔離して生育させたり、一家から離れて暮らす「衛生的夫」の制度を新設したりすることにより、(60) 家父長的な家族制度を実質的に解体しようとさえしている。主人公ジャエルは終盤、自宅に保護した衰弱した老婆（この女性とはかつて病院で会ったことがあった）が独裁官の正体であり、この人物がマイケルという検査官（彼は事故に遭った際にジャエルを助けた人物である）の声を借りて人々にメッセージを送っていたことを知り衝撃を受ける。

ディックの作品と同じく、ハートリーの小説はこのように独裁者の父性／マスキュリニティという前提への痛烈な疑義を表明しているが、これらの延長線上に位置するカーターの『ホフマン博士』は、彼らの表象上のイメージのみならず、彼らの男性的／軍事的欲望にまで着目した点でより画期的であったと言える。更にハートリーやディックと異なり、カーターは自作においてそうした強大な狂気的欲望が、次第にコントロール不可能なものなっていく過程までをもドラマティックに描いたのである。

5　サンプルとネビュラス・タイム

原子同士の核融合や核分裂反応によって強大なエネルギーを発生させる原子爆弾や水素爆弾さながらに、『ホフマン博士』におけるホフマンの一連の「サンプル」は、その配列や組み合わせによって全世界のあらゆる「現実」を自由自在に改変し、世界の全ての出来事や現象を組成し得るという力を持っている。本作においてカーター自身は直接的に言及していないものの、ここに如実に表れているのは、世界そのものを変貌させる強大な力を秘めた科学兵器——それらは言うまでもなく原爆や水爆といった核兵器のメタファーでもある——が、絶大な権力を持った一人の独裁者の手に握られてしまうことへの恐怖である。本作において彼女は、いわば独裁者の男性的／軍事的欲望に世界の存亡が委ねられている状況を示唆的に描いているわけであるが、恐らくその背景にあるのは、冷戦期における米ソの狂気じみた核軍拡競争に対する戦慄に他ならないだろう。

だがそれだけでなく、カーターはそうした兵器が災害や独裁者本人の死によって無秩序の中へと投げ出され、次第にコントロールを失った挙句に、世界を崩壊させてゆく様相をも極めて印象的に描き出している。事実、『ホフマン博士』においては、大規模な崖崩れによってサンプルが失われ、欲望と想像力の源泉が完全に制御不能に陥ったことにより、ホフマン本人さえもが時間と空間に対する支配権を失ってしまう。サンプルの喪失によって引き起こされた「ネビュラス・タイム」と呼ばれる混沌状態の中では、彼の娘であるアルバーティナでさえも次に何が起こるのかを予測することができない。それを裏づけるように、彼女は作中で「教授とサンプル一式がなくなってしまったので、父は新しいサンプルを作るまでは何もコントロールできないの」とまで発言している。(61)

カーターが提示するこのネビュラス・タイムのシュールレアリスム的ヴィジョンには、一九六〇年代のニュー・ウェーヴSF、特にバラードの作品からの影響があることは間違いない。例えば、一九六四年に発表されたバラードの短編「終着の浜辺」において、主人公トレヴンはかつて核実験施設であったエニウェトク環礁を秘密裏に訪れ、そこで交通事故で死んだはずの妻と息子の幻覚を目撃する。トレヴンは、原子力委員会によって放棄されたこの場所を「未来の時間の化石」とみなし、あたかも自分自身が遠い過去、或いは「非時間の地帯」に足を踏み入れてしまったかのように感じる。[62] ここではネビュラス・タイムと同じく、現実と時間の感覚の歪曲という重要なモティーフが扱われている。のみならず、時間の幾何学的側面に焦点を当て、それを改変可能かつ伸縮自在のものとして提示した『ホフマン博士』と同様に、バラードの「終着の浜辺」では時間の曖昧性という主題が探求されているのである。

また、一九六〇年の「時の声」においては、放射能の計画的な照射によって突然変異的に生み出されたグロテスクな生き物たちの姿が描出されている。神経外科医であるパワーズの実験によって生み出された、細長い触手を持った奇妙なイソギンチャクの他にも、この作品には人間の言語を理解するほど高度な知能を持つチンパンジーや、鎧を被ったカエル、イカのような形状をした植物、そして人間の指ほどの太さの黒く毛むくじゃらの脚を持ったクモのような大きな昆虫といったシュールレアリスム的な突然変異生物たちが数多く登場する。パワーズによると、彼が放射能を照射させたこれらの生き物たちは「無秩序な発達の最終段階」に達し、彼自身にさえ見当がつかないような「幾つもの特殊化した感覚器官」を発達させているのである。[63]

しかしながら、バラードが「時の声」で放射能による染色体異常や突然変異を直接的に描いているのと対照的に、カーターの『ホフマン博士』において、この種のグロテスクなミュータント――それらは常に人間と非人間の、或いは動物と植物とのハイブリッドとして表象されている――は、あくまで一連のサンプルの喪失によって偶発的に生み出されている。そして、想像力の独裁者であるホフマン自身でさえもはや時空間の歪みを統御できないという状況の中、果てしない欲望の力はネビュラス・タイムの幻想的光景、或いは様々な種類の奇妙な生物たちを半ば自動的に生み出し続けるのである。カーターの作品中には、動植物や機械と融合した女たちの他に、[64]背中に精巧な刺青を入れたケンタウロス、毒を吐いて蛇を食べる肉食性の植物、[65]幼い少女に似た顔を持つ宝石のような鳥、[66]多数の乳頭を持つ真っ白いサボテン、[67]唄を歌う花、小さな茶色の卵を産む木、[68]そして「緑の肌で、片目で、有袋の這いずり回る」謎の小動物といった生き物が次々登場する。[69]それだけでなく、カーターはその中でも最も不可思議なミュータント、つまり「半分が馬、半分が木」で出来た奇怪な生物までも描き出している。[70]

もちろんバラードとは異なり、カーターの『ホフマン博士』は、この種のグロテスクな生き物たちを遺伝子の突然変異や放射能汚染の産物としては提示していない。しかし彼女は、バラード作品に頻出する歪んだ時間や空間のモティーフを表層的に借用しつつ、ネビュラス・タイムの到来による世界そのものの歪曲だけでなく、実はこうした突然変異生物たちの存在そのものが、決定大臣とホフマン博士という二人の独裁者たちによるコントロール不能な軍拡競争や、その産物としての過剰なテクノロジーによって生み出されたということを指し示しているのである。

既に述べたように、架空の冷戦と空想上の軍拡競争を描いたこの独裁者フィクションの中で、カーターは現実世界における「非通常兵器」とホフマンの最終兵器——その配列によって宇宙の全現象をコントロールすることさえ可能なサンプル——との関係性を明確に表現することを避けている。しかしながら、実際の冷戦時代における核兵器が数百万人を一瞬で虐殺しうる潜在的暴力だけでなく、人間の文化と文明の両方を完全に破壊し尽くす可能性をも秘めていたように、『ホフマン博士』における一連のサンプルも、実のところ自然や全人類を根底から「改変」し「作り変える」力を持つ恐るべき装置として、常に悪用される余地を孕んでいたのである。それゆえこの独裁者小説の中で、カーターはホフマンと大臣の間の虚構上の軍拡競争を、アメリカとソ連の間の史実上の核軍拡競争のイメージに――或いは架空の冷戦を、現実の冷戦のイメージに――非直接的な仕方によって結びつけているといえる。

このように、カーターの『ホフマン博士』が描いているのは、ホフマンと大臣という二人の独裁者たちが途方もない軍事的欲望――そしてそれは男性的欲望でもある――に取り憑かれ、互いに相手を牽制しようと狂気じみた軍拡競争を繰り広げている様相である。その点で、本作は「架空の冷戦」物語として再解釈されうるが、カーターは彼らの病的な欲望が次第にコントロール不能なものとなり、それが結果的に全ての時間と空間を改変してしまうネビュラス・タイムの到来をもたらす過程をもドラマ化している。すなわち、ネビュラス・タイムにおけるディストピア的光景とは、彼ら独裁者たちの膨れ上がった（男性的／軍事的）欲望の帰結として提示されていると同時に、現実世界における米ソ核戦争がもたらす恐るべき未来のヴィジョンを暗示したものとしても表象されているのである。先述したように、カーターは東側陣営の社会主義経済や体制を体現する大臣だけでなく、西側の資本主義やリビドー経済を具現化した存在でもあるホフマンをも一種の独裁者として提示しているが、これは当然のことながら、彼女自身がアメリカとソ連という超大国間の軍拡競争の愚かしさを、イデオロギーを超えた地平から批判的に眺めていたからに他ならない。その生涯を通じてカーターは社会主義者を自認していたが、彼女にとって核戦争の危機とは、まさにこうした政治思想上の対立を超越した人類共通の問題だったのである。

6 カーターからバラードへ――『ハロー・アメリカ』の独裁者マンソン

カーターは『ホフマン博士』において、オーウェル、ハートリー、ディック、ヴォネガットといった重要な先駆者たちと同じく核時代における独裁者の脅威を表象したが、彼女がとりわけ強調したのは、全世界の存亡を左右するサンプル――それは核兵器のメタファーである――が、まさに制御不能な欲望に支配された狂気の独裁者の手に握られてしまうという絶望的状況に他ならなかった。興味深いことに、カーターが多大な影響を受けた作家であるバラードも、一九八一年の独裁者小説『ハロー・アメリカ』において、同様のモティーフを採用している。『ホフマン博士』からおよそ九年後に出版されたこの作品は、石油資源の枯渇に伴う深刻なエネルギー危機と気候変動によって荒廃し、人々に放棄された未来の北アメリカ大陸を舞台にしている。本章では最後に、カーター作品と比較しつつ、この核時代の独裁者フィクションを細かく読み解いてみたい。

物語の冒頭は合衆国の崩壊から百年後、ヨーロッパから派遣された探査船アポロ号の乗組員たちがアメリカに上陸する場面である。そこではまず、探検隊の一員であるアン・サマーズ教授と部下たちが、大気中の放射能濃度の測定を開始する。その後、今はなき「アメリカ」のイメージに魅せられてこの船に乗り込んだ主人公の若き「密航者」ウェインと探検隊の主力部隊は、上陸地点のニューヨークから西部のカリフォルニアへ向かうが、彼とアン、そして機関長マクネアはラス・ヴェガスにて「アメリカ大統領」チャールズ・マンソンの存在を知る。[71] マンソンは資源の枯渇や気候変動に伴う文明の崩壊という究極的な「例外状態」を背景にして登場した一種の独裁者であり、彼は武装したティーンエイジャー部隊を指揮し、驚異的なロボット工学や原子力エネルギーを駆使してカリフォルニア一帯に「合衆国」を再建している。彼の下でウェインは副大統領に任命され、アンとマクネアも重要なポストを任されるが、彼らは次第に大統領の底知れぬ狂気に気づいてゆく。そして物語の終盤において、バラードはこの恐るべき独裁者が、幾つもの核ミサイルの発射スイッチと文字通り戯れる様を描くのである。

恐らくバラードの全作品中、『ハロー・アメリカ』はこれまで最も注目されてこなかったテクストの一つである。世界的な成功作となり、一九八七年にスティーヴン・スピルバーグ監督によってハリウッドで映画化された次作『太陽の帝国』と、初期を代表する「破滅三部作」――『沈んだ世界』、『燃える世界』、『結晶世界』――や「テクノロジー三部作」――『クラッシュ』(*Crash*, 1973)、『コンクリート・アイランド』(*Concrete Island*, 1974)、『ハイ・ライズ』(*High Rise*, 1975)――の間に位置するこの小説は出版以来、長らく批評家や一般読者から看過され続けてきた。事実、ジョン・バクスターは自身の著作において誰も『ハロー・アメリカ』など「求めていなかった」と辛辣に指摘しているし、彼によると本作はバラードが『太陽の帝国』の成功によりSF界のカルト的存在からメインストリームの人気作家に躍り出たあとの一九八八年まで、アメリカでは出版すらされなかったという。[72] また、バラードを論じた主要な研究書の殆どがこの小説を無視するか、或いは分析の対象としてまともに採り上げていない。[73]

この独裁者小説の著しい不人気の理由は、これまでシュールレアリスム的かつ思弁的な独自の世界観を構築してきたバラードの従来の作品群に比べて、先に述べた本作の物語そのものがあまりにも通俗的でポップなイメージに満ち溢れているからに他ならないだろう。ここでバラードは「内的宇宙」を探究した前衛的スタイルを捨て、伝統的なSFの枠組みの中で創作を行なっていると言えるが、確かに作中に登場するソ連出身の探検隊長オルロウスキーの祖先がかつて「オーウェル」を名乗っていたという逸話からも明白なように、[74] 彼は『ハロー・アメリカ』において『一九八四年』のディストピア的SF世界を強く意識している。

もちろん、本作に描かれたマンソン大統領の人物造形は、ハートリー、ディック、ヴォネガット、カーターらの作品群と同じく、スターリンやヒトラーといった実在の独裁者をモデルにしているわけではない。しかしながら他方でこの人物は、一九六〇年代後半から七〇年代初頭にかけて、カリフォルニアで「マンソン・ファミリー」なるカルト集団を率いた同姓同名の凶悪犯罪者のイメージと重ねられている。メシアを自称した実在のマンソンはヒッピー的な集団生活を行ないつつ、LSDなどの合成麻薬を用いて若い女性たちを洗脳し、自身の「教団」を拡大していった。世界の「終末」を説いたこの男は自身の影響下にある教団員たちに無差別殺人を教唆し（自らは手を汚すことなく）少なくとも五人を殺害させたが逮捕され、一九七一年に死刑判決を受けている。[75]それゆえ、極端に家父長的な「疑似家族」的共同体を構築し、女性を劣った存在とみなして支配下に置いていたこのカルト教団の指導者の名を借りたアメリカ大統領マンソンは、まさしくカーターが『ホフマン博士』において批判したような男性的／軍事的欲望を体現した独裁者として表象されているのである。

批評家バクスターは、『ハロー・アメリカ』とバーナード・ウルフの先駆的SF作品『リムボ』（*Limbo*, 1952）との類似性を指摘しているが、[76]既に述べたように本作は、カーターの『ホフマン博士』とも多くの点で似通った特徴を有している。例えば、「想像力のテロリスト」であるホフマンが現実改変装置やサンプルといった「非通常兵器」を用いてシュールレアリスム的なイメージを無数に生成し、まさにイリュージョンの効力によって人々の日常生活や社会を混乱に陥れたように、独裁者マンソンは、探索者や全米をさすらう他の「原住民」たちに警告を与えるため、空中にホログラム映像を投射して巨大な「蜃気楼」を作り出している。[77]

またこの作品は、『ホフマン博士』以外のカーターのディストピア的作品群とも類似した点を持っている。

物語の序盤、文明に見放されたアメリカ大陸を探査船アポロ号が訪れる場面で、主人公ウェインをはじめとする登場人物たちは、一世紀前に放棄されて今や熱い砂の層に覆われたニューヨークの街を目撃して衝撃を受ける。ここでウェインは海中に沈んだ自由の女神像を発見しているが[78]、荒廃したニューヨークのディストピア的情景を描くことでアメリカに関する「幻想」を打ち砕くという手法は、カーターの長編『新しきイヴの受難』(*The Passion of New Eve*, 1977)にも見られる。更にニューヨークを出発後、大陸中央部の広大な砂漠地帯を横断して西海岸のカリフォルニア州へと向かう探検隊の行路は、カーターの同作品において主人公エヴリンが辿る道筋を連想させるし、登場人物たちを苦しめる砂漠の印象的な描写は両者のテクストに共通して見られる[79]。のみならず、カーターはこの『新しきイヴの受難』において、バラードと同じく殺人犯チャールズ・マンソンをモデルにした狂気的かつミソジニー的な人物ゼロを登場させている[80]。これらに加えて、バラードは文明崩壊後にアメリカにとどまった「原住民」の一派である「プロフェッサー族」——かつて大学に所属していた知的エリートたちの末裔——の存在に何度か言及しているが[81]、これは核戦争後の世界を描いたカーターの初期の小説『英雄たちと悪漢たち』(*Heroes and Villains*, 1969)に登場する同名の集団と酷似している[82]。

7　アメリカの独裁者——核兵器と原子力

バラードの『ハロー・アメリカ』はカーターの『ホフマン博士』と同じく、冷戦期ＳＦの想像力が生み出した独裁者小説の系譜上に位置している。その意味でこれら両テクストは(実在する独裁者へのあからさまな風刺ではないにせよ)、少なくとも現実世界へのある種の真摯な応答として機能していたと考えられる。事実、例えば本作においてバラードは、一九七〇年代末のデタントの崩壊を機に再び高まった「新冷戦」下の核兵器の脅威を仄めかすと同時に、その当時、様々な複合的要因によって引き起こされたアメリカの深刻なエネルギー問題――とりわけ代替エネルギーとしての原子力への懐疑――を巧みに暗示している。

よく知られているように、一九七三年にイスラエルとアラブ諸国の間で勃発した第四次中東戦争を端緒とするアメリカへの石油輸出停止措置と、石油輸出国機構による原油価格の引き上げは国際的な石油危機を引き起こし、同国の経済活動を直撃した。当時の大統領リチャード・ニクソンはこれを受けてアメリカのエネルギー自立政策「プロジェクト・インデペンデンス」を提唱し、翌七四年の年頭演説において石油危機が国内経済の低迷を招いていると述べた上で、「われわれはエネルギー危機から必ず立ち直る。私たちは将来アメリカ自体の資源でアメリカのエネルギー需要を満たすことができるようにするため、その基礎を築くのだ」と国民に訴えかけた[83]。第一次石油危機によってエネルギー政策の見直しを迫られたニクソン政権が化石燃料の代替エネルギーとして原子力を重視したこともあり、七三年には史上最多となる四十一機もの原子炉の建設が全米で受注され[84]、ジミー・カーター政権下の七七年にはかつての原子力委員会に代わる合衆国エネルギー省が設立された。しかしながら、折しもイラン革命を機に第二次石油危機が到来しつつあった一九七九年三月、アメリカではスリー・マイル島原子力発電所事故が発生し、原発の新規建設が完全に凍結された[85]。国際原子力機関は同年の総括において石油がいつか底をつくことは事実であり、スリー・マイルの出来事が「我々のエネルギー・オプションに変更を加えることはない」と明言しているが[86]、少なくとも次第に逼迫するエネルギー事情の中で、炉心溶融を伴うこの深刻な原発事故がもたらした影響は極めて大きなものであった。

『ハロー・アメリカ』においてバラードは、石油資源の枯渇や原発の安全性に対する危機意識が急激に高まりつつあった当時の世相を明らかに意識している。実際、一九三〇年代末から七〇年代初期までの三十五年間で、アメリカではエネルギー消費量が三百五十パーセントも増加した。[87] 特に、急増する石油の消費量に国内での生産は追いつかず、同国は世界最大の産油国でありながら、外国からの石油輸入への依存を余儀なくされていたのである。[88] これに対してバラードの小説において、作中のオルロウスキーの発言によれば「アメリカ衰亡の不吉な前兆」は二十世紀半ばに既に現れている。科学者や一部の政治家たちが石油、石炭、天然ガスの消費量の急激な増加を指摘して資源の枯渇を警告していたが、「一九七〇年代にはとうとう、予言通りのエネルギー資源枯渇」が始まってしまうのである。[89]

このことはもちろん二度の石油危機をデフォルメしているが、現実世界とは異なり、『ハロー・アメリカ』において化石燃料の枯渇に歯止めは掛からない。石油価格の異常な高騰によって各国の経済活動は瓦解し、工業生産は大打撃を受け、株式市場の暴落によって世界規模の大恐慌が引き起こされた。[90] こうした状況の下、各工業国では配給制が敷かれ、水力、風力、太陽光といった代替エネルギーの可能性が研究されただけでなく、長らく忌避されてきた原子力産業が復活する。[91] しかしながら、それらは先進諸国のエネルギー需要を賄うには甚だ不十分であり、二〇〇〇年代に入るとアメリカからの人口流出が始まり、二十一世紀の前半には遂に大陸そのものが放棄されて国家や政府が消滅する。アメリカから移民が殺到したヨーロッパとアジアでは、人口増加に対する気候コントロール措置が取られ、「シベリアとアラスカを隔てるベーリング海峡の浅海をダム化する工事」までが行なわれた。[92] これによって海流の流れが人工的に変えられ、「何百万エーカーにも及ぶ荒野が農業と石炭採掘に再利用できるようになり、北極圏内でも夏小麦がたくさん収穫できるようになった」が、その結果アメリカは大規模な気候変動の影響を受け、東海岸は灼熱の砂漠になり、西海岸は豪雨地帯と化したのである。[93]

ベルリンのアメリカ人ゲットー内にある精神病院を抜け出した若きマンソンは北アメリカ大陸に渡り、この究極的な「例外状態」の中で自身の帝国を建設した。ホフマン博士や決定大臣と同じく科学技術や工学の力を用いて権力を掌握したこの独裁者は、アメリカを「もう一度偉大にする」ために大統領を名乗り、[94]メキシコ人の若い逃亡者たちを訓練して兵隊や技術者集団を作り上げ、ヘリコプターやガンシップを製造した。それだけでなく、彼はかつてのロッキード航空機工場においてICBMや巡航ミサイルといった、まさに冷戦期のアメリカが保有していた科学兵器の開発を行なっている。[95]また、ラス・ヴェガスの高級ホテルでウェインたちを出迎えたロボットたち——それらはフランク・シナトラやディーン・マーティン、ジュディ・ガーランドといった往年のスターたちの姿を精巧に模して造られている——の描写からも分かるように、[96]この独裁者が支配する「ミニチュア合衆国」の科学力は非常に高度なレヴェルに達している。

このように、マンソン大統領はある種の「開発独裁」体制を敷きつつ冷戦時代の超大国アメリカを再興しようと目論んでいるが、ここで重要なことは、彼の統治下にあるハイテク装置や設備の殆どが原子力発電によって稼働しているという事実である。作者によればレーク・ミードにある原発の高速増殖炉が、「ラス・ヴェガスにあるあらゆるネオン管、テレックスやテレビ装置を動かす全電力の供給源」であった。[97]またマンソンは、それに続いてフェニックスやソルトレーク・シティ、更には東部にある各地の原子炉を順次再稼働させていく計画を立てているが、彼は同時に副産物として産出されるプルトニウムを核兵器の製造に利用していた。[98]この独裁者は核開発について部下たちに殆ど何も話さないものの、物語序盤にアンが検出したボストンでの高濃度放射能やシンシナティとクリーヴランドでの大爆発が、後になって核弾頭を搭載した彼の巡航ミサイルによって引き起こされていたことが明かされる。既に六基の巡航ミサイルと二基のタイタン・ミサイルを保有する大統領はそれらが「もっと必要なのだ」と言い、原子力の専門家であるアンの協力を得てミニットマン・ミサイル（大陸間弾道ミサイル）を再生しなくてはならないと語っている。[99]

カーター作品におけるホフマン博士や決定大臣と同じく、独裁者マンソンはまるで強迫観念のように男性的／軍事的欲望に取り憑かれているが、彼が大量の核兵器を必要とするのは、ヨーロッパなどからアメリカ大陸にやって来る探検隊や移民を排除するために他ならない。事実、ウェインによると大統領の眼前には「病菌に冒されたヨーロッパからの移民者が大挙して東部の海岸べりによじ登ってきて、日に三キロの着実な速度で狂犬病や小児麻痺や癌や脳膜炎をばら撒きながらロッキー山脈に向かって進んでくる光景が、彷彿として現われているらしかった」[100]。作中でマンソンは、かつて「資本主義の権化」と称された億万長者の実業家ハワード・ヒューズを賛美し、彼の愛用したホテルのスイート・ルームに拠点を置いているが、このことが示すように彼は一世紀前に崩壊したアメリカ大量消費社会を復活させようと目論んでいる。しかしながら、副大統領ウェインが新生合衆国の最適人口を十万人と試算している通り[101]、もはや石油資源の枯渇したこの世界において、北アメリカ大陸はこれ以上の人口を受け入れることができない。

カーターの『ホフマン博士』と同じく、『ハロー・アメリカ』には西側の資本主義経済に対する一種の辛辣なクリティークが含まれているが、ここで明らかなように、作中のマンソンには矛盾した二つの傾向が見られる。すなわち、彼は一方で資本主義＝リビドー経済を信奉し、代替エネルギーとしての原子力に依拠してアメリカ全盛時代の経済的繁栄を半ば人工的に再興することを企図しているが、他方でこの独裁者は、現在の社会がかつてのような経済成長に基づく大量消費社会の論理によってはもはや成り立ち得ないという認識に立った上で、限りある生存圏を侵犯しにやって来る移民たちの排斥を試みるのである。事実、マンソンは自身の権力と「国家」、そして安定したエネルギー供給を維持するために、ロッキー山脈の東側に高性能なロボット・カメラを幾つも配備し、密入国者たちを絶えず監視している[102]。それだけでなく、彼は自らがウイルスや病原菌と呼んで嫌悪する「侵入者」たちを駆逐するため、各都市に核ミサイルを撃ち込むのである。この点で、マンソンにとって核／原子力とは、アメリカ資本主義の再興という彼の野望の実現に必要不可欠なエネルギー源であるのと同時に、資本主義の基盤がもはや崩壊した社会における国家の自己保存のための最終兵器でもあるのだ。

物語のクライマックスにおいて、遂に上陸した大規模な探索隊とマンソン軍との間に戦闘が勃発するが、首都ラス・ヴェガスが包囲されている中、狂気に侵された大統領はミサイルの発射ボタンを自らの手元に置きつつ、まるでゲームさながらに核攻撃の対象となる都市をカジノのルーレットによってランダムに決定していく。発射準備の整った核弾頭のスクリーン映像を前にして、全裸のマンソンは駆けつけたウェインをこの常軌を逸した「戦争ゲーム」に誘う。

数字の目があるべき場所には、代わりにアメリカの都市の名が一つずつ、アトランタ、バッファロー、チャールストンからソルトレーク・シティ、サンディエゴを経てタンパ、タルサ、ウィチタまでずらりと三十六通り、盤を取り囲んでいた。電子目標版を見上げると、同じ三十六都市の名がディスプレー上に記されている。ボストン、クリーヴランド、シンシナティ、デモインの四箇所の上には、小さな星印が脈打っていた。[103]

マンソンが裸であることは、カーターが『ホフマン博士』で示唆した独裁者の男性的／軍事的欲望をより明確に暴き出していると言える。本作において政権の崩壊を悟ったマンソン大統領は、全ての巡航ミサイル――それは彼の勃起した男性器の象徴でもある――を発射して全米の諸都市を廃墟に変えてしまったあと、最後に残った巨大なタイタン・ミサイルを自身のいる首都ラス・ヴェガスに向けて打ち込む。「作戦室」を包囲された彼はかつての協力者フレミング博士の開発したロボット部隊によって殺害されるが、ここにおいてバラードは、まさにアメリカや世界そのものの運命が、原子力という禁断のエネルギーの魔力に取り憑かれた狂気の独裁者の手中に握られるという未来を描き出している。そしてこうした状況下において、独裁制の恐怖はもはや「ミニチュア合衆国」一国の問題ではなくなり、地球全体の生存可能性を揺るがす世界規模の脅威となるのである。また更に重要なことに、リビドー経済に基づく大量消費社会の再興を夢見つつその不可能性を認識していたマンソン大統領は、遂にこの矛盾に引き裂かれ、最後にあらゆるものを破壊し尽くして自滅するという形で、解決不可能な二項対立そのものに終止符を打つ。事実、極めて象徴的なことに、この新生「合衆国」の誕生と崩壊は共に、核／原子力エネルギーによって成し遂げられたのである。

8　核／原子力を手に入れた独裁者

独裁制が最も恐ろしい瞬間の一つとは、「惑星的」視点から見るならば、その強権的な指導者が核のボタンに手をかけたときに他ならない。それゆえ『ハロー・アメリカ』において、バラードはアメリカをはじめとする先進諸国にエネルギー政策の再考を促した一九七〇年代の二度の石油危機とスリー・マイル原発事故を風刺し、石油資源の枯渇と近代文明の終焉が再び独裁制をもたらすという暗黒の未来像を提示しただけでなく、狂気の独裁者が核という究極のエネルギーを手中に収めた場合に、一体何が起こるのかという重大な問いを探究したのである。また同時に、彼の作品は「持続可能性」を希求する世界において、核／原子力が決して石油に代わる夢のエネルギーたり得ないことをも示唆していると言えるだろう。作中でマンソンは、大富豪ヒューズに体現されるアメリカ全盛期の繁栄を取り戻そうと試みたが、国土に侵入する移民を核兵器によって徹底排除しようとする彼の政策は、結局のところ有限なエネルギー源を既得権者である少数のエリートたちが独占するという悪しき状況を生み出したに過ぎなかった。つまりマンソンによる一種の「開発独裁」は、かつて大量消費社会を生んだアメリカ資本主義＝リビドー経済の過ちを反復し、持続可能な社会を構築することに失敗しているのである。その点で、資源の枯渇やエネルギー問題が深刻化した世界に対して、マンソンの独裁的な統治システムは何らポジティヴな解決策を提示することができなかったのだ。[104]

かつてイギリスの反核兵器団体ＣＮＤ（Campaign for Nuclear Disarmament）のメンバーであったカーターは、[105]エッセイ「愚か者こそわがテーマ」において広島への原爆投下やキューバ危機の衝撃について語り、それらが自身の人生の「分水嶺」であったとまで述べている。[106]同様にバラードも、一九八五年のインタヴューで過去を振り返りつつ、とりわけ冷戦初期において原子爆弾とは「誰もが無関心でいることのできない主題」に他ならなかったと断言している。[107]彼は一九四五年のアメリカによる広島と長崎への原爆投下を——日本軍のアジア侵略を食い止め、多くの民間人や兵士たちを救う上で——やむを得ない行為だったとして擁護していたが、他方で「いかなる現代作家もこのトピックを避けることはできなかった」とも証言している。[108]

このように、両者は核に対する問題意識をある程度まで共有していたが、興味深いことにカーターが『ホフマン博士』において恐怖のヴィジョンとして視覚化した独裁者と核兵器／原子力の関係は、バラードの『ハロー・アメリカ』においてより直接的かつアイロニカルな形で再登場している。冷戦時代を反映した両者のテクストは共に、核兵器という地球上における究極の暴力装置が独裁者の手に握られた恐怖の世界を思考実験のような形で想定していたのである。しかしながら、冷戦下における核の脅威だけを暗示的に視覚化していたハートリー、ディック、ヴォネガット、カーターらの先行する独裁者フィクションとは異なり、バラードの作品は極限的な「例外状態」の中で誕生したマンソンによる独裁政権が原子力のエネルギーとしての側面を重視し、彼がそれを自身の体制維持のために用いる様相までをも描出していた。このように、『ハロー・アメリカ』でバラードが核／原子力の持つ「未来のエネルギー」と「大量破壊兵器」としての相反する二つの側面を、意図的に並立させていたことは明らかである。事実、作中で核／原子力は資源枯渇後のアメリカにおいてリビドー経済や資本主義社会を再駆動させる重要なエネルギー源であると同時に、大陸を目指す移民たちを排除するための恐るべき最終兵器でもある。しかしながら、独裁者マンソンの狂気に満ちた男性的／軍事的欲望や新生「合衆国」の末路を見れば明らかな通り、作者はその「未来の代替エネルギー」への幻想に対して、あくまで懐疑的な姿勢を崩さなかったのである。

【註】

（1）以下『ホフマン博士』と略記。
（2）David Pringle, "Exclusive New Interview with Angela Carter", Angela Carter Online <https://angelacarteronline.com/2017/05/07/exclusive-new-interview-with-angela-carter/>.
（3）Roz Kaveney, "New New World Dreams: Angela Carter and Science Fiction", in *Essays on the Art of Angela Carter: Flesh and the Mirror*, ed. by Lorna Sage (London: Virago, 2007), p. 184.
（4）Angela Carter, *Shaking a Leg: Collected Writings* (London: Penguin Books, 1997), pp. 34-35.
（5）Ibid., p. 560.
（6）Ibid., p. 559.
（7）Pringle, "Exclusive New Interview" Angela Carter Online.
（8）出版時のタイトルは *The Burning World* であった。

（9）Angela Carter, Notepad, Add MS 88899/1/105, Angela Carter Papers Collection (The British Library, London).

（10）J. G. Ballard, *Extreme Metaphors: Collected Interviews*, eds. by Simon Sellars & Dan O'Hara (London: Fourth Estate, 2014), p. 218.

（11）Ken Ruthven, *Nuclear Criticism* (Carlton: Melbourne University Press, 1993), p. 11.

（12）Daniel Cordle, "Beyond the Apocalypse of Closure", in *Cold War Literature: Writing the Global Conflict*, ed. by Andrew Hammond (London: Routledge, 2006), p. 69.

（13）Ibid., p. 69.

（14）エイミスはヨシフ・スターリンを主題にしたノンフィクション作品『恐るべきコーバ』(*Koba the Dread: Laughter and the Twenty Million*, 2002) の著者でもある。

（15）Martin Amis, *Einstein's Monsters* (London: Jonathan Cape, 1987), p. 23.

（16）John Haffenden, ed., *Novelists in Interview* (London: Methuen, 1985), p. 95.

（17）一九七一年の映画版は、後にノーベル文学賞を受賞する劇作家ハロルド・ピンターが脚本を担当した。

（18）Anthony Burgess, *Ninety-nine Novels: The Best in English since 1939: A Personal Choice* (London: Allison & Busby, 1984), p. 75.

（19）L. P. Hartley, *Facial Justice* (1960; Penguin Books, 2014), pp. 22-23.

（20）Ibid., p. 24.

（21）Ibid., pp. 26-27.

（22）全体主義社会における平等性の異常な追求というテーマは、第一章で扱ったウラジーミル・ナボコフの『ベンド・シニスター』(*Bend Sinister*, 1947) にも通じる。

（23）Hartley, *Facial Justice*, p. 26.

（24）Ibid., pp. 114, 89.

（25）Ibid., p. 191.

（26）Philip K. Dick, *The Penultimate Truth* (1964; London: Gollancz, 2005), p. 33. 本作からの引用は『最後から二番目の真実』佐藤龍雄訳（東京創元社、二〇〇七年）を用いる。

（27）Linden Peach, *Angela Carter* (Basingstoke: Palgrave Macmillan, 2009), p. 89.

（28）Andrzej Gąsiorek, *Post-War British Fiction: Realism and After* (London: Edward Arnold, 1995), p. 129.

（29）Ibid., p. 130.

（30）Angela Carter, *The Infernal Desire Machines of Doctor Hoffman* (1972; London: Penguin Books, 2011), p. 9. 以下、本文中の引用の日本語訳は、榎本儀子訳（図書新聞、二〇一八年）を用いる。

（31）Ibid., p. 17.

（32）Ibid., p. 259.
（33）Ibid., pp. 12-13.
（34）Ibid., pp. 21-22.
（35）Ibid., p. 33.
（36）Ibid., p. 32.
（37）Ibid., p. 34.
（38）Ibid., p. 26.
（39）Ibid., p. 19.
（40）Ibid., p. 20.
（41）Ibid. p. 111.
（42）Ibid., pp. 112-13.
（43）Ibid., p. 15.
（44）Ibid., p. 111.
（45）Kurt Vonnegut, *Cat's Cradle* (1963; London: Penguin Books, 2008), pp. 32. 本書からの引用は、『猫のゆりかご』伊藤典夫訳（早川書房、一九七九年）に基づく。
（46）Ibid., p. 34.
（47）Andrew Hammond, *British Fiction and the Cold War* (New York: Palgrave Macmillan, 2013), p. 96.
（48）Sarah Bernstein, "Free Market of Desire: Libidinal Economy and the Rationalization of Sex in *The Infernal Desire Machines of Doctor Hoffman*", in *Contemporary Women's Writing*. vol. 9, no. 3 (2015): p. 349.
（49）Ibid., p. 349.
（50）Ibid., pp. 363, 349.
（51）Carter, *Shaking a Leg*, p. 50.
（52）Ibid., pp. 50-51.
（53）Ibid., p. 49.
（54）Ruthven, *Nuclear Criticism*, pp. 62-63.
（55）Carter, *Doctor Hoffman*, p. 259.
（56）Benjamin L. Alpers, *Dictators, Democracy, and American Public Culture: Envisioning the Totalitarian Enemy, 1920s-1950s* (Chapel Hill: University of North Carolina Press, 2003), p. 42.

(57) Dick, *The Penultimate Truth*, pp. 15, 51.
(58) Ibid., p. 14.
(59) Hartley, *Facial Justice*, pp. 89, 114.
(60) Ibid., pp. 33, 23, 67.
(61) Carter, *Doctor Hoffman*, pp. 204-05.
(62) J. G. Ballard, *Complete Stories of J.G. Ballard* (New York: W.W. Norton, 2010), pp. 591, 592.
(63) Ibid., p. 179.
(64) Carter, *Doctor Hoffman*, pp. 157-58.
(65) Ibid., pp. 200-01.
(66) Ibid., p. 204.
(67) Ibid., pp. 205-06.
(68) Ibid., p. 206.
(69) Ibid., p. 206.
(70) Ibid., pp. 206-07.
(71) 作中で彼は第四十五代アメリカ大統領を名乗っている。現実における四十五代大統領は、言うまでもなくドナルド・トランプである。
(72) John Baxter, *The Inner Man: The Life of J. G. Ballard* (London: Weidenfeld & Nicolson, 2011), p. 259.
(73) その数少ない例外が Roger Luckhurst, *"The Angle between Two Walls": The Fiction of J. G. Ballard* (Liverpool: Liverpool University Press, 1997), pp. 141-50 及び、David Ian Paddy, *The Empires of J. G. Ballard: An Imagined Geography* (Canterbury: Gylphi, 2015), pp. 176-90 である。特に後者は、石油危機を預言した経済学者エルンスト・フリードリッヒ・シューマッハーの著書『スモール・イズ・ビューティフル』(*Small Is Beautiful: Economics As If People Mattered*, 1973) と本作との関係を指摘しており興味深い。
(74) J. G. Ballard, *Hello America* (1981; New York: Liveright Publishing Corporation, 2013), p. 33. 以下、本作からの引用は『ハロー・アメリカ』南山宏訳（東京創元社、二〇一八年）を用いる。
(75) しかしカリフォルニア州にて死刑制度の一時廃止があり、彼は二〇一七年に死去するまで終身刑の扱いで服役していた。
(76) Baxter, *The Inner Man*, p. 258.
(77) Ballard, *Hello America*, p. 106.
(78) Ibid., pp. 26-7.
(79) Angela Carter, *The Passion of New Eve* (London: Virago, 2014) 参照。

（80）Edmund Gordon, *The Invention of Angela Carter: A Biography* (London: Chatto & Windus, 2016), p. 229.
（81）Ballard, *Hello America*, pp. 70, 72.
（82）Angela Carter, *Heroes and Villains* (London: Penguin Books, 2011) 参照。
（83）Richard Nixon, “Nixon’s 1974 State of the Union Address”, Watergate.info. <http://watergate.info/1974/01/30/nixon-1974-state-of-the-union-address.html>.
（84）U.S. Department of Energy Office of Nuclear Energy, Science, and Technology, *The History of Nuclear Energy* < https://www.energy.gov/ne/downloads/history-nuclear-energy>, p. 17.
（85）井樋三枝子「アメリカの原子力法制と政策」『外国の立法：立法情報・翻訳・解説』二四四号（二〇一〇年六月）一九頁
（86）G. R.. Corey, “A Brief Review of the Accident at Three Mile Island”, *International Atomic Energy Agency Bulletin*, vol. 21, no. 5 (October 1979), p. 57.
（87）David Nye, *Consuming Power: A Social History of American Energies* (Cambridge, Mass: The MIT Press, 2001), p. 187.
（88）小林健一「米国における現代的エネルギー政策の成立――カーター政権のエネルギー政策」『東京経済大学誌：経済学』二八五号（二〇一五年二月）二七〇頁
（89）Ballard, *Hello America*, p. 50
（90）Ibid., p. 51.
（91）Ibid., p. 52.
（92）Ibid., p. 54.
（93）Ibid., pp. 55-56.
（94）Ibid., p. 158.
（95）Ibid., pp. 151-52.
（96）Ibid., pp. 128-31.
（97）Ibid., p. 142.
（98）Ibid., p. 144.
（99）Ibid., p. 155.
（100）Ibid., p. 163.
（101）Ibid., p. 162.
（102）このことはディックの『最後から二番目の真実』において、ブロウズの政権が支配者層の既得権を守るべく地下民の地上への進出を取り締まっていることをも想起させる。

(103) Ballard, *Hello America*, p. 205.

(104) だがバラードは、物語の最後にウェインたちがフレミング博士の作り出した「日光飛行機」でラス・ヴェガスを脱出する場面を描くことにより、少なくとも将来のクリーン・エネルギーに対する幾らかの希望を暗示している。この飛行機は作中で科学の粋を集めた高度な発明品として表象されているが、このように作者は独裁という最悪の未来を提示しつつ、一方で将来における人類の知恵や創造性にある程度の期待を託していたと言える。Ibid., pp. 223-34.

(105) Gordon, *The Invention of Angela Carter*, pp. 45-46.

(106) Carter, *Shaking a Leg*, p. 34.

(107) Ballard, *Extreme Metaphors*, p. 221.

(108) Ibid., pp. 221-22. また、以下も参照。J. G. Ballard, *A User's Guide to the Millennium: Essays and Reviews* (London: Flamingo, 1997), pp. 292-93.

第四章
アフリカの独裁者たち
――アップダイク、ナイポール、ファラー、ナザレス、アチェベ――

1　冷戦期アメリカとアフリカの独裁者
――アップダイクとリビアのカダフィ政権

戦後アメリカを代表する小説家の一人であるジョン・アップダイクは、文芸批評家ピーター・コンラッドによる最晩年のインタヴューにおいて、二〇〇八年当時の米国大統領候補である共和党のジョン・マケインと民主党のバラク・オバマが、いずれも自身を「お気に入りの作家」に挙げていたという事実を知らされて驚きを露わにしている。アップダイクは、前者が本を読む姿など「想像もできない」と皮肉たっぷりに述べる一方で、「バラクはフィクションなどではなく、ヘーゲルでも読んでいるのかと思っていた」と語っているが、ハーヴァード大学出身のリベラル派である彼は、明らかに後者に対して大きな政治的期待を寄せていた。その上でアップダイクは、大統領選を戦うオバマに対して、アフリカ・リビアの独裁者ムアンマル・アル＝カダフィをモデルにした自身の長編小説『クーデタ』（*The Coup*, 1978）を読むように勧めたいと語っている。[1]

無論、アップダイクによればこれはあくまで、黒人初の大統領を目指すオバマが、カダフィを基に彼が造形した架空の黒人独裁者と大きくかけ離れているということを前提にした一種の「ジョーク」に他ならなかった（ちなみに実際のカダフィはアラブの遊牧民族ベドウィンの子であり、黒人ではない）[2]。しかしながら、オバマの大統領就任から僅か一週間後に死去したアップダイクが遺した先の発言は、この二人の政治指導者の後の因縁めいた関係性を預言している。事実、皮肉なことに二〇一一年のリビア内戦に際してアメリカの軍事介入を決定し、最終的にカダフィ政権崩壊への流れを決定づけたのはこのオバマ大統領だったのであり、独裁者の死が公表された同年十月二十日、彼は次のようにリビア国民に呼びかけたのである――「あなた方は革命に勝利したのです。そして今、尊厳と自由と機会をもたらす未来をあなた方が築くとき、わが国はパートナーになります」。[3]

アフリカの発展途上国にとって、アメリカという「パートナー」は――それがもたらす経済的援助やグローバル資本主義市場へのアクセスと並んで――まさに諸刃の剣のようなものである。実際リビアにおいても、一九六九年の「革命」以降長らく反米姿勢を貫いていたカダフィ政権が崩壊し、その後の社会が無政府状態に陥った遠因は、二〇〇一年九月十一日の同時多発テロ事件後に同国がアメリカに妥協したことにあると言える。リビアの争乱やカダフィの死は二十一世紀の出来事であるが、独立後のアフリカ諸国に独裁政権が次々と誕生した二十世紀中盤以降の冷戦時代においても、殆どの指導者たちにとって、ソ連と並ぶ超大国であったアメリカとの関係性は大きな政治的課題であった。この点で、アップダイクの『クーデタ』は、飢饉に苦しむアフリカのイスラム国家と冷戦期アメリカの対立や、旧植民地の弱小国と強国アメリカとの「パートナーシップ」構築を巡る物語として読むことができる。[4]

これまでアップダイクは、『走れウサギ』（*Rabbit, Run*, 1960）から始まる有名な「ウサギ四部作」に見られるように、主に都市部に住む一般的アメリカ人の日常生活を巧みに描き出すことで高く評価されてきた。一方この独裁者小説においては逆に、架空の国家クシュという外部の視点から見た冷戦期「アメリカ」のイメージが主題となっている。日本語版の翻訳者である作家の池澤夏樹がいみじくも指摘しているように、アップダイクは「クシュという黒い鏡に映ったアメリカの像」をクリティカルに描いているのである。[5]

先述の通り、『クーデタ』の語り手でありクシュの前大統領でもあるハキム・フェリクス・エレルー大佐のモデルは、リビアの最高指導者カダフィ「大佐」である。[6] カダフィは軍人として旧宗主国イギリスへの留学経験があり、一九六九年の無血クーデタによって王制を打倒して二十七歳の若さで政権の座に就いた。一方、旧フランス領とされる架空の国家クシュの出身者エレルーは、軍人として植民地部隊に所属していたが、留学先のアメリカの大学を卒業後に帰国し、カダフィと同じくクーデタによって君主を打倒（そして後に処刑）している。リビアと同様にイスラム社会主義を標榜し、緑一色の国旗を掲げたこの国では憲法は一時停止され、非常事態革命軍事最高委員会が行政権と立法権を掌握している。(7) ただし、カダフィの場合とは少し異なり、この架空の独裁者は最初から政府のトップだったわけではない。彼はもともとクーデタの指導者ジャン＝フランソワ・ヤクブ・ソバ少将に次ぐ存在であり、情報大臣や国防大臣を歴任後、ソバの暗殺に伴って大統領に昇格したのである。(8)

カダフィ時代初期のリビアとクシュの最大の共通点は、両国の指導者が東西冷戦という枠組みの中でソ連と友好関係にあった一方で、アメリカとは長らく敵対していたということである。一九七〇年代から八〇年代にかけて、カダフィはイスラム社会主義と汎アラブ主義を唱えつつ、豊富な石油収入を背景にアメリカをはじめとする西側諸国と対立し、数々のテロ組織を支援した。同様に、『クーデタ』のエレルー大統領も――アメリカへの留学経験があり、その際に出会った米国人女性キャンディーと結婚しているにもかかわらず――狂信的な反米主義者である。もちろん、弱小国クシュの置かれた国際政治上の立場は非常に厳しいものであり、資本主義陣営の傀儡国家に挟まれたこの国は、ソ連の影響下に入りながらも、唯一の主要な輸出品であるピーナッツを借款相手の旧宗主国フランスに輸出することで僅かな利益を得ている。しかも、このピーナッツは高級石鹸の原材料であり、それは加工されて「衛生第一のアメリカの化粧室」へと届けられる。(9) また、「エレルーはクシュの文化的、倫理的、政治的な浄化に特に精力を注いだ」が、国内には隣国から密輸入されたり、「嘆かわしき革命以前の時代から遺されたりした欧米の奢侈品を扱うブラック・マーケットが存在」している。(10) こうした状況の中、五年にわたる旱魃と飢饉に苦しめられたクシュの内情につけ込み、遂にアメリカが経済的な援助を申し出るのである。

エレルーはアメリカ留学中に出会った黒人ムスリム団体の指導者オスカー・Xの影響を受け、世界が彼ら黒人を「奴隷にしている」こと、「自由への道はすなわち拒否の道であること」、そして「憎悪こそは全ての力の源泉であり、その果実は変化である」ことを学び、それらをクシュ建国時の原動力とした。[11] それゆえ、欧米の資本主義を「憎悪」するエレルーは、アメリカからの援助の申し出を拒絶しようと試みるが、実のところ彼一人ではそれを決断することができない。それというのも、この国の実務一般を統括しているのは大統領であるエレルーではなく、内務大臣で政権ナンバー2のミカエリス・エザナだからである。毛沢東に仕えた中国の周恩来総理やヨシフ・スターリンを補佐したソ連のヴャチェスラフ・モロトフ首相などと同じく、エザナは独裁国家における有能な実務家であるが、彼自身は最高指導者になる野心を持たない人物でもある。クシュの政治は「互いに相手を必要とする」エレルーとエザナによって担われ、「一人が決定し、もう一人が実行する」という原則で動いている。[12] そのため国家の日常業務の指揮者であり、「事実と数字の人間」であるエザナがアメリカとの交渉役を務めている以上、[13] エレルーは彼に強い不満を感じつつも、彼をなかなか簡単には解任できないのである。

直情的で盲信的な伝統主義者エレルーに対して、アメリカとの協調路線を採ろうとする現実主義者エザナは非常に狡猾である。大統領に対して「世界は変わっています」と反論し、「国家間の憎悪は今や誠実の欠如を意味します。大虐殺を正当化していた独善の原理は消え失せました」と言い放ったエザナは、アメリカのスパイとして捕らえられて一時的に失脚するが、[14] デタント後の国際政治状況を的確に把握した彼は、エレルーの不在に乗じて復権する。資本主義に共鳴する開国主義者のエザナは、エレルーの愛人で後に内務大臣となるクトゥンダや、アメリカの外交官クリプスプリンガーなどと共謀してクーデタを起こし、ドルフーという人物を首班とした親米政権を樹立することに成功するのである。このクーデタの背後で糸を引いていたのがアメリカ政府であることは間違いないが、政権交代後のクリプスプリンガーの次のような発言からは、この超大国の恐るべき傲慢さが垣間見える。

アメリカを憎む国は己を憎んでいる。繁栄している進歩的な国は、その人種構成や政治的信念のいかんにかかわらず、アメリカを愛する。なぜならば、正直な話、私のさほど偏見とも思われない考えでは、しかしまた事実もそれを保証しているのだが、アメリカが文句なしに愛すべき国だからだ。アメリカは全ての人間を愛し、その幸福を願う。なぜならアメリカは幸福を愛するからだ。[15]

そしてこれに続けて、クリプスプリンガーは今や世界の半分を覆い尽くすアメリカ資本主義のトリックについて、次のように暴露する――「我が国の国民は未だに追求を続けているが、幸福を手の内に収めるということは決してないだろう。もしも幸福を手にしてしまえば、彼らは革命に背を向け、その悪口を言い出す。これが秘密なんだが、お分かりかな」[16]。

アップダイクが提示した『クーデタ』の何とも後味の悪い結末とは、言うまでもなくアメリカを中心とするグローバル資本主義や新自由主義の最終的な「勝利」である。既に述べたように、もちろんアップダイクはこの小説において「クシュという黒い鏡に映ったアメリカの像」を批判的に描いてはいるが、彼のような典型的なアメリカの白人エリート作家が、アフリカ大陸の弱小国における「アメリカの勝利」を――たとえ皮肉交じりにであれ――表象することに、ある種の倫理的な問題が付随しないわけではない。だがそれでも、本作は帝国主義の負の遺産である旧植民地地域における独裁制の問題と、こうした発展途上国と超大国アメリカの関係という二十世紀の重要な問題を、主に冷戦という国際的な視野から探究したという点で画期的であった。

晩年のアップダイク本人が二〇〇八年のインタヴューでこの小説を持ち出したことからも窺えるように、彼が本作で扱った主題は、二十一世紀の国際社会にとっても決して無関係ではあり得ないような、一種のアクチュアリティを有していると言える。例えば、主人公エレルーのモデルとなった「リビアの狂犬」カダフィは――冷戦時代を生き抜き、四〇年以上にわたって政権の座を維持したものの――二〇一一年のリビア内戦において敗北を期し、拘束され激しいリンチを受けたあと、反政府軍の名もなき一兵士の手によって射殺された。アフリカのイスラム国家の民衆はこうして自由を手に入れたかに見えたが、カダフィ亡きあとのリビアでは、部族間の対立や各政治組織間での主導権争いが激化し、国内の混乱は未だに収束する目途が立っていない。アメリカのオバマ大統領がリビア国民に約束したはずの「パートナーシップ」は、結局のところ同国の一般大衆には何ら利益をもたらさなかったのである。アップダイクの作品においても、新たに権力の座に就いたドルフーがアメリカの傀儡に過ぎなかったことや、彼自身がまたある種の専制的な指導者でもあったことが示唆されているが、このように本作は「アメリカの勝利」がもたらす矛盾や欺瞞を暗示することによって、ポスト冷戦時代という「未来」までをも見通している。その点で、われわれ読者は独裁者エレルーがアメリカや西洋に対して抱く「憎悪」の重みを直視せざるを得ないのである。

2　アフリカの独裁者たちとフィクションを通じた抵抗

英語圏における独裁者フィクションの系譜上に位置づけて考察するならば、アップダイクの『クーデタ』は極めて特異なテクストであると言える。というのも、本作は亡命した前国家元首の回想録という体裁の小説であり、従って独裁者本人が生身の主人公であり物語の語り手でもあるが、他方でエレルーはまさに究極的な意味において「空虚な中心」としても表象されているからである。第一章や第三章で述べたように、アーサー・ケストラーの『真昼の暗黒』（*Darkness at Noon*, 1940）やジョージ・オーウェルの『一九八四年』（*Nineteen Eighty-Four*, 1949）は、独裁者をメディアやプロパガンダによって構築されたフィクショナルな存在として提示しており、その傾向はL・P・ハートリーの『フェイシャル・ジャスティス』（*Facial Justice*, 1960）やフィリップ・K・ディックの『最後から二番目の真実』（*The Penultimate Truth*, 1964）といったSF的作品群にも引き継がれていた。

これらの先行するテクストに対して、アップダイクの作品におけるエレルーの「空虚な中心」性は更に徹底している。事実、本作はエレルーの日常に肉薄するが、他方で「写真を撮られることにいつも抵抗」していたというこの独裁者は、常に「外からの視線を殆ど遮るサングラス」をかけ、誰にも「顔を知られていない」という匿名性を自身の「武器」とみなしている。[17] それだけでなく、エレルーはクシュの最高指導者でありながら、変装した上で愛車のメルセデスを駆り、僅かなボディ・ガードと共に国内各地を視察するのである。彼によれば、クシュには未だ「エレルーのことなど聞いたこともない者がいたし、ただのスローガンだと考えている者もおり、彼は南から来た解放奴隷の一人だといって憎んでいる者もいた」のである。[18]

『一九八四年』のビッグ・ブラザーと同じく、アップダイクの『クーデタ』に描かれるエレルーとは、独裁国家における統治上の一種の装置である。だがオーウェルの独裁者とは異なり、「匿名性」を殊更に重視するエレルーは、しばしば自身の正体を隠して無名の一般市民たちと対話をし、また物語の最後では「乞食」となってクトゥンダたちの元を訪れるという、いわば幽霊的なキャラクターである。この作品のこうした空想的な要素は、ある意味ではラテン・アメリカの独裁者小説に多く見られる魔術的リアリズムにも近接している。

るし、また先に述べたような本作の特殊性は、英語圏における独裁者表象の文学的系譜に位置づけてみれば極めて興味深い。しかしながら、この作品はあくまでアメリカの白人作家という一種の「部外者」がその想像力によって構築した物語に他ならず、それゆえこの小説の非現実性やファンタジー性は（ラテン・アメリカにおける独裁者小説の場合とは異なり）、現実の脅威として存在するアフリカの独裁者や軍事専制体制の実態に真摯に向き合っていないという点で、多少なりとも問題含みであるとも言える。

このような点を踏まえつつ、本章の残りの部分では、アメリカ人であるアップダイクが書いた『クーデタ』に対置させる形で、いわゆる第三世界出身の作家たちによって創作されたアフリカを舞台にした一連の独裁者小説を考察する。ここではV・S・ナイポールの『暗い河』（*The Bend in the River*, 1979）、ヌルディン・ファラーの「独裁者三部作」（『甘酸っぱい牛乳』（*Sweet and Sour Milk*, 1979）、『サーディン』（*Sardines*, 1981）、『閉まれゴマ』（*Close Sesame*, 1983））、ピーター・ナザレスの『元帥はお目覚めだ』（*The General is Up*, 1984）、そしてチヌア・アチェベの『サヴァンナの蟻塚』（*Anthills of the Savannah*, 1987）を採り上げ、二十世紀の現実の独裁者に対する彼ら作家たちの――フィクションを通じた――抵抗の在り方について議論してみたい。

無論、ここに挙げた書き手たちの中で、英領トリニダード出身のインド系作家ナイポールはアフリカ人ではないという点で唯一の例外であり、従って彼の作品はある意味で、アップダイクと同じような「部外者」によって書かれたものであると言えるかもしれない。実際、例えばエドワード・サイードは『イスラム報道』（*Covering Islam*, 1981）において、アップダイクの『クーデタ』とナイポールの『暗い河』をオリエンタリズムの典型として同時に名指しし、それらに見られる「イスラムの描き方は画一的で、どの題材も同じ昔ながらのイスラム観から採られている」と批判している。[19] しかしながら、ナイポールの小説は作者自身とも似た「部外者」――それは西欧出身のエリートや白人の旧支配者層などではなく、アフリカ東部沿岸地域に生まれたインド系イスラム教徒の移民という社会的マイノリティである――そのものの視点からアフリカの軍事独裁体制を描いているという点で、少なくともアップダイクのテクストよりは、アフリカの作家たちによるポストコロニアル・フィクションに近いと言える。

次の二節ではまずナイポールの作品を議論の俎上に載せるが、ここではその前に、アフリカにおける独裁者フィクションの現状ついてごく簡単に確認しておきたい。『アフリカの独裁者の仮面を剝ぐ』（*Unmasking the African Dictator: Essays on Postcolonial African Literature*, 2014）や『アフリカにおける独裁のフィクション』（*Fictions of African Dictatorship: Cultural Representations of Postcolonial Power*, 2018）といった論文集の編者たちがいずれも指摘しているように、スペイン語圏のラテン・アメリカで出版された独裁者小説の場合に比べて、アフリカにおける同ジャンルの研究は未だに立ち遅れている。[20] それには幾つかの原因があるが、最も根本的なのは、アフリカにおける独裁者小説が単一の言語でなく、英語やフランス語、アラビア語、キクユ語といった複数の異なった言語で書かれているからに他ならない。

事実、『アフリカの独裁者の仮面を剝ぐ』の序論には、二十世紀から今世紀にかけて出版されたアフリカ諸国の独裁者フィクション――それらは現実の独裁者をリアリズム的に扱った作品と、架空の独裁者を描いた作品の両方を含んでいる――がリスト・アップされているが、そこには本書が扱うファラー、ナザレス、アチェベらのテクストに加えて、英語やその他の言語で執筆された数多くの小説や戯曲が網羅されている。例えば、二十一世紀になってから登場した英語の独裁者小説としては、ヘロン・ハビラの『天使を待ちながら』（*Waiting for an Angel*, 2002）、イヴォンヌ・ヴェラの『石の処女たち』（*The Stone Virgins*, 2002）、エマニュエル・ドンガラの『狂犬ジョニー』（*Johnny Mad Dog*, 2005）などが挙げられている。また、フランス語圏の小説としては、カマラ・レイの『アフリカの夢』（*Dramouss*, 1966）、ヤンボ・オウロゲムの『暴力に縛られて』

(*Le Devoir de violence*, 1968)、アマドゥ・クルマの『独立の太陽たち』(*Les Soleils des indépendances*, 1968) をはじめとする長編群、そしてセンベーヌ・ウスマンの『帝国の最後の男』(*Le Dernier de l'Empire*, 1981)、ソニー・ラブ＝タンシの『一つ半の生命』(*La Vie et demie*, 1979) や『反人民』(*L'anté-peuple*, 1983)、更にはアラン・マバンクの『割れたガラス』(*Verre cassé*, 2005) などがある (ただし、コンゴ共和国のヘンリ・ロペスの『泣き笑い』(*Le Pleurer-rire*, 1987) がここでは漏れている)。これらに加えて、このリストにはアラビア語で書かれたナギーブ・マフフーズやナワル・エル・サーダウィの小説や、キクユ語で書かれたグギ・ワ・ジオンゴの小説、またウォーレ・ショインカの英語による演劇作品までもが含まれている。(21)

ここに列挙したアフリカの独裁者フィクションのうち、本章では二十世紀に書かれたファラー、ナザレス、アチェベらの英語の作品に焦点を絞るが、まさに現実の脅威として目の前に存在する独裁者たちに文学的抵抗を試みたこれらの書き手たちに対して、一体ナイポールはどのように位置づけられるのか? アフリカの黒人作家たちのテクストを詳しく論じるに先立ち、まずはこの問いに答えるため、ナイポールの『暗い河』に描かれた「開発独裁」の在り方を、現実における冷戦期アフリカのコンテクストと照らし合わせつつ分析していく。「ビッグ・ブラザー」から「ビッグ・マン」へと至る文学的変遷の背後にある歴史的展開に目配せしながら、『暗い河』を英語圏の独裁者フィクションの系譜上に置いて再考することが続く二節の目標である。

3　ビッグ・ブラザーからビッグ・マンへ
——ナイポールと第三世界の独裁者小説

ザイール（現在の国名はコンゴ民主共和国）と思しきアフリカの専制国家を舞台にしたナイポールの代表作『暗い河』は、英語圏における独裁者小説の歴史上——アップダイクの『クーデタ』とはまた別の意味において——極めて特異な地点に位置する作品である。英領トリニダードに生まれたインド系作家であるナイポールは、先に述べた通りいわゆる第三世界出身者であるもののアフリカ人ではなく、従って三十二年にわたり圧政を敷いたモブツ・セセ・セコ大統領統治下のザイール国民からすれば単なる「部外者」に過ぎなかった。他方で、ナイポールは英国の名門オックスフォード大学を卒業しＢＢＣに勤務した経歴を持つものの、彼の主要作品は殆どが第三世界出身者の視点から物語られている。そのためナイポールの『暗い河』を論じるに当たっては、彼がアフリカの黒人でもヨーロッパ人でもないという、この二重の否定から始めなくてはならない。それというのも、『暗い河』はまさにこうした二重の「ない」によって、旧植民地諸国における独裁者文学の伝統からも、オーウェルの『一九八四年』に代表される英米における独裁者小説の系譜——もちろんそこにはアップダイクの『クーデタ』も含まれる——からも微妙な距離を保っているからである。

これまで本書が論じてきたように、英米文学には架空の独裁者を描いたフィクションの豊かな系譜が存在する。これは必ずしもオーウェルに始まるわけではないが、ソ連の指導者ヨシフ・スターリンに基づく架空の独裁者ビッグ・ブラザーを生み出した彼の傑作『一九八四年』が、この系譜上において知名度や影響力といった点で抜きんでていることに異論はないだろう。もちろん、ナイポールの『暗い河』はビッグ・ブラザーならぬ黒人の大統領ビッグ・マンを登場させたという点で——厳密に言えば、後述するように実際に

「登場」はしないのだが——オーウェル以来の英米の独裁者文学の伝統に根ざしていると言える。しかしながら、オーウェルの小説がヨシフ・スターリン統治下の共産主義国ソ連における全体主義を風刺したのとは対照的に、ナイポールの作品が明確に前提としているのは、冷戦時代におけるアフリカの全体主義的・権威主義的な政権が英米や西ヨーロッパの資本主義陣営から経済的・軍事的支援を受けることによって、いわゆる「開発独裁」を推進し得たという事実である。ベンジャミン・L・アルパーズによれば、「全体主義」という用語は第二次世界大戦後には専らアメリカを中心とする西側諸国がソ連を批判するために使われるようになったが、(22) オーウェルの『一九八四年』からちょうど三十年後に出版された『暗い河』は、全体主義がもはや東ヨーロッパや中国のような共産圏のみならず、脱植民地化以降のアフリカ大陸という第三世界にも——しかも資本主義陣営との共犯関係によって——誕生しているという重要な歴史的変遷を、冷戦というグローバルな文脈において的確に捉えているのである。

こうした時代の変化は、オーウェルを以ってしても完全には予測できなかったに違いない。このことは、『一九八四年』におけるアフリカの扱いを見てみれば明白である。よく知られているように、この小説において世界は「ヨーロッパ大陸及びアジア大陸の北部全土、すなわちポルトガルからベーリング海峡までの地域」を支配するユーラシア、「南、北、中央アメリカ、イギリス諸島を含む大西洋の島々、オーストラレーシア、アフリカ南部から成る」オセアニア、そして「中国とその南に位置する国々、日本列島、広大ながらも絶えず国境が変化する満州、モンゴル、チベットから成り立っている」イースタシアという三つの超大国によってほぼ分割されている。(23) これらの国家は労働力の確保と、支配階級の維持という更に本質的な目的のために互いに戦争を続けているが、オーウェルによればタンジール（現モロッコ）、ブラザヴィル（現コンゴ共和国）、ダーウィン（オーストラリア）、香港という都市を四隅に据えた「大陸四辺形」は三大国いずれの領土にも属さず、「絶えず所有者が変わり続けて」いる係争地域である。[24] オーウェルはそれについて次のように書いている。

三つの超大国のいずれかが、赤道付近のアフリカか中東諸国、或いは南インド、インドネシア諸島を支配することになれば、それはまた、低賃金で骨身を惜しまず働く何億もの労力を好きに使えるということでもある。この地域の住民たちは、半ば公然と奴隷の地位にまで貶められており、絶えず交代する支配者の手から手へと渡り、軍備を増強し、領土を拡大し、更なる労働力を支配するために、多量の石炭や石油と同じように消費されては、再び軍備増強、領土拡大、労働力確保が追及されるといった風に、この流れが無限に続いていくのである。[25]

「大陸四辺形」の四隅を形成する都市のうち半分がアフリカ大陸に位置していることからも明らかなように、オーウェルは南部を除くアフリカのほぼ全土を事実上の植民地として提示している。白人が支配する二つの超大国に加えて、アジア人が建国したイースタシアをそれらに並び立つ第三勢力として描いたのはインド出身者たるオーウェルの慧眼であるが、ことアフリカに関しては、彼の見通しは概して甘かったと言わざるを得ない。オーウェルの想像した世界の分割や人口過密地域からの搾取という「未来」は一種の帝国主義的なものであるが、それに対してナイポールの小説が依拠する現実のアフリカでは、かつて「奴隷」的立場に置かれていた人々によるヨーロッパ宗主国からの独立が達成され、帝国主義は既に過去のものとなっている。ザイールのようなポストコロニアル地域が抱えるのはまた別種の問題であり、それは帝国主義や植民地主義が立ち去ったあとの社会をどうするかといった類のものなのである。

だが結局のところ、ポスト植民地時代の社会建設は難航し、米ソの冷戦という国際情勢の中で危険な舵取りを強いられたアフリカ諸国には、数多くの独裁政権が誕生した。このように、皮肉にもビッグ・ブラザーは数十年の時を経て、ビッグ・マンに姿を変えてアフリカ大陸に現れたわけであるが、この両者はもはや同一人物であるとは言えない。無論、ナイポールが描くビッグ・マンと「黒い口髭の顔が見晴らしの利く街角のいたるところから見下ろしている」というオーウェルのビッグ・ブラザーは、[26]いずれも物語内に直接登場せず、メディアやプロパガンダによって構築されたある種のフィクショナルな存在として表象されているという点では似通っている。事実、前者についてナイポールは、「いたるところで、大統領の写真が上からわれわれを見下ろしていた。町でも、店だろうと官庁だろうと、とにかく支配者である大統領の写真がなければ収まらなかった」と書いている。[27]アフリカ東部からのインド・イスラム系移民である語り手サリムによれば、こうした無数の写真のおかげで、「われわれはアフリカ人であろうとなかろうと、誰もが既に彼の臣民なのだという気持ちになっていた」のである。[28]

しかしながら、スターリンに基づくオーウェルのビッグ・ブラザーとは異なり、ザイールのモブツ大統領をモデルにした『暗い河』のビッグ・マンは、白人が支配する超大国の最高権力者ではなく、米ソという実在の超大国が対立し合う冷戦構造の中で翻弄されまいとする、アフリカの弱小国の黒人指導者である。こうした点から見れば、モブツを風刺的に扱ったナイポールの作品は、ちょうどこれ以降に書かれ始めたアフリカにおける独裁者小説の系譜とも、多かれ少なかれ共振し合っていると言えるかもしれない。第三世界における現実の独裁者たちをモデルにしたテクストは、二十世紀の半ば以降の世界的な脱植民地化の流れを反映するかのようにアフリカでも生み出されるようになったが、もちろんケニアの作家グギ・ワ・ジオンゴが要約しているように、歴史的に見れば第三世界における「独裁者小説はラテン・アメリカで先に誕生した」。彼によれば、「これはアフリカよりも早くヨーロッパからの反植民地主義的な離脱を成し遂げたラテン・アメリカが、北アメリカとの関係において新植民地主義に変貌した最初の地域でもあったからである。新植民地主義は専制国家を生み出す豊かな土壌となってしまったのだ」[29]。

確かに、十九世紀初頭にスペインから次々と独立を果たしたラテン・アメリカ諸国では、不安定な内政状況を背景にして「大土地所有者である地方ボスが中央へ進出」し、「軍事力を束ねられるカリスマ性を持つ独裁者」が数多く誕生した[30]。その結果、十九世紀には既に、アルゼンチンの作家ドミンゴ・ファウスティーノ・サルミエントの『ファクンド——文明と野蛮』（*Facundo: Civilización y Barbarie*, 1845）や、同国出身のホセ・マルモルの『アマリア』（*Amalia*, 1851）といった専制的支配者を描いた先駆的な作品群が登場し、更に二十世紀前半にはスペインの作家バリェ＝インクランによる『暴君バンデラス』（*Tirano Banderas*, 1926）や、グアテマラ出身の小説家ミゲル・アンヘル・アストゥリアスによる『大統領閣下』（*El Señor Presidente*, 1946）などが執筆されている。そして一九七〇年代には、俗に「三大独裁者小説」と称されるアレホ・カルペンティエール（キューバ）の『方法異説』（*El recurso del método*, 1974）、アウグスト・ロア＝バストス（パラグアイ）の『至高の存在たる余は』（*Yo el Supremo*, 1974）、ガブリエル・ガルシア＝マルケス（コロンビア）の『族長の秋』（*El otoño del patriarca*, 1975）が立て続けに出版されたのである[31]。これらスペイン語圏の書き手たちによる作品群から少し遅れて、アフリカの英語圏諸国では一九七〇年代末から八〇年代にかけて、実際に幾つかの独裁者フィクションが書かれ始めた。例えば後述するように、ソマリア出身のファラーの長編三部作や、ウガンダ出身のナザレスの『元帥はお目覚めだ』、ナイジェリア出身のアチェベの『サヴァンナの蟻塚』などの英語で書かれた作品は、自国の軍事独裁政権に対してフィクションという形式を通した抵抗を試みた政治的なテクストであると言える。

批評家のヨサファット・クバヤンダはアフリカの独裁者文学を扱った論文の中で、専制政治がラテン・アメリカとアフリカ諸国の「風土病的な社会的・政治的問題」であったと指摘している。彼は続けて、「植民地主義に似通った権威主義的な現実が、両大陸の独立運動の根底にあるユートピア的な夢に取って代わったのだ」と説明する。(32) またマガリ・アーミラス＝ティセイラは二〇一九年の著作において、「これら二つの大陸の作品群を併置してみることは、アフリカの独裁者小説がラテン・アメリカのそれを喚起し作り変え、独裁者小説そのものの理解を、一国の政治的問題に応答する〈ローカルな〉現象からトランスナショナルな文学ジャンルへと変化させたことを明らかにしてくれる」と強調している。(33)

トリニダード出身の「部外者」ナイポールがアフリカを舞台に書いた『暗い河』も、少なくともこうした第三世界における独裁者フィクションの潮流に位置づけられるだろう。以上の文脈で考えた場合、クバヤンダが先の論文で独立後のアフリカやラテン・アメリカ諸国の軍事独裁体制を「植民地主義」に類似したものとして論じていること――或いは、グギが先の引用で「新植民地主義」という用語を用いたこと――は重要な意味を持つ。それというのも、オーウェルの『一九八四年』がアフリカ大陸を大国から半永久的に搾取され続ける植民地的な場所として提示したのと対照的に、現実におけるアフリカには「ユートピア的な夢」に基づく独立運動や植民地からの脱却という最初の歴史的転換点があり、そしてその後に独裁政権の成立――すなわちビッグ・マンの登場――に伴う抑圧的支配への回帰という第二の段階があったからである。換言すれば、それが国民にとって望ましいものであったのか否かはさておき、アフリカにはダイナミックな「歴史」の変動が存在するのであり、この巨大な大陸は決して『一九八四年』が示唆したような永遠の未開地ではないのである。

4 「新しいアフリカ」？——ビッグ・マンとザイールのモブツ大統領

まさにこの「歴史」という文脈に置いて考察した場合、ナイポールの『暗い河』は現実の指導者たちを風刺的に扱っているという点で、ファラー、ナザレス、アチェべらによる後年のアフリカの独裁者小説や、ラテン・アメリカにおける独裁者を扱ったフィクションに類似しているように見える。実際、本作の「空虚な中心」である黒人大統領ビッグ・マンは、コンゴ／ザイールの実在の独裁者を批判的視点からフィクション化した人物であり、ナズーア・イドリースの論考によれば、この物語はモブツ時代という同国の「特定の歴史的時期」を舞台にしている。[34] イドリースも要約している通り、[35] ベルギー領コンゴは一九六〇年六月に独立し、パトリス・ルムンバが初代首相に就任したが、分離独立を主張するカタンガ国と南カサイ国の間で深刻な対立が巻き起こったことで、いわゆる「コンゴ動乱」が勃発した。それを巧みに利用する形で台頭した軍人モブツは、クーデタによって実権を掌握しルムンバ首相を処刑する。そして彼は一九六五年に二度目のクーデタを起こしたあと、旧宗主国ベルギーやアメリカの支援を受けて大統領となったのである。こうして冷戦時代の只中に誕生したモブツ政権は西側の資本主義陣営に接近し、その経済援助によって開発独裁路線を急激に推し進めるが、他方で「アフリカの典型的独裁者」であった彼は国家を私物化し、不正蓄財によって莫大な個人資産を手にしている。

ナイポールの『暗い河』において最高指導者ビッグ・マンは、モブツ大統領と同じく開発独裁路線を採り、「大河沿いに延長二百マイルの〈工業地帯〉」を建設すると宣言する。[36] 物語の主な舞台である「大河の湾曲部の町」では定期船が復活し、飛行場が拡張され、更には商業地区が次々に建設されただけでなく、同時にバスやタクシーといった交通網や電話などの通信網が整備されていく。[37] その結果、町には首都から大勢の外国人セールスマンが訪れるようになり、彼らによって社交生活に「ヨーロッパや大都会の感触が持ち込まれた」[38]。こうした急激な経済開発を、語り手サリムは次のように描写している――「今や、われわれはブームを迎えていた。新たな支配力――それに、エネルギーが、首都の方角からひしひしと伝わってくるのが感じで分かった。辺りには銅貨が乱舞していた。秩序と金――この二つだけで、われわれに自信を与えるには充分だった」[39]。

ビッグ・マンのこうした大胆な経済開発路線や強権的統治を背後で支えているのは、言うまでもなくアメリカや西ヨーロッパ諸国を中心とする資本主義陣営である。例えば、作中でマヘシュという人物は独占販売権を獲得してビッグバーガー・ショップを開店するが[40]、これは恐らくビッグ・マンと掛けた皮肉なジョークであるばかりでなく、米国発のグローバル資本主義経済の波が遂にこのアフリカの発展途上国にまで押し寄せたことをも暗示している。また、未だに政情不安定で反乱が絶えないこの国において、ビッグ・マンは治安維持のため「白人」の傭兵部隊を使って暴動を鎮圧し、その首謀者を殺害している[41]。それだけでなく、彼は未開のブッシュの整備を進め、地区全体を国有地化した上で新たな町を建設したが、それを実際に担当したのは「ヨーロッパの建築業者や職人」であった[42]。作中にはビッグ・マンによる外交政策に関する言及は殆ど見られないものの、少なくとも「現代のアフリカ」を創出しようとする自らの政治姿勢を、彼が西側諸国で積極的にプロモートしようと試みていることは明らかである。

この国有地の写真――他にも国内のこれと同じような場所を含めて――がアフリカ関係の雑誌に現れ始めた。ヨーロッパで発行されてはいるが、実はこの国と同じような政府が金を出している雑誌である。こういう写真についている説明は簡単だった。新大統領の統治下で奇跡が起こった。アフリカ人は現代人となって、コンクリートとガラスの家を建て、人工ベルベットを張ったクッションの良い椅子に座っている、という具合だった。アフリカ人のアフリカは敗退し、ヨーロッパの汚いやり口が勝つというユイスマン神父の預言が、奇しくも的中した感じだった。(43)

作中でサリムは、ビッグ・マンが「新しいアフリカ」を人々に見せたがっていたのだと推測しているが、(44)そうした考えは新たに建設された「開発区」(the Domain)――そこには大統領の方針に賛同する数多くの外国人が滞在している――に関する記述の中で、再び繰り返されている。理工科大学の若者たちが「ロマンティックな理想」に燃えているこの地区では、既に「新しいアフリカが生まれて」おり、ここでは「アフリカ人」という語が「全員が必死になって創り出そうとしている新たな人間像」として、ポジティヴに再定義されているのである。(45)

しかしながら作中で示唆されている通り、皮肉なことにビッグ・マンによる「新しいアフリカ」とは、単にアフリカ社会の西洋化といった意味合いのものでしかない。それは言い換えれば、西洋中心の秩序や植民地主義への回帰と何ら変わらないものだったのである。イドリースが指摘しているように、未来のアフリカを担うべくエリート教育を受けた開発区の若者たちの生活は、「〈真の〉アフリカやその歴史とは全く無関係である」。西洋式の生活を「模倣」するように教え込まれた彼らは、「肌の色だけアフリカ人になるのであり、嗜好や態度、教育といった点ではヨーロッパ人になるのである」。(46)また更に重要なことに、まさにこの「新しいアフリカ」という目標に拘泥していることからも明らかな通り、指導者としてのビッグ・マンは一種のナショナリストでもある。サリムの旧友であるインダーという登場人物の表現を借りるならば、「大統領は近代化の推進者であると同時に、自分の中のアフリカ魂を再発見したアフリカ人でもある」のだ。(47)

このように『暗い河』のビッグ・マンは、西洋とアフリカの間に横たわる一種の矛盾を抱え込んだ存在である。ビッグ・マンは冷戦という切迫した国際情勢の中で、アメリカやヨーロッパを中心とする資本主義陣営の支援のもとに経済開発を進めているが、他方でこのナショナリスト的指導者は、演説の際には旧植民地に暮らす民衆の代表者として振舞い、彼らに「飲み屋や喧嘩で使われる程度の」アフリカの現地語で語りかける。[48] そして彼自身の肖像の変遷――「最初は軍服姿、次が洒落た半袖の上着にネクタイ姿、三度目が長の印の豹の毛皮のキャップを被って、これも主権の象徴である彫刻入りの杖を手にした写真」――から推察されるように、[49] ビッグ・マンは次第にそのナショナリスト的傾向を強めている。こうした変化は、一九七一年に国名をコンゴからザイールに改めたモブツが、中国やソ連といった共産圏諸国に急接近し、同時にアフリカ回帰の姿勢を鮮明にしていったという歴史的事実とも符合している。ナイポールの小説において、ビッグ・マンの発言を伝える白人顧問レイモンドによれば、大統領は（五年前であれば時期尚早だったかもしれないが）今では「アフリカ人」としての自身の肖像が、「全アフリカ人の写真」として人民に好意的に受容されていると考えている。[50] またレイモンドの妻イヴェットが明かしたところによると、彼は「もう用がない、自分の新しい政策には、白人が首都にいては邪魔になる」と考え、これまで重用していたレイモンドまでも遠ざけ始めたのだった。[51] そして最終的に、大統領は国内にいる全ての外国人の財産を没収するという過激な政策を突如として打ち出すのである。[52]

こうしたことから、ナイポールの『暗い河』は第三世界の独裁者文学として、ラテン・アメリカの小説や、ファラー、ナザレス、アチェベら英語圏のアフリカ出身作家たちによる後年の作品群にも通じていると言えるかもしれない。しかし既に指摘したように、本作は一方でオーウェルの『一九八四年』に代表される英米の潮流から微妙な距離を採りつつ、他方ではアフリカやラテン・アメリカ諸国の作品とも明確に異なった要素を持っている。ファラー、ナザレス、アチェべの作品についてはあとで論じるため、ここではナイポールとの比較に深くは立ち入らないが、少なくとも彼の『暗い河』は、ビッグ・マンのナショナリズムや彼が提唱する「新しいアフリカ」を嘲笑しながらも、アフリカにはあたかもそれ以外の選択肢などあり得ないかのような否定的姿勢に貫かれているという点で、ここに挙げた黒人作家たちのテクストとはかけ離れている。例えば、作中でサリムは次のように述べている。

政治の話をしようとするとき、政治的に称賛したり罵倒したりしようとするとき、われわれは「アメリカ人」とか「ヨーロッパ人」とか「白人」といった言葉を口にした。何かをする人間、作る人間、発明する人間のことを語ろうとするときには、民族を問わず誰もが「彼ら」と言った。［中略］「彼らは水の上でも走る車を作っている」。「彼らはマッチ箱くらいのテレビを作っている」。こういう風にわれわれが話すときの「彼ら」は、実に遠い存在だった。遠すぎて白さも分からないくらい遠かった。雲の中の、誰の味方でもない存在――善なる神のような存在だった。われわれは彼らの祝福を待ち望み、まるで自分たちが彼らの存在に関係でもあるように、その祝福を誇示した。(53)

サリムがここで表明する一種の諦念や無抵抗主義は、白人のみならず開発区に住むエリート層のアフリカ人たちにも向けられている。サリムはまた自分がそうした人々と同化しつつあることを意識しつつあるが、彼にはそれに対して抗おうとする積極的な意図はない。

自分では意識しないまま、ひたすら目立たないように賢く立ち回って自分の利益を守っているつもりでいたわれわれは、いつの間にか大統領に支配されているアフリカ人と同じになっていたのだ。大統領の権力の重みしか感じない人間になっていたのである。開発区は大統領が作ったもので、外国人も大統領一人の考えで呼んだものだ。それだけで、われわれには充分であり、それ以上の意味を考えたり事情を知ろうとする気にはならなかったのである。(54)

ラテン・アメリカの独裁者小説や、ファラー、ナザレス、アチェべらによる後年の作品群とは異なり、ナイポールの『暗い河』は、アフリカ東沿岸部出身のインド・イスラム系移民という「外国人」の視点から見た専制国家の在り方を風刺しているものの、独裁者に対して文学的な抵抗の身振りを提示しているとは言えない。だがそれよりも遥かに深刻なのは、ナイポールが作中で「アフリカ人のアフリカ」や「この土地の本当の生活」と呼んでいるものに対する彼自身の無知であり、(55)その将来に対する無関心である。本作でナイポールの目に映るアフリカの「本当の生活」とは、実のところ商人たちが行き交う薄汚い商業地区や、貧民たちの暮らす惨めなスラム街に過ぎないのである。

もちろん、よく知られているようにナイポールは――二〇〇一年にノーベル文学賞という最高の栄誉にあずかってはいるが――極めて毀誉褒貶の激しい作家であり、特に彼のアフリカ文化やイスラム教に対する無知や偏見はしばしば批判の的となってきた。例えば先に紹介した通り、サイードは『暗い河』におけるステレオタイプなイスラム観を非難しているが、彼は『故国喪失についての省察』(*Reflections on Exile and Other Essays*, 2000) 所収の論考において、ナイポールのノンフィクション作品『イスラム紀行』(*Among the Believers: An Islamic Journey*, 1981) を題材にして、より本質的な批判をしている。

ナイポールは植民地主義的秩序を崇拝しており、そのことは半ば公然と述べられているにもかかわらず、結局は吟味されることがない。この態度によれば、ヨーロッパが有色諸人種を支配していた昔は良かった。純潔性、独立、新しいやり方といった馬鹿げた主張を有色人種にさせることなどなかったのだから、ということになる。こうした考えは、多くの人が公言している。ナイポールもその一人で、ただ他の人より表現するのが上手いというだけなのだろう。その限りでは、彼は遅れてきたキプリングに過ぎない。(56)

二十世紀前半のインド出身の帝国主義作家（とみなされることが多い）ラドヤード・キプリングにナイポールをなぞらえたここでのサイードの批判は、一方的ではあるが非常に痛烈である。彼によればナイポールは小説家として天賦の才能を持っていながら、結局のところ「ポストコロニアル世界の、嘘と凡庸さと暴力と自堕落ぶりに遭遇し、その世界そのものを憎悪するに至る」ことしかできなかったのである。(57)

ナイポールを巡るこうした批判や論争を踏まえて、批評家イムラーン・クーヴァディアは『暗い河』の作者が、物語内で大統領の顧問を務める歴史学者のレイモンドと――ひいてはビッグ・マン本人とも――似通っているという皮肉な事実を喝破している。(58)要するに、ポストコロニアル作家であるはずのナイポールは、自作においてビッグ・マンの開発独裁や「新しいアフリカ」政策を背後から支え、彼の演説集を編纂し、そしてアフリカの西洋化を実質的に肯定してきたこの白人御用学者と殆ど変わるところがないというのである。「レイモンドほどこの国のことをよく知っている人間はいない」とインダーに形容されているこの男を、作者ナイポールは語り手サリムの視点から批判し、アフリカに関する彼の論文が「まるでヨーロッパのことか、一度も行ったことのない土地のことでも書いている感じだった」と明かしている。更に、ナイポールは続く箇所で、調べた情報や引用の量だけは立派だというレイモンドの論文に、「アフリカについての真の知識、感覚」が決定的に欠如していると付け加えている。[59]

だが驚くべきことに、ナイポールによるレイモンドに対するこうした揶揄的な描写は、サイードによるナイポール批判と全く同じ構図を持っている。事実、サイードは『故国喪失についての省察』において、ナイポールの称賛者たちが「こぞって彼の率直さを喝采し、彼が他の誰よりも第三世界を〈よく〉知っており、それをありのままに語っているのだと主張」していると述べつつ、大きな政治的・文化的影響力を持つこの作家の無知と偏見を有害なものとして糾弾している。[60] このことから分かるように、ナイポールはレイモンド――そしてビッグ・マン――に象徴される浅薄な「新しいアフリカ」のヴィジョンを西洋中心主義の再来として揶揄したものの、実のところ彼自身が己の創り上げた登場人物と全く同じ盲目状態に囚われてしまっているのである。

これまで見てきたように、オーウェルのビッグ・ブラザーからナイポールのビッグ・マンへと至る文学的変遷の背後には、重要な歴史的展開があった。それゆえ『一九八四年』からちょうど三十年後に出版された『暗い河』は、オーウェルを下敷きにしつつも、全体主義や独裁者がアフリカ大陸のような第三世界にも、まさに冷戦期のグローバル資本主義との共犯関係によって誕生しうるという新時代の事実に取り組んだのである。だが、ザイールのモブツ大統領をモデルにして架空の指導者ビッグ・マンを創造したこの小説は、ラテン・アメリカやアフリカ諸国の作家たちによる独裁者フィクションとほぼ同じ潮流に連なるものである一方、旧植民地国家における開発独裁やナショナリズムといった問題の扱いに関してある種の限界を露呈しているという点で、それらの作品とはより深いレヴェルで一線を画すものでもあった。このように、アフリカの黒人でもヨーロッパ人でもないという二重の否定の上に成り立つナイポールの作品は、オーウェルに代表される英米の伝統と第三世界における独裁者文学の系譜との両方にまたがるものであると同時に、それらとは完全に重なり合うことのない特異なテクストである。もちろん、『暗い河』はサイードが行なったような批判から容易に逃れることはできないかもしれないが、作中のレイモンドやビッグ・マンのみならず、作者ナイポール自身が陥った西洋とアフリカの関係性に対する姿勢そのものが、少なくとも独立後の旧植民地国家が抱える複雑な問題を、アイロニカルにあぶり出していると言えるのではないだろうか。

5　ソマリアのバーレ政権とファラーの三部作

米国人作家アップダイクの『クーデタ』が孕む重要性と問題点に関する議論から出発した本章は、これまでポストコロニアル地域の出身でありながら、非アフリカ人であるという経歴を持つナイポールの小説『暗い河』を詳細に分析し、その功績と限界を指摘してきた。そこで、ここまでの考察を踏まえた上で、残る三節ではアフリカ生まれの黒人作家の手によって書かれた独裁者小説の代表作を採り上げ、それらを比較しながら論じていくが、まずはその中でも最大のスケールを誇るファラーの長編三部作――『甘酸っぱい牛乳』、『サーディン』、『閉まれゴマ』――を扱いたい。一九七九年から一九八三年までの間に矢継ぎ早に刊行されたこれらの作品群は、（未だに日本では十分に認知されていないとはいえ）国際的に非常に高い評価を獲得している。

英語圏アフリカ文学という括りで見た場合、ソマリア出身のファラーは、例えば本章の最後に登場するアチェベや、ナディン・ゴーディマー、J・M・クッツェーなどに次ぐ代表的な書き手の一人として位置づけられる。初期にはソマリ語で執筆していたこの作家は、英語でのデビュー作『曲がった肋骨から』（*From a Crooked Rib*, 1970）や、次作『剝き出しの針』（*A Naked Needle*, 1976）でその地位を確立したが、一九七〇年代には弾圧を逃れるため、祖国ソマリアからの亡命を余儀なくされている。『甘酸っぱい牛乳』に始まるファラーの三部作は——それぞれ別個の登場人物と、独立したプロットを持ってはいるものの——一九六九年以降ソマリアを長期にわたって支配し続けた独裁者モハメド・シアド・バーレに対する、ある種の文学的抵抗を企図しているという点で一貫している。

一九九一年に勃発した内戦によって国土が荒廃し[61]、長らく無政府状態が続いてきたソマリアは、現在でもアフリカのみならず世界における最貧国の一つである。経済が完全に崩壊した状況下で海賊行為が横行し、治安が極度に悪化したこの国の混乱の原因は、言うまでもなく内戦を誘発した張本人である独裁者バーレにある。植民地時代のソマリアの国土は、北部のイギリス領と南部のイタリア領に分断されてきたが、一九六〇年に両地域が統合する形で独立を果たした。エチオピア帝国で生まれたバーレは、ソマリアを支配するイタリアの植民地軍の出身であり、六九年のクーデタによって独立後の民主主義政権を打倒し、軍事独裁体制を確立する。冷戦下のソ連の支援を受け、ソマリ社会主義革命党による一党独裁を推進したバーレ大統領は、様々な「改革」の失敗によって経済の崩壊を招き、なおかつその強権的かつ縁故主義的な統治手法への国民からの反発を巻き起こす。一九七七年に勃発したエチオピアとのオガデン戦争に敗北したソマリアは西側諸国に接近するが、八〇年代以降、国内では反政府組織が次々に蜂起し、内戦状態が続くこととなる。ちなみに首都モガディシュを反政府軍に制圧されたあとバーレは国外へ亡命し、九五年にナイジェリアで死去している。

ナイポールの『暗い河』やオーウェルの『一九八四年』などと同じく、ファラーの三部作において独裁者はいわゆる「空虚な中心」として君臨している。事実、ファラーのテクストにはソマリアや首都モガディシュといった地名こそ登場するものの、作中でバーレ大統領やその他の実在の政治家たちが名指しされることはない。その代わりに、これらの作品内で度々言及されるのはバーレに基づく（ある程度まで）架空の独裁者「元帥」（the General）である。F・フィオーナ・ムーラが『アフリカにおける独裁のフィクション』収録のファラー論で指摘しているように、このように三部作において「独裁者は非表象を通して表象」されており、彼の肉体性や内面性、或いは出自などの情報は全く提示されることがない。だがムーラによれば、まさにそのことによって、「元帥」は単にバーレ個人のみならず、その他のアフリカや諸外国の独裁者たちを「抽象化」したシンボリックな存在として、より普遍的な意味合いを獲得するのである。[62]

「国家の父、叡智の伝道者、安楽の提供者」などの美称で呼ばれるこの指導者は、「ソ連に影響されたマルクス・レーニン主義国家」でありながら「人口の百パーセントがイスラム教徒である国家」を建設した。[63]しかしながら、元帥が統治するソマリアとは、あらゆるものが検閲され、突如として訪れるドアのノック音に人々が怯える恐怖政治の社会に他ならない。[64]元帥は物語に直接「登場」することこそないものの、作中では彼が自身の部族を優遇し、個人崇拝を推進するばかりでなく、反対派を大量に検挙し日常的に拷問を行なっていることが明かされる。また三部作の終盤では、ソマリアの正式国名を「共和国」から「民主共和国」に変えたはずの元帥が、いささか滑稽にさえ思える非民主主義的な選挙不正――選挙会場において信任票の投票箱は近くに設置され、そこには「国を愛しその繁栄のために働く方はこちらへ投票をどうぞ」と書かれているが、離れた場所に設置された不信任用の投票箱には、「ソマリア国民の敵はこちらへ」と記されている――を行なっていたことまでもが暴露されている。[65]

三部作の第一巻『甘酸っぱい牛乳』は、政府の経済顧問を務めていた青年ソヤーンの突然の死を巡り、それに疑問を抱いた双子の歯科医ロヤーンが「真実」を求めて独裁政権と対峙するという物語である。ソヤーンはどうやら政府内で密かに反体制運動を組織していたらしいが、彼は死後、不可解なことに元帥とその側近である大統領府大臣によって「国家の英雄」として顕彰され、その最期の言葉までもが、メディアによって「労働は名誉である」という国家の社会主義イデオロギーを肯定する内容に改竄される。ソヤーンが生前密かに出版を計画していたという反体制的文書の覚書を探し求めつつ、他方で彼の死を政治的に利用しようとする独裁政権に対して、主人公ロヤーンは「彼の魂のための戦い」を仕掛ける。(66) 政権転覆を恐れる元帥と、かつて男女の関係にあったマルガリータという女性を奪われた大臣との思惑とが一致したことにより、ソヤーンは恐らく後者によって暗殺されたらしいが、結局のところ「真実」が作中で完全に明かされることはない。政府に取り入って有利な地位を得ようとする双子の父親キイナーンによる工作などもあり、ロヤーンは一時拘束された挙句、左遷用のポストを与えられ、モスクワ経由でユーゴスラビアの首都ベオグラードに体よく追放されてしまうのである。

これに続く第二巻『サーディン』は、反体制的な姿勢によって国内新聞の副編集長の職を解かれ、著作物の発禁処分を受けた女性主人公メディナを中心に展開する。メディナの夫は元帥の下で建設大臣に任命されたサマターという人物であるが、彼女は保守的で息子への過剰な干渉をやめない姑との対立などもあり、物語前半では彼のもとを一時的に去っている。ソマリアの独裁政権下に横たわるフェミニズム的問題にフォーカスしたこの作品の中で、(ヴァージニア・ウルフの言う)「自分だけの部屋を持つ」主人公メディナは、(67) 国家による洗脳教育を恐れて娘を学校へ通わせずに自分の手で育てている。のみならず、彼女は女性に政治的な役割も「希望」もないというこの社会において、女性たちが自らの権利のために闘い、偽りの情報を植えつけられている大衆に向かって様々な問題を訴えていかなければならないと信じている。(68) この小説を通して、ファラーはソマリアにおける女性差別や弾圧の実態を暴き出す。例えば、「この国ではレイプは他の暴力的な犯罪に比べて罰せられるべきものとみなされていない」ため、強姦魔が被害者と結婚するというおぞましい示談方法までもがまかり通っている[69]。また、作中でメディナは権力者としての元帥とジャーナリストとしての自分を「決闘者」に喩えて、対決姿勢を鮮明にしているが――「彼が私を攻撃すれば、私は彼を攻撃する。彼が暴力的な言説を用いた場合、私もそうする。彼が私を〈物好きなブルジョア〉や〈反動分子〉と呼ぶなら、私は彼を〈ファシスト〉や〈独裁者〉と呼ぶ」[70]――そこで彼女は続けて次のように自分に問いかけている――「なぜ彼は私を監獄にぶち込まなかったのだろう? それは元帥が幼稚にも［中略］、女性など真面目に取り合う価値のない存在だと思っているから。このことは全て、彼が時代遅れで、ファシストで、更に悪いことに、まともな教育すら受けていない愚か者であることを証明している」[71]。

このメディナの姿勢が象徴しているように、ファラーの三部作は一種の諦念と無抵抗主義に貫かれたナイポールの『暗い河』のようなテクストとは異なり、少なくとも独裁者に対する抵抗の姿勢や可能性を前面に押し出していると言える。三部作の最後を飾る第三巻『閉まれゴマ』でも、中心的な出来事となるのはマハードという登場人物による元帥の暗殺未遂であり、物語の最終盤にもこの独裁者を狙った事件が再び起こる[72]。もちろん、第一巻でロヤーンの追及が彼の敗北という形で不首尾に終わったことと同じく、この最終巻における元帥暗殺の試みはいずれも失敗する。しかしながら、抵抗の叫び声はこの三部作を通して何度も蘇り、不断に鳴り響いている。例えば、作者は第一巻『甘酸っぱい牛乳』を通して「ソマリアは監獄だ」と訴え続け[73]、バーレ政権やアフリカにおける独裁制一般を徹底的に弾劾している。この小説では元帥による失政で大量に生まれた物乞いたちへの言及が頻繁になされるばかりでなく、今は亡きソヤーンによってソマリアが「スターリンのロシア」に喩えられ、この国における開発独裁が「偽の希望のモニュメント」を建造していたいるに過ぎないことが批判される[74]。また、政府打倒の運動を巻き起こすべくソヤーンが生前に準備していたという覚書は、ソマリアにおける令状なき逮捕の横行や、有能な知識人や専門家たちを投獄することがもたらす計り知れない経済的損失を厳しく非難している。[75] そしてこの第一巻の最後で明かされている通り、かつてソヤーンは「私が憲法である」と豪語する元帥と直接対峙し、この大統領に向かって「彼がやってきたこと全てが違憲である」旨を申し立てていたのである。[76]

この三部作を通して描かれるのは、言うまでもなく自由のために戦い散っていった人々である。だが、ファラーは彼らの悲劇を無駄にしないために、残された人々が幾度でも立ち上がり、抵抗し続けなければならないと暗に呼びかけている。実際に第二巻『サーディン』の終盤においてメディナは、反体制の嫌疑をかけられて拘束されていた夫サマターに対して、弾圧の犠牲者たちの名前を挙げながらこう言っている——「私たちはやってみたわ。コスチン。ソヤーン。シシリアーノ。あなた。そして私。そして今度は、他の人たちがやってみる番なのよ」。[77] こうした切実な姿勢は、次章で論じるナザレスの小説にも通底している。しかしながら、ファラーがあくまで独裁者そのものの存在からある程度の距離を保ちつつ、権力に立ち向かう名もなき市井の徒にシンパシーを投影しているのに対し、ナザレスは指導者自身にもう少し肉薄し、その狂気や愚かしさを暴き出し脱神話化することに注力しているのである。

6 ナザレスの風刺——アミン時代のウガンダ

本章で扱う独裁者フィクションの書き手たちの中で、恐らく（日本においてのみならず、英語圏全体を見渡しても）ファラー以上に人口に膾炙していないのが、ウガンダ出身のナザレスである。作家であると同時に米国アイオワ大学の英文科で教授職を務める彼の一九八四年の小説『元帥はお目覚めだ』は、ファラーの長編三部作やアチェベの『サヴァンナの蟻塚』に比べて、より風刺色が強くポリティカルであると言える。

だが、ウガンダのイディ・アミン大統領をモデルにした本作の架空の独裁者「元帥」(the General)の表象は、アフリカにおける歴史的ないし文化史的側面から見れば極めて興味深い。[78] それというのも、オリヴァー・ラヴセイが『アフリカの独裁者の仮面を剝ぐ』所収の論考で指摘しているように、ナザレスのこの独裁者小説は、ジャイルズ・フォーデンの『スコットランドの黒い王様』(*The Last King of Scotland*, 1998)、モーゼス・イセガワの『蛇穴』(*Snakepit*, 1999)[79]、ゴレッティ・キョムヘンドの『待ちながら』(*Waiting: A Novel of Uganda's Hidden War*, 2007)といった、いわゆる「イディ・アミンもの」フィクションの系譜の最初期の例として位置づけられるからである。[80]

そもそも、東アフリカの元ボクシング・ヘヴィー級王者という異色の経歴を持ち、「食人大統領」というレッテルを貼られたアミンは、様々な逸話や伝説に事欠かない個性的な独裁者であり、ある意味で小説のようなジャンルと親和性が高かったと言えるのかもしれない。正確な出生地や出生日すら知られていないこの謎めいた指導者は、イギリス統治下のウガンダでイスラム教徒として成長し、(シアド・バーレの場合と似ているが)植民地軍に入隊して次第に頭角を現した。恵まれた体躯や優れた身体能力によって、ボクシングをはじめとする様々なスポーツで活躍したのもちょうどこの時期である。ウガンダは一九六二年にイギリスから独立し、翌年には共和制に移行するが、六六年には首相として政府中枢にあったミルトン・オボテがクーデタを決行し、終身大統領となっている。アミンは国軍の司令官としてオボテに協力していたが、彼は一九七一年に自ら軍事クーデタを起こして権力を奪取し、独裁体制を樹立する。しかし親交のあったカダフィやモブツと同じく冷戦下において困難な政権運営を強いられていたアミンは、次第に西側諸国のみならず、社会主義圏の盟主ソ連とも対立を深めてゆく。そうした状況の中、一九七八年に勃発したタンザニアとの戦争は、小田英郎によると当初こそ両国間の「純然たる領土紛争」だったものの、それは徐々に「タンザニア軍に支援された亡命ウガンダ人勢力による、反アミン武力解放闘争」へと発展していった。[81] その結果、ソ連からの支援を得られず敗北を重ねたアミン政権は翌七九年に崩壊し、失脚したアミンはサウジアラビアへと亡命を余儀なくされたのである。ちなみに、このときウガンダではオボテが大統領に復帰しているが、彼の統治も安定せず、同国では八六年まで内戦状態が続くこととなる。

アミンはコンゴ/ザイールのモブツ、ソマリアのバーレ、中央アフリカのジャン=ベデル・ボカサ、ジンバブエのロバート・ムガベなどと同じく、不正蓄財によって国家を実質的に私物化し、相次ぐ失政により経済的な破綻を招いたアフリカにおける無能な独裁者の典型である。また、ウガンダに警察国家を創り上げて「黒いヒトラー」と呼ばれたアミンは、彼らと同等か、或いはそれ以上に残虐な人物でもあった。ナザレスの『元帥はお目覚めだ』は、後述するようにこうしたアミンによる恐怖政治の特徴をよく捉えている。もちろん、ナザレスの小説はこの恐るべき指導者を直接名指しして描いたわけではなく、あくまで作中に現れる「全ての出来事、人物、民族集団、国家」をフィクショナルなものとして提示している。[82] しかし本作は、「元帥」と呼ばれる独裁者を物語内で幾度もアドルフ・ヒトラーになぞらえているばかりか、彼自身がナチズムの崇拝者であることをも暴き出しているのである。[83]

かつて英国植民地だった架空の国家ダミビアを舞台にしたナザレスの小説は、例えばナイポールやファラーの作品とは対照的に、独裁者の姿を物語の冒頭から直接的に描写している。元帥は独立後の初代指導者をクーデタによって排除しトップの座に就いた人物であり、反対派を大量に粛清・虐殺し、現実のアミンと同じく、「かつては最高の友好関係」にあったはずの「全ての白人たちに猜疑心を抱き始め」ている。[84] 一方で、彼は夢の中での「神からのお告げ」によって、国内にいる市民権のない東インド人全員に対して国外追放命令を出す。この物語は行政上の首都ルベールのとあるバーを舞台に、そこに集う「ルベール協会」の人々

——この団体はインド西部のゴア出身者たちが結成した「ゴア協会」を前身とし、その構成員は主として社会的マイノリティの移民たちである——が、この元帥による突然の決定に対して見せる様々な反応を巧みに描き出している。例えば、政府に仕えている一部のゴア人たちは、専らビジネスに従事するインド系移民に対して実はある種の「優越感」を抱いており、後者と同一視されたくないと考えている。(85) 他方で、政府に使えるダミビアの知識人アル・カメナは、東インド人の追放政策それ自体には反対ではなかったものの、そのことが国際社会にもたらす影響を予測し、西洋との繋がりが失われることで「良い生活」が送れなくなることを危惧している。(86) そして、これまで社会的な差別を受け続け、遂には元帥によって追放対象となってしまった当の東インド系移民たちは、独裁者の決定に翻弄されるがまま、国を出ていくことになるのである。

この東インド人の追放という元帥による政治的決断は、いわば彼の気紛れによってなされたものである。このように、アミンを徹底的に糾弾する風刺作家ナザレスは、作中でこの独裁者を意図的にある種の狂人や奇人として表象しつつ、その無学で愚かな側面を前景化させている。より正確に言うならば、元帥はオマ将軍という反体制ゲリラの指導者に対する恐怖を募らせることによって、次第に冷静な判断力を失い、狂気に侵されてゆくのである。例えば、作中では敵対する隣国の支援によって、オマ将軍率いるゲリラの活動が活発化したため、動揺した元帥は隣国への侵攻を計画し、同時に反政府運動の根拠地において民間人を無差別に虐殺する。汚職の疑惑にまみれたこの元帥は「誰のことも信用しない」孤独な人物であるが、(87) 彼は「神によって授与された」という無制限の権力を振りかざし、莫大な経済的損失が予想されるにもかかわらず、数多くの「実業家、公務員、医者、教師、大学講師、法律家、コンピューター専門家、技術者」を含む東インド系移民の国外退去を強行する。(88) 彼の悪政によって国内は既に危機的状況にあるが、この暴君は各地で反政府運動が巻き起こる中、再び「神のお告げ」によって開発銀行の設立を思いつき、「私はあなた方全ての人々が、この国に奉仕してほしい。政治などいらない。論争もいらない。意味のない対話もいらない。私には批判も必要ない」と言い放つのである。[89]

開発独裁下におけるアフリカの西洋化を——皮肉なことに、西洋中心主義的な目線から——嘲笑するに留まっていたナイポールの『暗い河』とは異なり、ナザレスの作品は独裁者への徹底的な糾弾の手を緩めようとはしない。オマに殺害される直前に行なった元帥の最後の演説は、まさに作者がこの独裁者を狂気の指導者として提示していることを裏づけている。元帥は「私が政府であり、政府とは私のことだ」と宣言し、新たな「十年開発計画」において建設される贅沢なホテル群を自分のために使うこと、そして自分のために空港を建設し、富を独占する「敵」を殲滅した暁には、自分の通貨を製造すると述べる。続けて、彼は自分のことを理解しない大衆は洗脳されており、「彼らを変えなくてはならない」と力説したあと、遂には「私は馬鹿ではない」と言い、自分の意見に従わない部下を切り捨て、個人崇拝を行なうことをも表明する。[90] この最後の演説は、まさに独裁者自身が、独裁政権下における禁忌としての真実を一般大衆に暴露してしまったという点で、極めて滑稽でアイロニカルな構造を持っている。要するに、自分が「馬鹿ではない」と強弁する元帥は、オーウェルの言う二重思考を駆使することを放棄しているのであり、まさにこの発言それ自体によって、逆説的に己が愚かであることを露呈してしまっているのである。

7 アチェベとナイジェリアの問題
——独裁者表象のアフリカにおける（再）転換

ナザレスの『元帥はお目覚めだ』はナイポールの作品と比べて、少なくともアフリカが抱える問題に対して正面から向き合っていると評価することができる。だがもちろん、ダミビアという国家の深刻な現状の原因を、（戯画的な風刺に拘泥するあまり）ほぼ全面的に独裁者個人の「狂気」や「愚かさ」に帰してしまっているという点で、この小説が提示した視点はやや一面的で、ナイーヴなものだったとも言えるかもしれない。もちろんこうした戦略は、かつてチャールズ・チャップリンの『独裁者』（*The Great Dictator*, 1949）を例に挙げつつ、「膨れ上がった指導者イメージを、その空虚さの寸法へと引き戻すこと」がナチズム／ファシズムに対抗する上で重要であると述べたマックス・ホルクハイマーとテオドール・アドルノの考え方と共鳴している。(91) 第一章で指摘したように、独裁者たちを脱神話化するこうした試みは、現実を取り繕う彼らの肥大化したプロパガンダに対峙する場合には極めて有効である。しかしながら、特にアミンに代表されるような一部のアフリカの指導者たち――つまり、あからさまに超法規的な統治や常軌を逸した残虐性、権力の私物化、汚職や私利私欲の果てしのない追及などが既に周知の事実となっているような暴君たち――を相手にする場合、作家の想像力はそのあまりに異常で恥知らずな現実の前で敗北することになりかねない。

これに対して、ポストコロニアル小説としては空前のベストセラーとなった傑作『崩れゆく絆』（*Things Fall Apart*, 1958）の作者アチェベは、『大衆の味方』（*A Man of the People*, 1966）以来およそ二十一年ぶりとなった一九八七年の最後の長編『サヴァンナの蟻塚』において、難解で複雑な文体と語りの構造を採用しつつ、アフリカにおける独裁者とは何かという根源的なテーマを深く掘り下げて分析している。このアフリカ文学の巨匠は、独裁者個人の異常性や愚かさに全てを帰することはなく、サムと呼ばれる大統領の内面のみならず、彼を取り巻く人々の心理にまで巧みに立ち入りつつ、故国ナイジェリアをモデルにした架空の国家カンガンの問題を愚直に――しかしドラマティックに――探究する。

独裁者小説『サヴァンナの蟻塚』におけるアチェベの姿勢は、彼が有名な評論「ナイジェリアの問題」

("The Trouble with Nigeria", 1983) で表明した単純明快な政治的立場とほぼシンクロしている。このテクストの冒頭で彼は「ナイジェリアの問題とは単純に、或いは端的に言って、リーダーシップの破綻である」と述べ、十分な「意志や能力、ヴィジョンを備えたリーダーたち」さえいれば「ナイジェリアは今日にでも変わりうる」と断言している。(92) アチェベはここで部族主義や誤った愛国主義、政治腐敗といった独裁体制下の暗部を次々に採り上げているが、彼によれば全ての根底にあるのは、優れたリーダーの不在というこの問題である。例えば、ナイジェリアにおける「規律の不在」を論じたセクションにおいて彼はこう書いている――「リーダーたちは、心理学者の言葉を用いるならば、ロール・モデルである。人々は彼らを仰ぎ見て、彼らの行動や動作さえも真似をする。それゆえリーダーたちに規律が欠けていれば、その影響は自動的に彼らに追従する人々にまで及ぶのである」。(93) また、彼は同国における汚職に言及した箇所で当時の大統領シェフ・シャガリを批判しつつ、第三世界の指導者たちがもはや「自分たちの国に住んでいない」と比喩的に指摘したあと、彼らが如何に優秀で知的であろうと、彼らは「次第に現実世界がどんなものであったかを忘れてゆくだろう」と述べている。(94)

このようなアチェベの主張に対しては異論や反論もあるだろうが、少なくとも彼が議論の前提としていたポイントについては、独立後のナイジェリアの歴史を簡単に振り返ってみれば頷けるに違いない。(95) アフリカ最大の人口を誇る同国は一九六〇年に英国から独立を果たし、六三年以降しばらくは民主主義的な共和制を採用していたが、地域間・民族間の対立に乗じてクーデタを起こしたジョンソン・アグイイ=イロンシが六六年に軍事政権を打ち立てた。彼の暗殺後、この国ではヤクブ・ゴウォン、ムルタラ・ムハンマド、オルシェグン・オバサンジョといった軍人出身の大統領による抑圧的支配が続き、その間に大規模な内戦(ビアフラ戦争)が勃発した。一九七九年にシャガリが大統領に就任し民政に移行したが、彼の体制下では先述のように汚職が蔓延して政治が腐敗した。その後、八三年からおよそ十年間にわたり、ナイジェリアでは再びムハンマド・ブハリとイブラヒム・ババンギダによる軍政の時代が続くこととなる。[96]

『サヴァンナの蟻塚』の舞台はナイジェリアをモデルにしているものの、これまで本章で見てきた他の作品群とは異なり、この小説における独裁者サムの人物造形は特定の指導者に基づいているわけではない。アチェベが前作『大衆の味方』を刊行してから本作を出すまでの間に、ナイジェリアでは軍政・民政合わせて七人もの国家元首が交代したが、彼は恐らくこうした長年にわたる悪しき「リーダーシップ」の体現者たちの総体として、架空の独裁者サムを創造したのである。

この物語はかつて学友であったサム、イケム、クリスという三人の男性、そしてイケムの婚約者エレワとクリスの妻で政府官僚のベアトリスという二人の女性を中心に進行する。同じ学校で白人から教育を受けていた三人の男たちのうち、サムは「とても賢いというわけではないが、劣等生だったわけでもない」という平凡な人物で、教師の助言を鵜呑みにして卒業後は士官学校に進んで軍人になった。[97] 大佐時代にクーデタによって政権を掌握した彼は、「モラルに対するコミットメント」を見せない「役者」のような人間である一方、旧宗主国イギリスの文化や習慣に強い憧れを抱いていた。[98] これに対して、「社会とは個人の延長」であり、個々の人間の変革こそが必要であるという信念を持った人物イケムは、[99] 現在ジャーナリストとして『ガゼット』誌の編集長を務めている。彼は情報相として政府のメディア部門を管轄するクリスからの度重なる忠告にもかかわらず、大統領に忖度せず報道の自由を堅守しようとしている。また他方で、大統領サムとクリスの間には既に隙間風が吹いており、失脚間近の後者は情報相でありながら、皮肉にも閣内の「情報」から完全に遮断されている。

「全てが悪い方に向かっている」というこの架空の国家カンガンにおいて、「その日一日が良い日になるか否かは、［大統領］閣下が朝ベッドからどんな風に起きてくるかで決まってしまう」[100]。だがサムはこのように強大な権力を握りつつも、イケムの反体制的な姿勢や、課報機関からもたらされたクリスがもはや自分に忠実でないという不穏な情報、そして旱魃による被害の救済を請願すべくアバゾン地方から首都に集まってきたデモ隊に対して、実のところ大きな脅威を感じている。特に三つ目の事態は深刻であるが、サムは二年前の自身の終身大統領就任の可否を問う国民投票で、同地域から大量の反対票が出たことを未だに根に持っていたため、彼らの請願をまともに受け入れることなく一蹴する。物語の終盤になると、アバゾン出身者であるイケムがこの請願者たちとの関係を疑われて編集長の職務を停止される。イケムはそれでも政治集会に赴き、独裁者を糾弾する最後のスピーチをするが、彼は体制側に拘束されたあと不可解な形で暗殺されてしまう。また、サムとイケムの間で難しい立場に立たされていた情報相クリスも失脚し、反体制派の牙城であるアバゾン地方へと逃亡する。クリスはここでクーデタの報に接し、大統領であるサムが殺されたことを知るが、不運なことに彼自身も地元の警官とのトラブルの末に命を落としてしまうのである。

アチェベが『サヴァンナの蟻塚』において提示する主題は、権力の腐敗から、独裁体制下に生きる女性たちに関するフェミニズム的問題、白人と黒人の関係、或いは将来における圧政への抵抗の可能性まで、ここには列挙しきれないほど多岐にわたっている。例えば、ある作中人物の言葉によれば、国家の「計画を立案する人々が自分やその家族だけのために計画を立てるため、カンガンでは白人たちが去ってから問題が絶えない」。その結果、国内では「あまりに多くの闘争」や「あまりに多くの殺戮」が起きているのである[101]。また別の箇所では、現代アフリカにおいて多くの政党が「被抑圧者ではなく抑圧者のための党」と化していることが批判される[102]。更に、独裁体制に対するイケムの次のような批判はより痛烈である。

現政府の主要な失敗はまた、彼にとって明らかな意味を帯び始めた。確かにそのスケールと広がりは容認できないものではあるが、それは大規模な汚職のことではない。この屈辱的な現状のように、他国に操られて従属することでもない。それはこの二流の、お下がりの資本主義——馬鹿げているし、もはや命運尽きている——でさえない。それは、ストライキをしている鉄道業従事者やデモをしている学生たちを銃撃するという呪わしい行ないのことでも、独立したユニオンや組合をそのあとで禁止するといったことでもない。その失敗とはわれわれの支配者たちが、この国の貧しき人々や収奪された人々——国の中心で傷ついた魂を痛々しく鼓動させている人々——との間に、重要な内的繋がりを再構築し得なかったということである。(103)

しかしながら、政府批判を繰り返したイケムは暗殺され、彼を庇った旧友のクリスも最終的には死んでしまう。結局この小説の主要人物の中で生き残ったのは、ベアトリスとエレワという二人の女性だけである。悲劇の「その後」を描く物語の最終章は、エレワと亡きイケムとの間に生まれた女の子の「命名式」の場面であるが、ここで二人は死者たちを追憶しつつ、未来を生きるこの無垢な赤ん坊へと希望を託す。この場面で、「思想が人間の外部で生きることはない」と言うベアトリスに対して、反体制運動に従事する学生グループの若き指導者エマニュエルは、次のように反論している。

「私はそれを受け入れられませんね。ある講演でイケムが示した思想は、私の全人生を変えました。私はまるでオウムから人間になったんです」

「本当に?」

「ええ、本当に。そして私の友人たちの人生をも変えました。私を変えたのはイケム本人ではありませんでした。私は彼を殆ど知りませんでしたから。私を変えたのは、紙の上に書き留められた彼の思想でした。特にある一つの思想です。それは、われわれは自身の行動に対する制限を受け入れてしまうことがあるが、如何なる状況下においても、己の思考を制限することを認めてはならない、というものでした」[104]

このあと、ベアトリスは自分がこの「議論」に負けたことを認め、将来を担う若者であるエマニュエルに対してこう述べている──「あなたの勝ちよ！　それでは人間と思想、ということね。その両方に私たちは乾杯しましょう」[105]。

もちろんこの独裁者小説において、アチェベは自身が提示した故国ナイジェリアの問題の全てに明確な回答を与えているわけではないし、あらゆる問題に通底する課題だと彼が言う「リーダーシップの不在」についても、作中で何か具体的な解決策が提示されるわけではない。しかしながら、冷戦期のアフリカに存在する全体主義や権威主義、或いは独裁者という現実に対して、『サヴァンナの蟻塚』は──ファラーの三部作やナザレスの『元帥はお目覚めだ』と同様に──真摯に向き合ったばかりでなく、その中で彼は文学の力を素朴に信じつつ、アフリカや全世界の読者の前で問題を告発し、不正を糾弾したと言える。

本章ではアップダイクの『クーデタ』を契機として、ナイポールの『暗い河』からファラー、ナザレス、アチェベといったアフリカの作家によるテクストを採り上げてきたが、かつてナチズム／ファシズムやスターリニズムに対抗して英米で生まれた架空の独裁者表象というフィクション上の形式は、このようにアフリカという第三世界において再び抵抗の手段としての役割を取り戻している。第三章で見たように、特に一九六〇年代以降の冷戦期に書かれたＳＦ的作品群において、「独裁者」はヒトラーやスターリンといった実在の指導者たちから乖離した「恐怖」や「脅威」のシンボルとして再生産された。だが、そうして一度は現実の暴君たちから——多かれ少なかれ——解き放たれた架空の「独裁者」というモティーフは、七〇年代後半以降のポストコロニアル文学において、再びアクチュアルでラディカルな政治的意義を帯びていったのである。同様の例は、アジアのイスラム圏を舞台にしたサルマン・ラシュディの大作『恥』（*Shame*, 1983）にも見られるが、それは次の第五章で詳細に検討されるだろう。

【註】

（１）Peter Conrad, "Did I Actually Write a Soliloquy for a Hamster?", in *The Observer* (October 26, 2008). <https://www.theguardian.com/books/2008/oct/26/john-updike>

（２）Ibid.

（３）Barack Obama, "Remarks by the President on the Death of Muammar Qaddafi", *The White House: President Barack Obama.* <https://obamawhitehouse.archives.gov/the-press-office/2011/10/20/remarks-president-death-muammar-qaddafi>

（４）似通った主題を扱ったアメリカの独裁者小説としては他に、第六章で扱うジョン・Ａ・ウィリアムズの『ジェイコブの梯子』（*Jacob's Ladder*, 1987）がある。

（５）池澤夏樹「『クーデタ』解説」ジョン・アップダイク『クーデタ』池澤夏樹訳（河出書房新社、二〇〇九年）三六二頁

（６）カダフィは一九七九年に公職を離れて以降もリビアの最高指導者として君臨していた。彼は敬愛するエジプトの指導者ガマール・アブドゥル＝ナーセル大統領に倣って「大佐」を名乗っていたとされる。

（７）John Updike, *The Coup* (1978; London: Penguin Books, 2006), p. 17. 以下、本書からの引用は、『クーデタ』池澤夏樹訳（河出書房新社、二〇〇九年）を用いる。

（8）Ibid., p. 19.
（9）Ibid., p. 13.
（10）Ibid., pp. 95, 97.
（11）Ibid., p. 175.
（12）Ibid., p 184.
（13）Ibid., pp. 65
（14）Ibid., pp. 128, 129.
（15）Ibid., pp. 248-49.
（16）Ibid., p. 249.
（17）Ibid., p. 18. このサングラスはまた、カダフィへのアリュージョンであると考えられる。
（18）Ibid., p. 43.
（19）Edward W. Said, *Covering Islam: Hoe the Media and the Experts Determine How We See the Rest of the World* (London: Vintage, 1997), p. 6. 本書からの引用は『イスラム報道』浅井信雄ほか訳（みすず書房、二〇〇三年）を用いる。
（20）Josphat Gichingiri Ndigirigi, "Introduction", in *Unmasking the African Dictator: Essays on Postcolonial African Literature*, ed. by Josphat Gichingiri Ndigirigi (Knoxville: University of Tennessee Press, 2014), p. xxi; Charlotte Baker and Hannah Grayson, "Introduction: Fictions of African Dictatorship", in *Fictions of African Dictatorship: Cultural Representations of Postcolonial Power*, eds. by Charlotte Baker and Hannah Grayson (Oxford: Peter Lang, 2018), p. 3.
（21）Ndigirigi, "Introduction", in *Unmasking the African Dictator*, p. xxii.
（22）Benjamin L. Alpers, *Dictators, Democracy, and American Public Culture: Envisioning the Totalitarian Enemy, 1920s-1950s*. Chapel Hill: University of North Carolina Press, 2003, p. 12.
（23）George Orwell, *Nineteen Eighty-Four* (1949; London: Penguin Books, 2004), pp. 244, 215. 以下、本文中の日本語訳は『一九八四年』高橋和久訳（早川書房、二〇〇九年）を用いる。
（24）Ibid., p. 216.
（25）Ibid., p. 217.
（26）Ibid., p. 4.
（27）V. S. Naipaul, *A Bend in the River* (1979; London: Picador, 2002), p. 139. 本書からの翻訳は『暗い河』小野寺健訳（ＴＢＳブリタニカ、一九八一年）を用いる。
（28）Ibid., p. 216.

（29）Ngũgĩ wa Thiong'o, "Foreword", in *Unmasking the African Dictator: Essays on Postcolonial African Literature*, ed. by Josphat Gichingiri Ndigirigi (Knoxville: University of Tennessee Press, 2014), p. vii.
（30）成田瑞穂「カルロス・フエンテスと独裁者小説」『神戸外大論叢』六四巻五号（二〇一四年）四六頁
（31）前掲書、四五―四九頁
（32）Josaphat Kubayanda, "Unfinished Business: Dictatorial Literature of Post-Independence Latin America and Africa", in *Research in African Literatures*, vol. 28, no. 4 (Winter, 1997), p. 38.
（33）Magali. Armillas-Tiseyra, *The Dictator Novel: Writers and Politics in the Global South* (Evanston: Northwestern University Press, 2019), p. 5.
（34）Nazua Idris, "Naipaul's *A Bend in the River* as a Jamesonian Third World National Allegory", in *Stamford Journal of English*, vol. 7 (2012): p. 172.
（35）Ibid., p. 172.
（36）Naipaul, *A Bend in the River*, p. 9.
（37）Ibid., pp. 100-01.
（38）Ibid., p. 102.
（39）Ibid., p. 100.
（40）Ibid., p. 112.
（41）Ibid., p. 86-90.
（42）Ibid., p. 115.
（43）Ibid., p. 116.
（44）Ibid., p. 117.
（45）Ibid., p. 138.
（46）Idris, "Naipaul's A Bend in the River", in *Stamford Journal of English*, vol. 7 (2012): p. 175.
（47）Naipaul, *A Bedn in the River*, p. 159.
（48）Ibid., p. 241.
（49）Ibid., p. 145.
（50）Ibid., p. 155.
（51）Ibid., p. 220.
（52）Ibid., p. 299.

（53）Ibid., p. 50.
（54）Ibid., p. 135.
（55）Ibid., pp. 116, 135.
（56）Edward W. Said, *Reflections on Exile and Other Essays* (Cambridge, Massachusetts: Harvard University Press, 2000), p. 115. 本書からの引用は、エドワード・W・サイード『故国喪失についての省察1』大橋洋一ほか訳（みすず書房、二〇〇六年）を用いる。
（57）Ibid., p. 113.
（58）Imraan Coovadia, "Authority and Misquotation in V.S. Naipaul's *A Bend in the River*", in *Postcolonial Text*, vol. 4, no. 1 (2008): p. 5.
（59）Naipaul, *A Bedn in the River*, p. 210.
（60）Said, *Reflections on Exile*, p. 115.
（61）ソマリア内戦の根本原因については以下のレポートを参照。原口武彦「ソマリア内戦——民族、部族、氏族」『アフリカレポート』（一九九三年三月）一〇—一三頁
（62）F. Fiona Moolla, "Figuring the Dictator in the Horn of Africa: Nuruddin Farah's Dictatorship Trilogy and Ahmed Omar Askar's Short Stories", in *Fictions of African Dictatorship: Cultural Representations of Postcolonial Power*, eds. by Charlotte Baker and Hannah Grayson (Oxford: Peter Lang, 2018), pp. 205, 207.
（63）Nuruddin Farah, *Sweet and Sour Milk* (1979; Minneapolis, Minnesota: Graywolf Press, 2006), pp. 11, 145.
（64）Ibid., pp. 14, 35.
（65）Nuruddin Farah, *Close Sesame* (1983; Minneapolis, Minnesota: Graywolf Press, 2006), pp. 100, 192.
（66）Farah, *Sweet and Sour Milk*, p.82.
（67）Nuruddin Farah, *Sardines* (1981; Minneapolis, Minnesota: Graywolf Press, 2006), p. 4.
（68）Ibid., p. 81.
（69）Ibid., p. 137.
（70）Ibid. pp. 51-52.
（71）Ibid., p. 52.
（72）Farah, *Close Sesame*, pp. 83, 259-60.
（73）Farah, *Sweet and Sour Milk*, p. 210.
（74）Ibid., pp. 11, 78.
（75）Ibid., pp. 148-49.
（76）Ibid., p. 251.

(77) Farah, *Sardines*, p. 275.

(78)『元帥はお目覚めだ』の初出は一九八四年だが、改訂版が九一年に出版されている。現在流通しているのはこの改訂版である。

(79) この小説は英語で執筆されたが、一九九九年にアムステルダムにてオランダ語で初めて出版された。英語版が出たのは二〇〇四年になってからである。

(80) Oliver Lovesey, "The Last king of Africa: The Representation of Idi Amin in Ugandan Dictatorship Novels", in *Unmasking the African Dictator: Essays on Postcolonial African Literature*, ed. by Josphat Gichingiri Ndigirigi (Knoxville: University of Tennessee Press, 2014), p. 87.

(81) 小田英郎「タンザニア・ウガンダ戦争とアミン政権の崩壊——二国間戦争から解放戦争へ」『法學研究：法律・政治・社会』六八巻一〇号（一九九五年一〇月）六〇頁

(82) Peter Nazareth, *The General Is Up* (1984; Toronto: TSAR, 1991). 冒頭の「作者による覚書」（"Author's Note"）にこの記述がある。なおページ番号は記載されていない。

(83) Ibid., pp. 69, 107, 116.

(84) Ibid., p. 1.

(85) Ibid., pp. 19, 22.

(86) Ibid., pp. 54-55.

(87) Ibid., p. 61.

(88) Ibid., p. 68

(89) Ibid., p. 118.

(90) Ibid., pp. 127-131.

(91) マックス・ホルクハイマー&テオドール・アドルノ『啓蒙の弁証法——哲学的断想』徳永恂訳（岩波書店、二〇〇七年）、四九〇頁

(92) Chinua Achebe, in *An Image of Africa and The Trouble with Nigeria* (London: Penguin Books, 2010), pp. 22, 23.

(93) Ibid., p. 50.

(94) Ibid., p. 57.

(95) 独立後のナイジェリア史に関しては、落合雄彦「ナイジェリアにおける『民族問題』と制度エンジニアリング——軍事政権期を中心にして」『アジア経済』四六巻、一一・一二号（二〇〇五年一一月）七一—九七頁を参照。

(96) これら軍人指導者のうちオバサンジョとブハリは再度の民政移行後の第四共和政下において権力の座に返り咲き、大統領

を務めている。

(97) Chinua Achebe, *The Anthills of Savannah* (1987; London: Penguin Books, 2001), p. 45.

(98) Ibid., pp. 46, 47.

(99) Ibid., p. 94.

(100) Ibid., pp. 1, 2.

(101) Ibid., p. 219.

(102) Ibid., p. 152.

(103) Ibid., p. 135.

(104) Ibid., p. 214.

(105) Ibid., p. 214.

第五章

アジア・イスラム圏における独裁、権力闘争、そして女性たち

1 （架空の）パキスタン、独裁者、ラシュディの『恥』

インド出身の英国作家であるサルマン・ラシュディの第三長編『恥』（*Shame*, 1983）は、ブッカー賞をはじめとする文学賞を総なめにし、商業的にも大きな成功を収めた前作『真夜中の子供たち』（*Midnight's Children*, 1981）と、いわゆる「ラシュディ事件」の引き金となった次の話題作『悪魔の詩』（*The Satanic Verses*, 1988）との間に挟まれたテクストである。デヴィッド・W・ハートが指摘しているように、そうした事情からこの小説はその前後作と比較され、しばしば過小評価されることが多かったものの[1]、他方で本作は現代文学の最高傑作の一つに挙げられる『真夜中の子供たち』とは著しい対称性を持ち、なおかつ非常にデリケートな政治的主題を高度に前景化させた意欲的な作品ともみなされている。またラシュディ自身も、一九八三年のジョン・ハフェンデンによるインタヴューにおいて、『恥』がパキスタンに実在した独裁者たちを扱った単なるアレゴリーではないとしながらも、この作品がまさに「政治的物語」であることを認めている[2]。本章ではこの小説をイスラム圏を舞台にした一種の独裁者フィクションとして捉えた上で、その中で対照的に提示されつつもしばしば交錯する「政治的空間」と「私的空間」、及びユルゲン・ハーバーマスが公共圏と名づけた領域の表象を仔細に分析し、それらを独裁政権下の宗教政策、並びにそうした社会に生きる抑圧された女性たちのあり方と結びつけて考察する。

よく知られているように、パキスタンはインド・ムスリム連盟を組織したムハンマド・アリー・ジンナーの影響によって一九四七年に英領インドから分離独立を果たしたが、それ以降の同国の歴史は長期にわたる苦難と混乱に満ちたものに他ならなかった。独立の年に勃発した第一次印パ戦争を経て、一九五八年の軍事クーデタによって権力を掌握したアイユーブ・ハーン（首相・大統領）は強権的でありながらも十年以上に及ぶ長期政権を維持し、その間に経済開発に注力しつつ、イスラム法の近代的解釈を推し進めた。[3] しかしながら、一九六五年の第二次印パ戦争の講和条件を契機として民衆の間に次第に不満が広まり、彼は六九年には大統領の座を追われた。一九七一年には東パキスタン（後のバングラデシュ）の独立を巡り国内は大混乱に陥り、東パキスタン側を支援して軍事介入したインドとの間に第三次印パ戦争が勃発した。この結果、バングラデシュが独立を果たし、ヤヒヤー・ハーン大統領率いる軍事政権が崩壊したのみならず、パキスタン人民党の指導者ズルフィカール・アリー・ブットーが後継者の座に就き、憲法の採択、総選挙の実施、そして民政への移行などが達成された。

大統領と首相を歴任したブットーは、東西冷戦の中で国有化政策など社会主義に接近した路線を採ったが、他方で反対派の虐殺・粛清など独裁的かつ恐怖政治的な統治を強行し、選挙不正の疑いもかけられて保守的なムスリムたちから反感を買った。彼は七七年の軍事クーデタにより失脚し、自らが抜擢したムハンマド・ズィヤーウル＝ハク陸軍参謀長によって約一年半後に処刑されている。実権を握ったズィヤーウル＝ハクは、戒厳令を敷いて議会や憲法を無力化し、大統領に就任して軍事独裁体制を固める一方、司法・経済・政治の急激なイスラム化を推し進めた。井上あえかによると、彼は「パキスタンはムスリムの自治権を守ることを目的としているが、イスラム国家化を求めない、というジンナー以来の主張を否定」し、歴史修正主義的な方法で以って、自身の政府が「建国以来の目標であるイスラム国家化を実現する政権であること」を「正統性の根拠とした」のである。[4]

言うまでもなく、『恥』に登場する二人の独裁者――イスカンダル・ハラッパーとラザ・ハイダル――はそれぞれ、ブットーとズィヤーウル＝ハクをモデルにしている。しかしながら、先述したようにラシュディがかつて本作を政治的アレゴリーでないと述べたのは、このテクストが現実のパキスタン社会を描いたものではなく、あくまで彼自身の創作による「架空のパキスタン」を一種の「現代のお伽話」(modern fairy tale)として提示したものであったからに他ならない。(5)物語にしばしば介入する語り手「私」の表現を借りるならば、彼はここで「パキスタンについてのみ書いているわけではない」のであり、(6)その点で本作は写実主義的な歴史小説とは大きく異なった、現実と似通ったある空想上の国家と——イスカンダルとラザという——架空の(しかし明らかに実在の人物に基づいた)独裁者たちの権力闘争や栄枯盛衰を、魔術的リアリズムの手法でより普遍的に提示したテクストとして読まれ得るのである。

匿名の語り手は作中で「歴史とは、果たしてそこに参加している者だけに領有権があるとみなされるべきなのだろうか?」と問いかけているが、(7)少なくともパキスタン国民でないラシュディは、自分が「部外者」であることを十分に意識していたと言える。(8)それゆえ、「部外者」の立場で「架空のパキスタン」を創造することは、風刺やアレゴリーに留まらない普遍性を有したファンタジー的物語世界を自由に構築することを可能にすると同時に、自身をフィクションの名を借りた一種の修正主義的な歴史改竄に加担させてしまうことにもなりかねない行為であった。(9)またラシュディは、デヴィッド・ブルックスによるインタヴューの中で詳述している通り、ブットーやズィヤーウル=ハク独裁時代の様々な出来事——とりわけ後者による前者の処刑——が未だパキスタン国民に「深い傷跡」を残していることを理解しており、その「簡単にまた開いてしまう」生々しい傷跡を作品内で扱うには慎重さが要求されること、更にはそれを行なう際の倫理的手続きとして「作者をフィクション上の素材と同じレヴェルで作中に提示」しなければならないこと、つまりは「自分自身」を物語の内部に置く作業が必要であることを痛感していた。(10)実際にラシュディは、この独裁者小説において(それ自体ある程度までフィクション化された)匿名の語り手「私」として登場し、自身がパキスタン人ではない「部外者」であることを明言しつつ、物語内やテクスト外部における現実の事件までをも作中人物たちと同じ地平に立って批評している。要するに、彼は現実を改竄しフィクションに仕立て上げると同時に、自らによって改竄された歴史――すなわちフィクション――の中にも存在しているのであり、書き換えられた歴史の主人公たちと肩を並べることによって、パキスタンのナショナル・ヒストリーを「部外者」として普遍的に描き直すという自己の作者としてのオーソリティを相対化し、そうした営みに付随する倫理的問題を意図的に弱めようと試みているのである。

しかしながら、こうして「現代のお伽話」として企図されたラシュディの『恥』は、例えば英語圏における先行する独裁者フィクションであるウィリアム・ゴールディングの『蝿の王』(*Lord of the Flies*, 1954)のように全面的に寓話的なテクストでも、或いはジョージ・オーウェルの『動物農場』(*Animal Farm*, 1945)や『一九八四年』(*Nineteen Eighty-Four*, 1949)のようなあからさまな風刺小説でもない。事実、作者はハフェンデンとの会話の中でゴールディングを現代文学において稀有な寓話作家として位置づけた上で、彼の作品に見られる説教じみた「モラル」への執着が自作には全く見られないと述べ、「『恥』は倫理や善悪についての物語だが、読者にどのように行動すべきかを教示したりはしない」と断言している。(11) またよく知られているように、ラシュディは「鯨の外で」(“Outside the Whale”)と題した一九八四年のエッセイにおいてオーウェルの評論「鯨の腹の中で」(“Inside the Whale”, 1940)と『一九八四年』を批判し、この書き手が大衆を常に受動的な存在として捉え、敗北主義と絶望の中で人々による抵抗の可能性を排除してきたと論じている。ここでラシュディは、あたかも作家として安全な「鯨の中」に甘んじているかに見えるオーウェルに対して、そもそも「鯨」など存在せず、人間は暴力に満ちた外的世界の嵐の中でそれに立ち向かうため不断に挑戦し続けねばならないこと、そしてそうした現代情勢の中で常に「政治的フィクション」が必要とされているということを主張しているのである。(12)

ラシュディによるオーウェル解釈の是非はさておき、ここで重要なのは、彼がビッグ・ブラザーのような記号的かつ非人格的な独裁者像を退け、代わりにラザとイスカンダルという二人の独裁者たちを決して単に一面的で血の通っていない冷酷な政治指導者——彼自身の言葉で言えば「段ボールでできたようなキャラクター」——として提示してはいないという点である。[13]彼らは完全無欠な「政治マシーン」ではなく(例えばラザは重要な局面でしばしば優柔不断であるし、イスカンダルは本質的には放蕩者である)、ラシュディいわく、「両者共に思いやりのある人物であるような瞬間もある」のであり、「恐るべきことをする人々でさえ、救いようのないほど恐ろしい人間ではなく、少なくとも常に恐ろしいわけではない」のである。[14]そしてまさにこれを裏づけるように、『恥』という物語そのものが(作者による最初の草稿がそうであったような)重苦しい陰鬱な物語ではなく、一種の喜劇的要素と悲劇的要素の混在した多面的なテクストとなっているのだ。

ハフェンデンによるインタヴューでラシュディは、独立後のインド社会には「幾つもの可能性」があったのに対して、「現代パキスタンは可能性の閉塞、或いは可能性の喪失を示しているように見える」と語っている。[15]民主共和制のインドと軍事独裁体制下のパキスタンという差異は、複数の先行研究によって既に指摘されているように、まさに前者を舞台にした『真夜中の子供たち』の「開かれた」物語のスタイルと、後者を扱った『恥』の「閉じた」スタイルとの対称性にもそのまま繋がっている。[16]実際に作者自身が明言している通り、『真夜中の子供たち』があくまで幅広い大衆の生活を描いたのに対して、『恥』は主として国家そのもの、或いはその支配階級の視点に焦点を絞った物語であった。[17]キャサリン・ヒュームが考察しているように、ラシュディは不成功に終わった第一作『グリマス』(*Grimus*, 1975)以来、一貫して「暴君」や「暴政」といったモティーフに魅せられてきたが、[18]そうした彼の関心や問題意識が本当の意味で結晶化したテクストこそ、二人の独裁者の権力闘争を描いたこの『恥』に他ならなかったのである。

2 政治的空間、公共圏、私的空間

『恥』というテクストを検討するに当たって、本章ではまずそのプロットの構造とも密接に関係する「政治的空間」と「私的空間」という対立する領域、並びにその中間に位置する「公共圏」という空間について明確にしておきたい。ユルゲン・ハーバーマスは『人間の条件』(*The Human Condition*, 1958)におけるハンナ・アーレントの議論を拡張しながら、国家と私的生活圏とのちょうど中間に存在する「公共圏」なる領域の変遷を分析し、近代ヨーロッパの貴族や一般市民が対等な立場で交流し、政府に対して影響力を行使する「世論」形成の場として特に「政治的公共圏」という概念を提出している。ハーバーマスによれば、資本主義の発達や近代社会の成立に伴う市民的公共性の誕生には新聞や定期刊行物に代表されるメディアが大きな役割を果たしたわけであるが、彼は有名な『公共性の構造転換』(*Strukturwandel der Öffentlichkeit*, 1962)において、古代ギリシアにおける「公共性のモデル」をそのルーツとして採り上げ、(それ自体は既に失われたもの)その「イデオロギー的範型そのものは、幾多の世紀を越えてその連続性を──すなわち精神史的連続性を──維持してきたのである」と述べている。[19] 彼はこのことについて次のように説明する。

ポリスにおける市民としての地位は、このように家主(oikodespotes)としての地位を土台にしているのである。この家主の支配の傘下で、生活の再生産──奴隷の労働、婦人の奉仕が営まれ、誕生と死が起っている。必需と無常の王国は、目立たない私生活の圏内に沈み込んでいるのである。そして公共世界はこれとは対照的に、ギリシア人の自己理解では自由と恒常の王国として浮き彫りにされている。全て存在するものは、公共性の光のもとで初めて姿を現わして、万人の眼に映るものとなる。万象は、市民たち相互の対話の中で、言葉となり形姿を得る。平等な者たちが競い合う中で、最優者が傑出してその真価を――普及の栄誉を――克ち得る。生活の必要と生活必需品の維持とは家（Oikos）の囲いの内に羞かしげに身を隠しているが、国家（Polis）は光栄ある傑出の広い舞台を提供している。市民たちはあくまで対等の者（homoioi）として交際するが、おのがじし他より傑出しよう（aristoiein）と努める。[20]

このように、古代ギリシアの公共圏は私的生活の場である家――「私的空間」――とは区別されるが、当然のことながら直接民主制を採用していたアテナイなどの都市国家において、公共圏と国家――或いは公共圏と「政治的空間」――とは依然として未分化な状態にあった。一方で、ハーバーマスによれば近代社会に出現した市民的公共圏は国家と私的生活圏との中間領域であったが、彼の言う「公共性」は前者からは完全に独立していたものの、広い意味では後者の領域に属していた。それというのも、政治的公共圏とはまさに一般市民による「公論を通じて、国家を社会の欲求へ媒介する」機能を持つ空間として捉えられるからである。[21]しかしながら、まさに公共圏の社会的構造変化を論じた『公共性の構造転換』の後半部分で指摘されているように、二十世紀には「私生活圏が収縮して、その機能を大幅に解除され権威も薄弱になった小家族の内部領域――片隅の幸福――へ集中」し、「私生活圏と公共性の関係の破壊」とでも言うべき事態が起こったのである。[22]

もちろん、イスラム社会並びにポストコロニアル地域における公共圏の在り方を、ハーバーマスが主題化した近現代西洋のモデルに安直に当てはめることは適切ではないだろう。しかしながら、ラシュディの『恥』には広義の公共圏に関する言及がしばしば見られることも確かである。例えば、物語中盤でオマル・カイヤームの弟バーバルが入店した安酒場は、その一種の象徴として視覚化されている。ここでは部族民たちが酒を飲みながら、彼らを「搾取」し続ける政府に対する批判的言説を自由に交わしている。[23] またそれに加えて、物語序盤に登場するマフムードの映画館においては、「金を払った客は好き放題、がやがややって」おり、警官たちが一般市民に「歯を剝いて」いるこの緊迫した時代にもかかわらず、人々はある程度まで「自由」に議論をしていた。[24] だが無論、「映画に行くことさえ政治的行為となった」こうした時代において、ムスリムとヒンドゥー教徒は異なった映画を観ていた。それゆえ「寛容な性格」の持ち主であるマフムードは、あるとき「こういう馬鹿馬鹿しい分裂騒ぎは、もう乗り越えなきゃならん時期だ」という認識から、ヒンドゥー教徒向けの映画『牛飼い』とムスリム向けの「輸入物の西洋映画」の二本立て興行を行なうが、それは結果として大規模な暴動に発展し、彼を破滅させてしまう。[25] またその後、映画女優に熱狂して殺到するファンたちに自尊心を傷つけられた後の独裁者ラザ・ハイダルは、「Q市の浅薄な映画狂どもに対する先駆的な反感を、無意識のうちに抱きはじめるに至った」[26]。このことは、彼が政権奪取後にイスラム原理主義を掲げ、既に機能不全の状態に陥りつつあった公共圏に対して、更なる宗教的・政治的締めつけを断行していくという将来を暗示しているのである。

だがこうした事実にもかかわらず、既に幾つもの先行研究が指摘している通り、この作品が主として提示しているのはむしろ様々な駆け引きや事件の現場である国家——つまりは「政治的空間」——を巡る物語であり、またイスカンダルとラザを取り巻く恋愛や家族関係などを中心とする「私的空間」の物語である。ラシュディの描く架空のパキスタン社会においても、現実と同様に「政治的空間」と公共圏は殆ど常に男性だけの場であるが、ここで重要なのは、他方で「私的空間」が男女両方の生活の場所であると同時に、その中においても常に男性が女性に対して圧倒的に優位な立場を有しているという点である。[27] 言い換えれば、事実上「政治的空間」から排除されている女性たちは、『公共性の構造転換』「一九九〇年新版への序言」でハーバーマスが近年のフェミニズムの成果を踏まえて付言したように、「公共圏それ自体がもつ家父長制的性格」によってその中でも被抑圧的な立場に置かれているのであり、[28] 更には家庭を中心とする「私的空間」内においても常に劣位に立たされているのである。

キャサリン・カンディによれば、本作はこうして「公的なもの／私的なもの」といった分断を提示しているが、この二項対立は「不可避的に女性たちの物語のオーソリティを弱めてしまう」。また事実、「私的空間」に閉じ込められた受動的かつ非政治的な女性たち――具体的な名前を挙げるならば、ラザの妻ビルキース、彼らの娘スーフィアとナヴィード（グッド・ニュース）、イスカンダルの妻ラーニ、両者の娘アルジュマンドなど――のイメージは、アンドリュー・テヴァーソンが紹介しているように、ラシュディに対するフェミニスト的批判にも結びついていた。つまりフェミニスト批評家たちいわく、ズィヤーウル＝ハク時代のパキスタンにおいて女性は全面的に男性権力の犠牲者であったわけではなく、実際に女たちによる反体制グループのネットワークが存在していたのである。[30] 言うまでもなく、こうした政権への抗議活動は女性による公共圏や「政治的空間」への参入の試みであるが、ラシュディは決して男性中心的な目線でこれを捨象したのではなく、テヴァーソンも指摘している通り、あくまで国家の支配層を形成する男女の視点で分離独立後の「架空の」パキスタンを描くことを意図したがゆえに、彼はそれ以外の社会階級にフォーカスし得なかったのである。[31] ラシュディは作中でこう書いている――「もしこれがリアリスティックな小説だとしたら、現実社会の素材をどれほど多く盛り込まねばならなかったことだろう！」[32]

ラシュディ自身の発言によれば、彼は当初この独裁者小説を「出世第一主義、クーデタ、政治、復讐、暗殺、処刑、血、銃」などの要素に満ちた非常に男性的な物語として構想したが、後にそれまで「周縁的」

だった女性登場人物たちの重要性を発見するに至ったのだという。その結果、彼によると本作は絶対的な中心人物を欠いた物語、つまりは主要登場人物たちが入れ替わり立ち代わり舞台の真ん中に現れては、端へと退いていくようなテクストとなったのである。(33) このように『恥』という物語においては男性も女性も、主要人物は全員が主人公であって脇役でもあるという平等な役割を与えられているが、少なくともこの小説の中で描かれる（架空の）パキスタンにおいては、男性は常に「政治的空間」や公共圏を独占しているのみならず、家父長制的「私的空間」においても女性に対して社会的に優位な立場にあるのである。事実、物語の中でイスカンダルは自分の娘に向かって言う「――この世は男性の世界なのだよ、アルジュマンド。お前は大きくなったら、女性であることを超越しなくてはいけない。ここには女性が位置を占める場所はないのだ」(34)。

これまで論じてきたことから明らかであるが、この小説において「政治的空間」と「私的空間」は厳密に区別されており、それらの領域や公共圏を自由に行き来できるのは基本的に男性に限られている。物語の冒頭で、ラシュディはラザの娘スーフィアの夫でイスカンダルの親友でもある医師オマル・カイヤーム・シャキールの生誕を描いているが、Q市（クエッタ）の巨大な屋敷の中で外部から隔離され、三人の「母親」（三姉妹の誰が実際の生みの親であるかは明らかでない）から至れり尽くせりで過保護に養育されたこの人物の生育の場こそ、まさに「私的空間」に他ならない。結局、オマル・カイヤームはあたかも子宮から生まれ出るかの如く、この場所を飛び出し、外の世界で放蕩生活に明け暮れる。もちろん彼自身は最後まで政治や軍事の場である「政治的空間」に積極的に参画することはなかったが、彼は物語を通じてラザとイスカンダル両方の「私的空間」に頻繁に出入りするようになる。

これに対して、既に述べたように女性たちは常に「私的空間」の中に留め置かれる。例えば、物語の第五章でラザ・ハイダルと結婚したビルキースは陸軍基地内にある臨時宿舎の「洞窟のような」共同寝室で、(35)

四十人もの他の女たちと一緒に眠っている。ここで彼女は後にイスカンダルの妻となるラーニと親交を結ぶが[36]、夫が来るのをひたすら待ち続けている女たちによるプライヴェートな共同生活の場であるこの宿舎の寝室は、一種の後宮さながらの「私的空間」である。だが極めて象徴的なことに、その一方で夫のラザは妻の孤独をよそに第一次印パ戦争に出征して輝かしい戦功を立て[37]、「政治的空間」において称賛を受けて少佐に昇進する[38]。その後、彼はQ地方の地下ガス資源の防衛の任務に赴き、匪賊討伐のため三か月以上も妻の下を離れることになる[39]。それに対してラーニは結婚後モエンジョにあるイスカンダルの豪奢な実家で暮らすことになるが、「娘を抱え、夫は不在なまま、彼女はこの宇宙の裏庭で坐礁し、行きくれている」[40]。ラーニは夫にしばらく置き去りにされ、一人寂しくビルキーズと電話でやり取りをするのである[41]。

以降もこの物語はオマル・カイヤーム、ラザ、イスカンダルそれぞれの時として交錯し合う「私的空間」と、権謀術数と血生臭い事件に満ちた「政治的空間」とを往復しつつ進行していくが、後者において、先に権力の階段を昇り始めたのは軍人ラザであった。彼はイスラム原理主義的な宗教指導者ダウード師の助言に従って、「堕落しきった男」であり「清浄なる神の国に不法を持ちこんでいる」州首相ギキチを失脚させ[42]、戒厳令の下で自ら州の行政権を掌握する[43]。ダウード師の忠告に無批判に従うようになった彼は首都に戻り、軍事政権の大統領から教育・情報・環境大臣に任命されるが、三年後に罷免され閑職に回される[44]。一方、オマル・カイヤームと共に長らく放蕩生活を送っていたイスカンダルは遅れて政界に進出し、「イスラム社会主義」政策を掲げつつ、「並外れた個人としての魅力や、［中略］その物腰、天性の雄弁の才など」を活かして、毛沢東率いる中国との友好条約締結を成し遂げるなど外務大臣として大いに活躍する[45]。その後、大統領の人気が急落すると彼は閣僚を辞任し、人民戦線なる政党——それはアリー・ブットー率いるパキスタン人民党を明らかにモデルにしている——を立ち上げて議長に就任し、民主制への回帰という方針を明確に打ち出すことになる。彼が提唱した政策は極めて社会主義的なものであったと同時に、その政治手法は明確にポピュリスト的でもあった。

彼は村々を回り、全ての農民に一戸あたり一エーカーの土地と新しい井戸を与えると約束した。彼は投獄され、巨大なデモが彼の釈放を保証した。彼は地方弁を使い、わが国は太りきった猫やテリヤどもに略奪されている、と絶叫したが、比類ない弁舌の賜物か、或いは「中国の紅衛兵の制服に似せた服装をデザインした」ピエール・カルダン氏のデザイナーとしての才能のおかげか、誰一人として、イスキー「イスカンダル」自身がスィンド州のひときわ肥満した大地主の身であることを思い出すこともないようだった……(46)

頻発する暴動の中で政権が崩壊すると、イスカンダルの盟友である通称シャギー・ドッグ将軍が後継の大統領となるが、内戦によって国の東翼（バングラデシュ）の独立を許すと、その後の総選挙で人民戦線が大勝して再び政権交代が起こり、首相となったイスカンダルは遂に「政治的空間」の支配者の地位を手に入れる。彼は一種の開発独裁を推し進めつつ、半ば失脚していたラザを陸軍トップに抜擢し、同時に自身の娘ナヴィードがスキャンダルの末に結婚した相手であるタルヴァール・ウルハックを警察長官の要職に起用している。(47)

このように、こうした「政治的空間」の熾烈な権力闘争を先に勝ち抜いたのは、民主制への移行とイスラム社会主義を標榜したイスカンダルであったが、彼は現実のアリー・ブットー首相さながら、自ら登用した軍人ラザによって後にその地位と命を奪われてしまう。だがもちろん、サミヤ・ダヤールが端的に述べているように、ラシュディはここでラザが指向するナショナリズムやイスラム原理主義と、イスカンダルが体現する西洋化したエリート主義の両方を批判的に表象しているのである。(48)

3 ラザ・ハイダル政権――近代化かイスラム原理主義か?

分離独立後のパキスタンは長らく政教分離の原則を堅持してきたが、近代化政策を打ち出したアリー・ブットー政権からズィヤーウル＝ハク大統領による軍事政権への移行以後、常にイスラム教を国家体制、すなわち「政治的空間」にどの程度まで持ち込むかといった点が論争の的となってきた。言うまでもなく、イスラム教はクルアーンの戒律によって「私的空間」の生活や公共圏での振る舞いを規定してきたが、一九七〇年代後半以降、それは次第に公共圏を超えて「政治的空間」にまで浸透していったのである。もちろん、ラシュディは後に『悪魔の詩』におけるムハンマドの冒涜問題を巡ってイランの最高指導者ホメイニ師から死刑宣告《ファトワー》を受けることとなるのだが、彼は少なくともここでイスラムの教義そのものを否定しているわけではない。また、作中の匿名の語り手は「パキスタンは、イランではない」と断言し、「パキスタンはこれまで一度としてイスラム法学者の支配する社会であったことはない」と述べている。(49) この真意について、彼は次のように説明する。

世に言うイスラム原理主義は、パキスタンの場合、人々の間から湧き起ったものではない。それは上から押しつけられたものである。独裁的な政権は、信仰のレトリックを採用することの有用性に気づくものだが、理由は人々が信仰の言葉を敬い、それに逆らうことに尻込みするからである。かくして宗教が独裁者のてこ入れをする結果になる。つまり力ある言葉――信用を失い、特典を失い、嘲笑されるのを人々が見たがらない言葉――によって、人々を包囲してしまうのだ。[50]

ここで明らかに示されている通り、ラシュディが否定しているのは、クルアーンによって個人の私的な生活から社会制度までを様々に規定するイスラム教の本質そのものではなく、あくまでそれを己の目的の遂行のために「政治的空間」に導入しようと企む独裁権力に他ならない。換言すれば、彼は強権的な政治権力が、イスラム教の「言葉」を恣意的かつ暴力的に利用している現状を非難しているのだ。

『恥』において、政治権力とイスラム教の微妙な関係性は、その教義を「政治的空間」へと導入しようと試みる独裁者ラザと原理主義的な宗教指導者ダウード師の――表面的に見れば強固な同盟関係のように見える――すれ違いという形で表現されている。批評家スティーヴン・モートンが論じているように、ダウード師はズィヤーウル＝ハク大統領に多大な影響を与えたとされるパキスタンの実在の宗教家アブール・アーラー・マウドゥーディーを明らかにモデルにしている。[51] 彼はいわゆる「イスラムの近代化」路線とは異なった立場を採り、「正典を他者の基準や原理に関連づけて解釈、理解すること自体」が既にイスラムの破壊に他ならないと考えていた。[52] しかしながら、モートンによるとマウドゥーディーはホメイニなどとは違い、「実際には、自身がイスラム革命と呼ぶものを達成するために過激な社会的・政治的変革を提唱したことはなかったし、ナショナリズムは世俗的であるという前提から、イスラム国家のような概念にも反対していた」。むしろ、彼の言う「イスラム革命」とは社会の中で文化的かつ教育的に進められる漸進的な変革のプロセスに他ならず、その点で彼の方針は「イスラム化を進めるために国家権力を利用した」ホメイニやズィヤーウル＝ハクのそれとは対照的でさえあったのだ。[53]

このように、社会のイスラム化を進めるに当たってまず国家体制――すなわち「政治的空間」そのもの――の変革を重視したズィヤーウル＝ハクと同じく、『恥』において権力の頂点に立ったラザは、あくまで公共圏や「私的空間」における漸進的イスラム革命を主張するダウード師の教えを「誤読」し、国中の大企業に陸軍将校を派遣して軍事独裁を強化しつつ、「神の御名のもとでの安定」というモットーを掲げて強権的で急進的な政策を実行に移していく。[54] 例えば、彼は酒類を一切禁止し、全てのテレビ番組を宗教中心のプログラムに改変したばかりではなく、ムハンマドへの祈りを忘れた人間や浮浪者たちを投獄し、非合法化された人民戦線のメンバーを大量に逮捕するよう命じた。[55] また、彼は英国のテレビ・インタヴュアーが「鞭打ちや、手を切り落とすといった［中略］イスラム的刑罰」の復活について質問した際には、次のように答えている。

これらの法は、われわれが虚空から勝手に取り出したものではないということですよ、あなた。これらは神聖なる神の御言葉なのです。聖なる書物に示されていますように。これらが神聖なる神の御言葉である以上、野蛮であるはずがないのです。[56]

しかしながら、ラザは次第に自身の権力を濫用するようになり、最終的にイスカンダルを断罪して処刑しただけでなく、前政権で警察長官のポストにあったウルハックまでもクーデタ未遂の罪で粛清するのである。[57]『恥』の匿名の語り手は、政治権力によって利用され強制された信仰に人々が次第に「うんざり」し始め、終いには独裁者が「神まで道連れにして」倒れ、「国を正当化する神話」さえ同時に破壊してしまうと述べている。[58] 彼はそのあとにやって来る事態が国家の分解か新たな独裁か、或いは「自由、平等、友愛」という第三の道なのかについては断定を避けているが、[59] 少なくともこの物語の終盤で特に興味深いのは、（架空の）パキスタンという男性社会においてまさに「政治的空間」の支配者となったラザが、権力を失って群衆に公邸を取り囲まれた挙句、ヴェールで顔を包んだ「女性の服装をして」逃亡したという点である。[60] しかも、皮肉なことに失脚した彼が落ち延びた先は、オマル・カイヤームの三人の「母親」たちが暮らすあの屋敷であった。かつてオマル・カイヤームの弟バーバルを戦闘にて殺害していたラザは、ここで息子を失った三姉妹の復讐によって処刑される。このように、「政治的空間」の支配者であるはずの国家元首が「女の格好」をして逃亡し、更には専ら「私的空間」に押し込められて生きてきた女たちによって殺されるという『恥』の衝撃的な結末――もちろん、ラザにとってはそのこと自体が大いなる「恥」に違いないのだが――は、決して勧善懲悪の説教的なものではない。[61] こうしたエンディングはむしろ、「私的空間」に閉じ込められたものたちによる抵抗の可能性、或いはそれに対する一種の期待を象徴的に暗示しているのである。

4　悲劇の英雄ではない
――「私的空間」から見たイスカンダル・ハラッパー独裁

ポストコロニアル思想家であり運動家であったフランツ・ファノンは、『地に呪われたる者』(*Les Damnés de la Terre*, 1961) の第三章において独立後の旧植民地諸国における独裁制の問題を採り上げ、「しばしば一面的な精神の持ち主、しかも生まれたばかりのブルジョワジーに属する人たちは、強大な権力による国の管理、まさしく独裁こそが、後進国における必然であると絶えず繰り返してやまない」と論じている。彼は続けてこう書く。

このような展望のもとに、党は大衆を監視する任務を負わされる。党は、大衆を国の仕事に現実に参与させるためでなく、権力が大衆の服従と規律を期待していることを絶えず想起させるために、行政と警察を一手に掌握して大衆を統制する。自ら歴史に動かされていると信じ込み、自ら独立当初に不可欠と考えるこの独裁は、実にブルジョワ特権層の決意――最初は民衆の支持を得て、だがやがて民衆に抗して後進国を指導せんとする決意――を象徴する。党が徐々に情報機関に変貌するということは、権力がますます守勢に立ちつつあることの指標である。[62]

この著作の中で、ファノンは旧植民地の支配層である民族ブルジョワジーを徹底的に批判しているが、まさにラシュディの『恥』において、こうした悪しきブルジョワ独裁と監視社会の在り方を体現している人物こそが、物語の後半で悲劇的な最期を遂げる前首相イスカンダル――彼は海外で教育を受けた裕福な家庭の子息である――に他ならない。

ここで少し時間を遡ろう。既に述べたように、民意を無視した軍事独裁体制の確立と急激なイスラム国家化を推進したラザは、逮捕拘留していたイスカンダルを（彼の従弟で前建設大臣の）リトル・ミール・ハラッパー暗殺の罪で処刑する。[63] イスカンダルは人民戦線議長として総選挙に勝利後、イスラム社会主義を標榜して開発独裁路線を推し進め、国家・社会の近代化に努めたが、実のところ作中で「新しい世紀を開く男」と呼ばれ、最後には「歴史」を剝ぎ取られて死んだこの人物は、[64] 決して悲劇の英雄ではなかった。例えば「アレキサンダー大王」と題された物語の第九章では、英国のテレビ・インタヴュアーが（言うまでもなく、これと似たシーンが後のラザ・ハイダル独裁下でも繰り返されるのだが）彼の統治について「貴族的で」かつ「独裁的で、不寛容で、圧政的なものではないか」という懸念を表明している。[65] また「議論を一切好まなかった」という首相イスカンダルは、自身の閣僚の中にすら紛れ込んでいる不満分子を徹底的に弾圧するため、警察長官ウルハックに銘じて「国家公安警察」を設置し、まさにファノンが警告していたような専制体制及び監視国家を作り上げるのである。(66)

しかしながら、『恥』においてイスカンダルによる暴虐や恐怖政治は直接的には描写されていない。むしろ、それを象徴的に提示するのは彼の妻であるラーニが紡いだ十八枚ものショールの刺繍——ブレンドン・ニコルスの言葉を借りれば、それは「抑圧の切れ目のなさを象徴する最たるもの」である——に他ならない。(67) 興味深いことに、「記憶を永遠に保存する」ために編まれたこれらのショールにおいて、(68) 常に「私的空間」に閉じ込められてきた女性ラーニは、まさにその立場から「政治的空間」の愚かしさや恐ろしさを告発するのである。つまり、ここに描写されているのは「私的空間」から見た、「政治的空間」の王イスカンダルの醜悪な姿なのであり、それは作中で匿名の語り手が次のように言う「自然淘汰」としての歴史への抵抗である。

〈歴史〉は自然淘汰である。過去の突然変異体は、支配権をかけて闘う。事実の新しい種が出現し、古いトカゲ類の真実は、目隠しされて壁の前に立たされ、末期の煙草を吸う。強者の突然変異種のみが生き残る。弱者や、無名のものや、敗者たちは、殆ど痕跡を残さない。[中略] 歴史は、彼女[歴史]を支配した者のみを愛する。(69)

ラーニは歴史の中に埋もれていく者としての己の宿命を受け入れながらも、自身の「証言」を十八枚のショールという形で後世のために遺すことを企図する。これは「私的空間」に拘束された女性にとって可能な数少ない政治的手段の一つであると同時に、より長期的な視点から見るならば、この沈黙の意思表明はまさに、「私的空間」からの告発による男性中心の「政治的空間」打倒の可能性をも仄めかしているのである。「イスカンダル大王の恥知らずな所業」と題されたラーニのショールに描かれているのは、例えば快楽主義者としての夫の堕落した姿であり、(71)彼が「大臣や、大使、議論好きなウラマー、工場主、召使、友人といった人たちに対して手を振り上げている」姿であり、(72)彼とその「スパイ」たちの行ないやおぞましい「拷問」の場面である。(73)ここでは、イスカンダルが秘密警察を手足の如く使って恐るべき政治弾圧を行なっていた事実が明るみに出され、更には民主化政策の基盤であったはずの総選挙で人民戦線による組織的不正がなされていたことまでが暴かれる。(74)そして後半のショールには、「直角に横たわっている数々の屍、生殖器を切り落とされた男たち、胴から切り離された脚の群れ、顔のあるべきところに流れ出している内臓」などが描き込まれ、(75)分離主義運動を進めた「不満分子」に対する政権側の凄惨な粛清と虐殺の事実が暗示されている。こうした「政治的空間」における悪逆の数々は、ラザ・ハイダルが州首相時代に行なった暴政とは比べものにならなかったと言いつつ、ラーニは自身とイスカンダルの娘アルジュマンドに（恐らくその意識の中で）こう語りかける。

それは、到底比較にもならなかったからなのよ、アルジュマンド。これが民衆の味方、大衆の心を動かす巨匠と言われた男の振舞いとはね。私はショールに描いた屍の数が分からなくなってしまった。二十だったかしら、五十かしら。なにしろ何万、何十万という死者だったのでね（正確な数など誰にもわからないの）。だから流された血を表わすには、地上のありとあらゆる深紅の糸を使っても、まだ足りないくらいだった。(76)

『恥』の匿名の語り手は作品の後半で、当初は極めて男性的なものになるだろうと想定されていた流血と権力闘争の物語が、結果として「どうやら女性たちに乗っ取られてしまったようである」と書いている。[77] こうした表現は先に引用したラシュディ自身の発言とも重なるが、他方で語り手はここで更に「私の〈男性的な〉筋立てを、いわばその裏返しの、女性の側のプリズムを通して、屈折させて見ざるを得なくなった」と付言している。要するに、「彼女たちの物語は、男性の物語に照明を与え、ときには男性の物語を包含さえしてしまう」のである。[78]

また重要なことに、彼は「政治的空間」、公共圏、そして「私的空間」の抑圧者である男性たちさえもが、実のところ極端なまでに自己に対して抑圧的にならざるを得ないという点を指摘した上で、「たとえどれほど圧政的であろうと、当然のことながら、女性という女性すべてが体制に圧し潰されてしまうわけではない」と断言する。[79] つまり、ラシュディは「私的空間」を象徴する存在であるラーニのショールを通して「政治的空間」の不正を告発しているのであり、それはここで「悲劇の英雄」として理想化されたイスカンダル像を解体すると共に、その醜悪な真実の姿を別の形で神話化している。そして恐らく、それは女性たちによる抵抗の証――或いはその遺物――として（これからも続いていくかもしれない）独裁と暴力の時代に対して、静かに投げかけられているのである。

5　暴走するスーフィアの破壊衝動と「恥」

多くの批評家が既に指摘しているように、ラシュディの独裁者フィクションにおいて、まさにその主題でもある「恥」を体現する最たる存在がラザの娘であり、精神上・身体上の重篤な疾患を先天的に負ったスーフィア・ゼノビア・ハイダルである。ジョン・クレメント・ボールが「風刺」とポストコロニアル小説について論じた著作で指摘しているように、この登場人物は「彼女の恥知らずな家族が認めようとしなかった、退けられてき恥の集積」であり、「恥」そのものが「彼女の身体に浸透している」[80]。スーフィアは一度男の子を死産したビルキースの産んだ子供であり、死んだ息子の「生まれ変わり」を望んでいたラザにとってはまさにその誕生自体が「恥」でしかなかった。彼女は話すことができず、いわば「声」を奪われた——そして超自然的存在であるがゆえに、どこまでも無垢な——人物としてシンボリックに提示されており、後に夫となったオマル・カイヤームとも床を共にすることはなかった。

しかしながら、他方で彼女は自分の髪を衝動的に引きちぎったり[81]、夢遊病者の如く家を抜け出して七面鳥を殺したりと[82]、常に自己破壊的かつ暴力的な欲動に取り憑かれている。スーフィアはまた、パーティーで暴れてウルハックに襲い掛かり[83]、第十章の終盤では夜の街で四人の男たちを惨殺し[84]、夫オマル・カイヤームに麻酔を注射されて仮死状態となる[85]。だがその後、彼女は自宅の屋根裏部屋を抜け出して行方不明になり、ラザ・ハイダル政権が崩壊に向かう激動の中、「白ヒョウ」という凶暴な「野獣」の姿で国中のあらゆる場所に再び姿を現すのである[86]。この恐るべき「白ヒョウ」の噂はたちまち全国津々浦々に広がり、人々の間で独裁政権打倒の機運が高まってゆく。このことは恐らく、抑圧的「私的空間」を脱出したスーフィアが、一種の抽象的存在として（架空の）パキスタン全土の公共圏言説を席巻し、「政治的空間」変革へと向かうエネルギーを民衆に伝播させたということに違いない。

植民地支配からの独立分離後の（架空の）パキスタンを描いたこの『恥』という独裁者小説において、スーフィアは究極的に無垢な存在であると共に、ハイダル一族と国家の「恥」の化身であり、果てしのない凶暴性を内に秘めた驚異的存在でもある。そして匿名の語り手が言うように、「〈野獣〉の力が強大になればなるほど、〈野獣〉の存在自体を否定しようとする努力も増し……こうしてスーフィア・ゼノビアは、家族の者が殆ど死に絶えたあとも生き残った」のである。[87] 言うならば、一種の狂気に侵されたこのファンタジー的登場人物は、独裁体制の成立によって「政治的空間」や公共圏から排除され、「私的空間」に閉じ込められた女性たちの「沈黙」や剝奪された「声」を象徴し、こうした人々の間に鬱積した怒りの感覚を体現した存在であるだけでなく、他方で権力側から彼女たち自身に向けられた獣じみた暴力や抑圧を吸収した「恥」――もしくは「恥知らず」――の感覚の暗喩的集合体でもあるのだ。その点で、文字通り「私的空間」から夢遊病的に離脱することのできるこのスーフィアという超自然的存在は、この空間の中で今にも爆発しそうな女性たちの憤怒と、彼女たちに対してなされてきた「政治的空間」からの暴力や抑圧との交錯点に他ならないのであり、物語の後半で臨界点に達し暴発するこの「恥の化身」の制御不能な破壊衝動は、まさに（架空の）パキスタンにおける新たな社会体制構築に向けたエネルギーとなるのである。

だがもちろん、匿名の語り手が作中で強調していた通り、果たして独裁のあとにやって来る未来が国の崩壊なのか、別種の独裁なのか、或いは「自由、平等、友愛」に基づいた第三の道なのかは、決して誰にも分からないのである。

【註】

（1）David W. Hart, "Making a Mockery of Mimicry: Salman Rushdie's *Shame*", in *Postcolonial Text*, vol. 4, no. 4 (2008), p. 1.

（2）John Haffenden, "Salman Rushdie", in *Conversations with Salman Rushdie*, ed. by Michael R. Reader (Jackson: University of Mississippi, 2000), p. 50.

（3）井上あえか「パキスタン政治におけるイスラーム」『アジア研究』四九巻一号（二〇〇三年）六―七頁

（4）前掲書、七頁。表記の統一のため、「イスラーム」を「イスラム」に改めた。

（5）Salman Rushdie, *Shame* (London: Jonathan Cape, 1983), p. 70. 以下、本文中の引用の日本語訳は『恥』栗原行雄訳（早川書房、一九八九年）を用いる。

（6）Ibid., p. 29.

（7）Ibid., p. 28.

（8）自身の家族が一時期カラチに住んでいたため休暇の際に度々訪れていたとはいえ、イギリスでエリート教育を受けたラシュディ本人は『恥』の（事実上の）舞台であるパキスタンに定住したことはなかった。

（9）まさにこうした批判を受けたことにより、ラシュディは『恥』の出版後パキスタンで著しく不人気であった。詳細は以下を参照。Nasser Hussain, "Hyphenated Identity: Nationalistic Discourse, History, and the Anxiety of Criticism in Salman Rushdie's *Shame*", in *Qui Parle*, vol. 3, no. 2 (fall 1989): pp. 5-6.

（10）David Brooks, "Salman Rushdie", in *Conversations with Salman Rushdie*, ed. by Michael R. Reader (Jackson: University of Mississippi, 2000), p. 60.

（11）Haffenden, "Salman Rushdie", in *Conversations*, p. 44.

（12）Salman Rushdie, "Outside the Whale", in Granta, vol. 11 (spring 1984). <https://granta.com/outside-the-whale/>.

（13）Haffenden, "Salman Rushdie", in *Conversations*, p. 39.

（14）Ibid., p. 39.

（15）Ibid., p. 49.

（16）Andrew Teverson, Salman Rushdie (Manchester, Manchester University Press, 2007), p. 137; Catherine Cundy, *Salman Rushdie* (Manchester: Manchester University Press, 1996), p. 44. ここで言う「閉じた」スタイルとは、あくまで物語のプロットや構造を指している。他方で、他の文学作品への頻繁な言及が見られるという点では、『恥』はそれらに対して「開かれた」テクストでもあると言える。本作の間テクスト的要素については、Hart, "Making a Mockery of Mimicry", *Postcolonial Text*, v. 4, n. 4, pp.

16-8を参照。

(17) Brooks, "Salman Rushdie", in *Conversations*, p. 66.

(18) Kathryn Hume, "Taking a Stand while Lacking a Center: Rushdie's Postmodern Politics", in *Philological Quarterly*, vol. 74, no. 2 (spring 1995): p. 209.

(19) ユルゲン・ハーバーマス『第2版 公共性の構造転換――市民社会のカテゴリーについての探究』細谷貞雄・山田正行訳（未来社、一九九四年）一四–五頁

(20) 前掲書、一四頁

(21) 前掲書、五〇頁

(22) 前掲書、二一五、二一四頁

(23) Rushdie, *Shame*, p. 130.

(24) Ibid., p. 60.

(25) Ibid., pp. 61-62.

(26) Ibid., p. 93.

(27)『恥』に対するフェミニスト的読解の総括は以下を参照。Ayelet Ben-Yishai, "The Dialectic of Shame: Representation in the MetaNarrative of Salman Rushdie's *Shame*", in *Modern Fiction Studies*, vol. 48, no. 1 (March 2002): pp. 194-95.

(28) ハーバーマス『公共性の構造転換』pp. viii-xi

(29) Cundy, *Salman Rushdie*, p. 52.

(30) Teverson, *Salman Rushdie*, p. 141.

(31) Ibid., pp. 141-42.

(32) Rushdie, *Shame*, p. 69.

(33) Haffenden, "Salman Rushdie", in *Conversations*, pp. 47-8.

(34) Rushdie, *Shame*, p. 126.

(35) Ibid., p. 59.

(36) Ibid., p. 77.

(37) Ibid., pp. 78-9.

(38) Ibid., p. 79.

(39) Ibid., p. 100.

(40) Ibid., p. 94.

（41）Ibid., p. 95.
（42）Ibid., pp. 98, 99.
（43）Ibid., p. 111.
（44）Ibid., pp. 119-20.
（45）Ibid., p. 115.
（46）Ibid., p. 151.
（47）Ibid., p. 172.
（48）Samir Dayal, "The Liminalities of Nation and Gender: Salman Rushdie's *Shame*", in *The Journal of the Midwest Modern Language Association*, v. 31, no. 2 (winter 1998): p. 43.
（49）Rushdie, *Shame*, pp. 250-51.
（50）Ibid., p. 251.
（51）Stephen Morton, *Salman Rushdie: Fictions of Postcolonial Modernity* (Basingstoke: Palgrave Macmillan, 2008), p. 57.
（52）井上「パキスタン政治におけるイスラーム」『アジア研究』四九巻一号、八頁
（53）Morton, *Salman Rushdie*, p. 58.
（54）Rushdie, *Shame*, p. 249.
（55）Ibid., p. 247.
（56）Ibid., p. 245.
（57）Ibid., p. 250.
（58）Ibid., p. 251.
（59）Ibid., p. 251.
（60）Ibid., p. 262.
（61）ラザのモデルとなったズィヤーウル＝ハクは、『恥』の出版時点では未だ権力の座にあったため、この結末はラシュディによる創作である。ちなみに、ズィヤーウル＝ハクは一九八八年に飛行機墜落事故によって大統領在任のまま急死している。
（62）フランツ・ファノン『地に呪われたる者』鈴木道彦・浦野衣子訳（みすず書房、二〇一五年）一七五頁
（63）Rushdie, *Shame*, p. 195.
（64）Ibid., p. 177.
（65）Ibid., p. 183.
（66）Ibid., p. 184.

(67) Brendon Nicholls, “Reading “Pakistan” in Salman Rushdie’s Shame”, in *The Cambridge Comparison to Salman Rushdie*, ed. by Abdulrazak Gurnah (Cambridge: Vambridge University Press, 2007), p. 115.
(68) Rushdie, *Shame*, p. 191.
(69) Ibid., p. 124.
(70) Ibid., p. 191.
(71) Ibid., pp. 191-92.
(72) Ibid., p. 192.
(73) Ibid., p. 192.
(74) Ibid., pp. 193-94.
(75) Ibid., pp. 194-95.
(76) Ibid., p. 195.
(77) Ibid., p. 173.
(78) Ibid., p. 173.
(79) Ibid., p. 173.
(80) Clement Ball, *Satire and the Postcolonial Novel: V.S. Naipaul, Chinua Achebe, Salman Rushdie* (New York: Routledge, 2003), p. 138.
(81) Rushdie, Shame, pp. 135-36.
(82) Ibid., pp. 138-39.
(83) Ibid., pp. 170-71.
(84) Ibid., p. 219.
(85) Ibid., pp. 235-37.
(86) Ibid., pp. 252-55.
(87) Ibid., p. 200.

第六章
独裁者の時代に（結論）

ウィリアムズ、バーンズ、そして二十世紀の終わり――

1　冷戦とアメリカの世紀——アップダイク、ウィリアムズからバーンズへ

これまでに何度も見てきた通り、英語圏における独裁者フィクションの系譜は、米ソによる冷戦と不可分な形で展開してきた。実際、第一章と第二章で考察したアーサー・ケストラーやジョージ・オーウェルの小説から、第三章で論じた「核時代」のSF的作品群、そして第四章と第五章で見てきたポストコロニアル地域のテクストに至るまで、架空の独裁者の表象は多くの場合、資本主義陣営と社会主義陣営の「冷たい戦争」の歴史と多かれ少なかれ連動しつつ変遷してきた。特に、第四章の冒頭で概観したジョン・アップダイクの小説『クーデタ』(*The Coup*, 1978)は、こうした東西対立を背景としつつ、アメリカとの「パートナーシップ」がアフリカの発展途上国にもたらす恩恵と危険性の両方を戦略的に描き出していたと言える。ソ連と並ぶ超大国アメリカとの関係性は、両陣営の間で揺れるアフリカやアジアの弱小国にとって常に大きな課題であった。しかしながら、西側諸国の盟主であるこの覇権国家は——自国の民主主義の優位性を全世界に向けて高らかに誇示しつつも——他方でアップダイクの作品に見られるように、飢餓に苦しむ小国の不安定な情勢に巧みに介入し、傀儡となる独裁者や非民主主義的な体制を次々に生み出していったのである。

冷戦期のアメリカが孕むこの矛盾は、アップダイクの『クーデタ』からちょうど十年後に出版されたジョン・A・ウィリアムズの独裁者小説『ジェイコブの梯子』(*Jacob's Ladder*, 1987)にも描き出されている。一九二五年生まれの米国の黒人作家ウィリアムズは、非常に多作でありながら現在では殆ど一般に知られていない、いわば忘れられた書き手である。アップダイクの小説とやや似た物語の構図を持つ『ジェイコブの梯子』は、正直なところ文学作品としてそれほど成功しているわけではないが、少なくとも彼はアメリカCIAによるアフリカの独裁国家の転覆という題材を、冷戦というグローバルな視点から手際よくまとめ

ている。ヴェトナム戦争以前の一九六〇年代における西アフリカの架空の国家パンデミを舞台にしたこの作品において、中心となるのは権力掌握以来まだ一度も総選挙を実施していないという同国の専制的な指導者チュマ・ファセケ大統領と、その旧友でアメリカに渡り軍人となった主人公ジェイコブ（ジェイク）である。ジェイコブが大使付の士官として故国パンデミに赴任したところから、物語は大きく動き始める。[1]

ソ連や中国といった東側陣営と西側の資本主義陣営との間で翻弄されまいとする独裁者ファセケ大統領は、文字通り「海と空から」パンデミが「アメリカ人たちに監視され続けてきた」ことを認識しつつ、[2]隣国テミアンの援助を受けて自衛のための核開発を進めている。しかし、ファセケもジェイコブも預かり知らぬうちにCIAの陰謀によって軍事クーデタが計画され、大統領の外遊中に政府が転覆し核施設は破却される。作中で明言されているように、冷戦下のパンデミには「強国が群がって」おり、それらは常に「力を維持せねばならないと感じている」。[3]こうした中、まさにそのことを例証するかのようにアメリカが行動を起こすのである。作中のある人物の表現を借りるならば、それは「アメリカの世紀」を完全なものにするための作戦に他ならない。[4]独裁者に対するクーデタを指揮したのはムブンデというパンデミの軍人だったが、物語の終盤にはジェイコブの視点から次のように記されている――「チュマ［・ファセケ大統領］の敵はムブンデではなかった。敵はアメリカだった。ジェイクは考えた――俺と同じように、ムブンデもまた道具に過ぎなかったんだ、と」。[5]

ウィリアムズの小説が出版されてから僅か四年後の一九九一年末、ソヴィエト連邦が崩壊して冷戦が完全に終結した。ソ連を中心とする社会主義陣営の「敗北」は、ウィリアムズが見通していた「アメリカの世紀」の完成を良くも悪くも印象づけた。こうした点から、本書の結論部に当たるこの章では、奇しくもその翌年に出版されたジュリアン・バーンズの独裁者小説『ポーキュパイン』（*The Porcupine*, 1992）と、それに続く

『イングランド・イングランド』（*England, England*, 1998）を採り上げ、一九八〇年代以降のイギリス文壇を代表する存在であるこの作家の両テクストが、冷戦及び二十世紀の終わりという新時代の出発点において、「過去」という巨大な亡霊に如何にして対峙するべきかを探求していたこと、そして（特に後者において）資本主義の「勝利」後における新たな独裁者のモデルを預言しようとしていたことを明らかにする。

冷戦、或いはその終結といった大きな歴史的枠組みから戦後イギリスの文学史を読み直そうとする試みは近年、アンドリュー・ハモンドの二冊の著作『英国小説と冷戦』（*British Fiction and the Cold War*, 2013）と『冷戦の物語――英国ディストピアン小説　一九四五―一九九〇年』（*Cold War Stories: British Dystopian Fiction, 1945-1990*, 2017）、及びダニエル・コードルの単著『冷戦後期の文学と文化――核の一九八〇年代』（*Late Cold War Literature and Culture: The Nuclear 1980s*, 2017）などに結実しているが、これらの中でバーンズの作品は必ずしも詳細に論じられているとは言えない。それゆえ、彼のとりわけ政治的なテクストである『ポーキュパイン』と『イングランド・イングランド』を冷戦とその後の社会に対する一種のクリティークとして、もしくは二十世紀後半の英語圏文学を「独裁者フィクション」という新たな視点から再検討する試みの一環として分析することには、重要な意義があると考えられる。

2　新自由主義、グローバリズム、独裁者

出版の時系列順で言えば逆になるが、本章ではまずバーンズの代表作の一つでもある『イングランド・イングランド』の独裁者小説的な側面に着目してみようと思う。よく知られているように、バーンズはブッカー賞受賞作『終わりの感覚』（*The Sense of an Ending*, 2011）などで名声を博してきたイギリス屈指の人気作

家である。彼は出世作『フロベールの鸚鵡』（*Flaubert's Parrot*, 1984）や『10 1/2章で書かれた世界の歴史』（*A History of the World in 10 1/2 Chapters*, 1989）といった作品群によって、一九八〇年代より既にポストモダン文学の旗手と目されていたが、この『イングランド・イングランド』もまた膨大な知識とユーモア、そして文学的な実験や奇想天外な設定などを特徴とする小説である。しかしその一方で、このテクストにはこれまでのバーンズ作品には希薄だった「イギリス」――とりわけイングランドやイングリッシュネス――そのものに対する直接的な風刺や批評の眼差しが見られる。

『イングランド・イングランド』は独裁的なカリスマ経営者を中心に据えた一種の企業小説であると同時に、架空の国家を描いたディストピア小説でもある。主要な登場人物はビジネス・ウーマンのマーサ・コクランと、彼女を雇用した大資本家で「ピットマン・ハウス」経営者のサー・ジャック・ピットマン、及び彼の下で腹心として働くポール・ハリソンの三人である。「イングランド」と題された第一部にはマーサのみが登場し、彼女の生い立ちや幼少時の記憶、そして記憶というものそれ自体の真実性に関する思索が綴られる。物語が実際に動き始めるのは続く第二部「イングランド・イングランド」に入ってからであり、ここではサー・ジャックがイングランド南部のワイト島に、ありとあらゆるイギリス文化の粋を集めた壮大なテーマ・パークを建設しようとしていることが明かされる。ロビン・フッド伝説やシェイクスピア、或いは紅茶やロンドン塔や二階建てバスやバッキンガム宮殿まで、様々な「英国的」なものを徹底的に模倣して一大娯楽施設を作り上げた彼は、遂に本物の王室までをワイト島に呼び寄せて、この新たな「イングランド」を本国から独立させてしまう。一方、ポールと交際し始めていたマーサは、あるジャーナリストと結託してサー・ジャックの破廉恥なセックス・スキャンダルを暴き、経営の実権を掌握する。しかしながら、名誉職に祭り上げられていたサー・ジャックはポールを味方につけて権力を奪還し、続いてマーサを追放してしまう。第三部「アングリア」は失脚後のマーサの姿を描いているが、ここではワイト島の「新たなイングランド」が独裁者サー・ジャックの指導下で商業的に大成功を収める一方で、「アングリア」と名前を変えた本来のイングランドが著しく衰退していく様子が表象されている。皮肉なことに、複製品やコピーといった「偽物」から成り立つ前者に大量の観光客が集まっているにもかかわらず、経済的活力を失った「本物の」イングランドでは、人々が次第に文明化以前の原始的生活へと回帰してゆくのである。

本作においてマックス博士という登場人物が彼のことをドゥーチェ（イタリア語で指導者や総統の意味であり、ベニート・ムッソリーニの肩書であった）と呼んでいることからも推察されるように、[6]ピットマン・ハウスの総帥サー・ジャックには——メディア王ルパート・マードックのような実在の資本家たちに加えて——ファシズムや独裁制といったネガティヴなイメージが投影されている。だがもちろん、それらが示唆しているのは、彼が単にトップダウン型のいわゆるワンマン経営者であるということだけではない。

ここで重要なのは、彼がワイト島に開設したパークが娯楽施設であると同時に独立国家でもあるという点である。この施設を訪れるのは社会的信用のあるクレジット・カード保有者、とりわけ富裕層や高額所得者などであり、そのため島は経済的に非常に恵まれた状況にある。そして作中に「ここには国家による干渉は存在しない」とあるように、この島はいわば「純粋な市場国家」、すなわち明確な政体や法体系、内政や外交に関する方針などを持たず、専ら経済活動だけに特化した特殊な体制なのである。[7]言うまでもなく、こうした国家体制は、政府による経済活動への介入を極限まで撤廃して、できる限り規制のない状況下での競争を推し進めようとする二十世紀後半の新自由主義の考え方と似通っている。要するに、米国のロナルド・レーガン政権や英国のマーガレット・サッチャー政権が推し進めて西側諸国における巨大な潮流となった新自由主義とは、民営化や法制度上の規制撤廃といった形で「小さな政府」を目指す運動、極論すれば「国家」や

「政府」といったものの管轄を最小化していく試みであった。しかしながら、一見すると合理的なこの新自由主義体制下においては、全てのものが自由競争という経済原理の中へ否応なく投げ込まれていくという結果が生じる。そして皮肉なことに、資本主義の究極的な形態としての新自由主義は、市場による自由競争を重視し、それに対する政府の支配や統制を否定するという点で、いつの日か完全な共産主義社会が成立すれば国家は消滅してなくなると考えたフリードリヒ・エンゲルスやカール・マルクスの思想とも繋がる。いわば、資本主義も共産主義も突き詰めれば「国家」の否定へと至るわけであり、この小説に描かれる「新たなイングランド」はそれを端的に風刺しているとも言える。

いささか逆説的ではあるが、この『イングランド・イングランド』が一種の——独創的な——独裁者小説であるのは、サー・ジャックの築き上げたテーマ・パーク＝企業＝国家が、人民を抑圧する無慈悲な法体系を有しているからでも、全体主義的なイデオロギーを人々に強権的に押しつけているからでもない。むしろ、サー・ジャックや（その権限を一時代行していた）マーサが独裁者然として振舞えるのは、そこに憲法や絶対的な「法」が不在であるからに他ならない。作中に描かれる「純粋な市場国家」であるこのワイト島のテーマ・パークには、成文化された法体系のみならず、いわゆる法律家も、裁判所のような司法機構や刑務所などの施設も全く存在していない。そのため、あらゆる処罰は「管理上・行政上」の処置として(8)、主に契約書の内容に基づいてなされる。人々は国家から何ら統制を受けていないように見えるが、実のところ民主的な選挙制度や司法制度がないこの島においては、「契約」が人民の全ての行動を縛っており、事実上それが法律の代替物となっているのである。物語内で契約違反事項であるセクシャル・ハラスメントの疑惑によって国王さえもがマーサに問い詰められているように、新自由主義の根幹をなす基本的な要素である「契約」というものが、法律に代わって人間を逆に支配し自由を制限するものとなるのだ。

言うまでもなく、こうした法の不在は独裁者による恣意的な処罰——それは時として人権を侵害するものにもなりうる——をもたらすという点において、大いに問題含みである。事実、法律のないこのパーク＝国家において、契約違反の「密輸」に加担していた従業員たちは観客が見守る中で一斉摘発され、「再教育」の名の下、非人道的で前近代的な扱いを受ける。契約を破った彼らは裁判すら受けることなく、晒し台に固定されたり、過酷な労働に従事させられたりするわけであるが、[9]これらは重大な人権の蹂躙であるだけでなく、ソ連やナチス・ドイツのような全体主義国家さえも想起させる。これら一連の罰は、全てがある種のエンターテイメントとして観客に公開されているが、実のところ「純粋な市場国家」であるこの島では、こうした非人道的行為さえもが、見世物として商品価値を持つのである。言い換えれば、一見して魅力的なテーマ・パークのように見えるこの島は、資本主義の名の下で人権を抑圧し、ありとあらゆるもの全てを商品化し金銭に変えてしまうディストピア社会と化しつつあるのである。作中には『タイムズ』紙をはじめとするメディアが情報を選別し、プロパガンダや意図的に都合の良いニュースだけを垂れ流しているという旨の記述さえあるが、[10]そのことからも、このパーク＝国家が当初の予想を超えた恐るべき場所になりつつあることが暗示されている。

このように、『イングランド・イングランド』は二十世紀後半に加速した新自由主義を風刺した独裁者小説として読むことが可能である。[11]無論、この作品で表向き問題にされるのは、専らイングランドのナショナリズムやイングリッシュネスの概念であるが、他方でその背後には常にアメリカ式グローバリズム、或いは覇権国家アメリカ流の資本主義の影が窺える。批評家グレッグ・ルービンソンがジャン・ボードリヤールのシミュラークル論を引きながら指摘しているように、そもそも「テーマ・パーク」という舞台装置そのものが、「アメリカ資本主義のこれまでで最も純粋な顕現」である。[12]作中でサー・ジャック率いる企業体は、ワイト島の州議会への巧みな裏工作と莫大な経済資本を武器にして、この地域を独立国家に仕立て上げた。彼は当初こそ島を買収しようとしたが、現地議会の反対に遭うと、そもそも「所有権という概念自体」こそが「時代遅れなもの」であると思い直し、その土地を「所有する」することなく実質的に「支配」する道を選ぶのである。(13)

もちろん彼のこうした方法論は、部分的には十九世紀以来のヨーロッパ帝国主義に由来するものであるが、実質的には二十世紀後半以降のアメリカが主導した「グローバル化」の手法にも基づいていると言えるだろう。例えば、かつての大英帝国は武力のみならず、自由貿易がもたらす経済力と政治的知略を駆使することによって植民地の拡大を推し進めた。サー・ジャックが州議会に配慮し、場合によっては適度に譲歩しているのと同じように、大英帝国は有無を言わさず当該地域を武力占領し直轄支配する代わりに、場合によってはそれらの自治権を認めたり（オーストラリアやカナダなど）、現地人の君主や諸侯に一定の権威と権限を与えたり（エジプト、中東、インド）、或いは「委任統治」や「租借」という形で合法的に統治を「代行」したりする方法によって、帝国の版図を拡大してきたのである。つまり、大英帝国はピットマン・ハウスと同じく、一見して相手国への「配慮」とも見える姿勢を示しつつ、巧みに支配権を拡大し当該地域を搾取していったのだ。

しかしながら、大英帝国をはじめとするヨーロッパの帝国主義や植民地主義が、自由貿易を重視しつつもあくまで「領土支配」という発想に縛られていたのと異なり、二十世紀における「アメリカ帝国主義」は、（強大な軍事力を背景にしつつ）そうした知略と経済力に基づく世界支配を更に徹底して実践していった。もちろんフィリピンなど幾つかの例外はあったにせよ、アメリカは原則的に「植民地なき帝国」ないし「非公式帝国」であり、かつての大英帝国のように海外領土を積極的に獲得することなしに、世界中の多くの国や地域を実質的な支配下に置いてしまったのである。(14)『イングランド・イングランド』におけるピットマン・ハウスは言うまでもなくイングランドの企業であるが、彼らのやり方には皮肉にも、こうした「アメリカ帝国主義」的な側面が強く見られる。事実、作中でサー・ジャックの側近マークはこう述べている。

現代世界では、安定や長期的な経済の繁栄は、時代遅れの国家よりも世界規模の企業によって、より効果的にもたらされます。ピットマン・コーポレイションと政府との違いを見れば、答えは一目瞭然です。どちらが拡大し、どちらが縮小していますか？［中略］ピットマン・コーポレイションの考えでは、健全な現代民主主義には経済推進力と政治勢力との分離が欠かせません。(15)

ここでマークはグローバル企業と国民国家を対比させ、前者の優位性を説いている。また彼は、経済と政治権力の分離の重要性を強調し、それを現代における「民主主義」の骨格として捉えているようである。このようにピットマン・ハウスの手法は、民主主義の名の下に、経済資本を用いて他国や他地域を実質的に支配し搾取するアメリカ「帝国」の方針とパラレルになっている。要するにここに描かれているのは、大英帝国の「栄光」に満ちたイメージを復活させようと目論む愛国者サー・ジャックが、まさにアメリカという新たな「帝国」の方法論に無意識のうちに依拠せざるを得ないという、非常に逆説的な状況に他ならないのである。

ルービンソンが「新たなイングランド」の建設と成功を「かつての宗主国に対するアメリカ帝国主義の最終的な勝利」と称している通り、(16)言うまでもなくこのこと自体が、冷戦終結後における同国の絶対的な覇権の確立を裏づけている。こうした点から考えれば、バーンズの『イングランド・イングランド』におけるサー・ジャックのテーマ・パーク＝独裁国家は、極端なまでに推し進められたアメリカ流のグローバリズムや新自由主義が、単なる企業や法治国家の枠組みを越えた一種の専制的な体制を到来させうることを預言しているのである。要するに、もはや国際法上の「国家」制度が骨抜きにされ、一企業によって経済的に支配されてしまったワイト島においては、使用者と労働者（或いはそこに訪問客も含まれるのかもしれない）との間に締結される個々の「契約」が、憲法や法律や条例に代わる絶対的な支配の手段となる。まともな立法制度や司法が事実上存在しないこの「純粋な市場国家」は、自由競争の原理を突き詰めた限りなく「小さな政府」であるがゆえに権力者の暴走を許し、逆に人々の「自由」を抑圧する専制体制と化すのである。このように正常なガバナンスの欠如したグローバル企業は、アメリカ主導の新自由主義体制下において、労働者との間に結ばれた不平等な契約を盾に、あたかも新時代の独裁国家であるかのように君臨するのである。

3　一九八〇年代から九〇年代初頭——新冷戦からアメリカの「勝利」？

もちろん、バーンズのこうした見立ては多分に空想的であり、デフォルメに満ちた過激なものである。だが一方で、この『イングランド・イングランド』に先立つ——より典型的かつリアリスティックな——独裁者小説である『ポーキュパイン』において、作者バーンズは概して冷徹な描写に徹しつつ、既に二十世紀における独裁の在り方を真摯に見詰めていた。バーンズは自国イギリスが覇権国アメリカを盟主とする資本主義陣営の一員でありながら、冷戦期を通じて常にアメリカ帝国主義の経済的、政治的、そして軍事的な影響を受け続けてきたという特異な立場にあることを前提にしつつ、この『ポーキュパイン』の中で東西のイデオロギー対立を相対化し、むしろ旧来の価値観が崩壊した急激な変化の時代における「過去」を巡る倫理的問題を積極的に描いた。こうした点から、ここではひとまず『ポーキュパイン』の歴史的背景を更に明らかにするために、冷戦の終結にまで至る当時の国際政治の動向を再度確認してみたい。

一九八〇年代の中盤から一九九〇年代の初頭にかけて目まぐるしい勢いで変動し続けた当時の国際情勢を正確に理解するのは容易ではないが、少なくとも差し当たって重要なのは、八〇年代という冷戦期最後の十年間が、大きく前半と後半の二つの時代に分断されうるという点である。もちろん、より正確を期すならば、いわゆる「新冷戦」という前半の時代区分は、一九七九年のソ連によるアフガニスタン侵攻がデタントの崩壊を招いて以後のことを指すと言った方が適切であろう。この年、イギリスではサッチャー率いる保守党が総選挙に大勝し、それ以降、ヴィクトリア朝的な価値観への回帰と帝国主義へのノスタルジーに立脚する「サッチャリズム」が伝統的な福祉国家の枠組みを解体していった。サッチャーは社会主義の脅威に対抗しつつ「強い英国」の再建を目指すために、新自由主義政策を推し進めるレーガン時代のアメリカとの同盟関係を強化し、米国製の巡航ミサイルを英国内の軍事基地に配備することに合意した。一方でイギリスや日本と強固な関係を結んだアメリカのレーガン政権は、一九八三年にはソ連を「悪の帝国」と名指しで批判し、同国による核攻撃の脅威を無力化するべく、「戦略防衛構想」（ＳＤＩ）、いわゆる「スター・ウォーズ計画」を発表し、社会主義陣営のみならず西側諸国をも驚愕させた。

核戦争の脅威が現実のものであった一九六〇年代前半――すなわちウィリアムズが『ジェイコブの梯子』で描いた時代――以来、再び世界はカタストロフィの恐怖に覆われたわけであるが、こうした不穏な状況は英語圏の政治活動家だけでなく、数多くの作家や芸術家、そして批評家や思想家たちに大きな影響を与えた。例えば歴史家のＥ・Ｐ・トムスンは『抗議と生存』(*Protest and Survive*, 1980)、『ゼロ・オプション』(*Zero*

Option, 1982)、『スター・ウォーズ』(*Star Wars: Self-Destruct Incorporated*, 1985) といった一連の著作を通して核兵器反対運動を展開したし、彼の妻で社会史家のドロシー・トムスンが編集した『われらの屍を越えて行け』(*Over Our Dead Bodies: Women against the Bomb*, 1983) には、アンジェラ・カーターを含む様々な分野の女性の書き手たちが核問題を論じたエッセイを寄稿した。また哲学者ジャック・デリダは、北米の批評誌『ダイアクリティックス』(*Diacritics*) の特集号に「黙示録でなく、今でなく」("No Apocalypse, Not Now (Full Speed Ahead, Seven Missiles, Seven Missives", 1984) と題した論文を発表し、「核批評」の理論的枠組みを提示した。そしてアメリカではティム・オブライエンが核そのものを主題とした小説『ニュークリア・エイジ』(*The Nuclear Age*, 1985) を出版し、更に少し遅れて、イギリスではマーティン・エイミスが短編集『アインシュタインの怪物たち』(*Einstein's Monsters*, 1987) を刊行した。

こうした新冷戦下における緊張の高まりは、しかしながらソ連国内の経済危機のために次第に緩和していくこととなる。もはやアメリカと軍拡競争を繰り広げるだけの体力を残していなかった同国では、一九八二年のレオニード・ブレジネフの死後、ユーリ・アンドロポフとコンスタンティン・チェルネンコによる短命政権を経て、一九八五年に改革派のミハイル・ゴルバチョフが共産党書記長に登板した。もちろんこれ以降の数年間が先述した時代区分の後半に当たるのであるが、この当時、ペレストロイカとグラスノスチを打ち出したゴルバチョフは、外交においてはアメリカをはじめとする西側諸国との関係改善に乗り出し、冷戦終結へと動き始めていた。事実、急速に接近した米ソの間で一九八七年には中距離核戦力全廃条約が結ばれた。そして一九八九年にはソ連軍のアフガニスタンからの完全撤退が決定され、同年十二月のマルタ会談ではゴルバチョフとジョージ・H・W・ブッシュ大統領が握手を交わし、冷戦時代の終焉が正式に宣言されている。のみならず、これに先立つ十一月にはベルリンの壁が崩壊し、それに前後して東ヨーロッパ諸国の社会主義独裁体制が倒れた。東ドイツではエーリッヒ・ホーネッカーが退陣に追い込まれ、一九九〇年一〇月に冷戦の象徴であった東西ドイツが統一した。また、ハンガリーにおいては指導政党である社会主義労働者党内部の改革急進派によって複数政党制が導入され、ブルガリアでは民衆からの圧力により一党独裁制が放棄された。一方、ポーランドにおいては部分的自由選挙での「連帯」の勝利を機に国家と統一労働者党の指導者であったヴォイチェフ・ヤルゼルスキが事実上失脚し、チェコスロヴァキアのビロード革命ではグスターフ・フサーク大統領と後継者のミロシュ・ヤケシュ共産党第一書記が辞任した。最も血生臭い「革命」を経験したルーマニアにおいては、ニコラエ・チャウシェスク大統領とその妻エレナが逃亡先で反政府軍に逮捕され、銃殺された。

ゴルバチョフによる改革の甲斐もなく、「悪の帝国」ソ連は一九九一年に崩壊し、それによりアメリカは世界唯一の超大国として君臨することとなった。その結果、ウィリアムズが『ジェイコブの梯子』で「アメリカの世紀」と呼んだものが、次の二十一世紀にも続いていくことが確定した。ポスト冷戦時代を特徴づけるイデオロギー闘争の終焉とアメリカ新自由主義に基づくグローバリゼーションについては当時より様々な意見が投げかけられてきたが、例えばフランシス・フクヤマは『歴史の終わり』(*The End of History and the Last Man*, 1992)においてアレクサンドル・コジェーヴの議論を踏まえつつ、資本主義・リベラリズムの勝利と絶え間ない進歩や争いのプロセスとしての「歴史の終焉」を論じた。またそれから数年後、ペリー・アンダーソンはジャン＝フランソワ・リオタールが『ポストモダンの条件』(*La condition postmoderne: rapport sur le savoir*, 1979)で提示した「大きな物語の終わり」の言説に対抗しつつ、自著『ポストモダニティの起源』(*The Origins of Postmodernity*, 1998)の中で、一九八〇年代を境目として人類史上初めて「世界は全ての中で最も壮大な支配の下へ、すなわち自由と繁栄という単一かつ普遍的な物語に向かって、落下し続けている」

と警鐘を鳴らした。[17] ここでアンダーソンは、冷戦後の世界がリオタールの予言とは反対に、むしろアメリカ新自由主義という空前の「大きな物語」へと収斂していったことを皮肉交じりに指摘したのであった。こうした歴史的背景を踏まえた上で、次節では東欧における独裁体制や社会主義政権の崩壊、そしてその後の政治裁判の過程を描出したバーンズの『ポーキュパイン』を分析し、冷戦終結に伴って噴出した様々な問題との関わりから同作を検討する。

4 バーンズの企み——東欧社会主義国の民主化と「過去」との決別？

バーンズは『ポーキュパイン』において、一般民衆の声を物語中に挿入することにより視点の複層化を図るという手法を用いているが、作品全体として見れば、技巧を極力排した本作の叙述スタイルは伝統的リアリズム文学のそれに近いと言える。この小説はいわゆる「東欧革命」直後の架空のソ連衛星国を舞台とし、失脚し逮捕された前大統領ストーヨ・ペトカノフの裁判を、主にそれを担当する主任検事ペーター・ソリンスキーとの関係から描いている。作中には妻エレナと共に処刑されたルーマニアの独裁者チャウシェスクへの言及が度々見られるが、ピーター・チャイルズによればバーンズがモデルにしたのはむしろ、同時期に退陣したブルガリアのトドル・ジフコフ元国家評議会議長であった。[18] 作者自身の綿密なリサーチに基づいたこの小説は実際のブルガリア現代史に関するアリュージョンに満ちているが、[19] ヴァネッサ・グィグネリーが指摘している通り、それゆえに本作は、一見するとこれまでの彼の作品に顕著であったポストモダン的要素が希薄であるにもかかわらず、現実とフィクションとの境界線を見事に融解させるのである。[20] フレデリック・M・ホームズはこの曖昧性について、それはバーンズがいわゆる「大文字の歴史」、すなわち単一的ないし単線的な歴史観を否認していたからに違いないと述べている。[21]

もちろん、当時の多くのイギリス作家たちと同じく、バーンズは政治的にはリベラル陣営に属していたが、[22]『ポーキュパイン』には左右両派に対するイデオロギー的な肩入れは見られない。作者がむしろここで強調しているのは、社会主義という、昨日まで日常生活の全ての原理を支えていたはずのイデオロギーが崩壊したことにより、未来に向かって前進しようとしつつも未だに過去を清算できていない国家と民衆の姿である。換言すれば、こうした宙吊り状態の混乱した社会を描くことにより、バーンズは時の流れがもたらす歴史の審判を待たずして、われわれは自らの手で「過去」を清算できるのかという問いを投げかけているのである。民主化直後のブルガリアが現実にそうであったように、本作において独裁者の失脚後の国家は暫定的な状態にある。例えばペトカノフが逮捕された後、後継者となったマリノフは共産党を社会党に改名し、一党独裁制を放棄して総選挙を実施するが、かつての社会主義勢力がマス・メディアを独占している状態での選挙に準備不足の野党諸派は反発する。[23] 総選挙の結果、社会党は辛うじて政権の座に留まり、諸政党に大同団結を訴えるも、野党は与党のこれまでの悪政の数々を厳しく弾劾するばかりで両者の協調はならなかった。[24] こうした状況の中、国内では深刻な食糧難が発生し、冒頭で描かれているように調理道具を打ち鳴らした主婦たちのデモ行進が始まった。財政難の政府は軍の弾薬さえ切らしている有様であり、こうした点を指摘しつつペトカノフはソリンスキーに対して、社会主義下における自らの執政時代を正当化する。

それで人々は一体何を欲しているのか?　彼らが欲しているのは安定と希望だ。われわれはその両方を与えた。必ずしも完璧ではなかったが、社会主義の下で、人々はいつの日かそれが上手くいくかもしれないと夢を見ることができた。お前たちは彼らに不安定と絶望を与えただけだ。[25]

ペトカノフは民主化と市場の開放に伴う犯罪の急増や闇市の登場、ポルノグラフィや売春の氾濫などを挙げて、新政権下の社会情勢がかつてのそれよりも後退していると批判するが[26]、それに対してソリンスキーは、「お前が民衆に与えたものは幻想に過ぎない」と反論し、「今は過渡期なんだ。痛みを伴う再調整が必要なんだ」と述べる[27]。本作において「変化」(the Changes)と呼ばれる事実上の革命が将来的な進歩に繋がるとソリンスキーをはじめとするリベラル派や一般大衆は信じているが、少なくともこの時点においては、社会情勢は「自由」と引き換えに以前よりも後退したといっても過言ではない状態にある。冷戦及び社会主義体制の終焉から、アメリカを中心とする資本主義市場への参入に至る歴史的分水嶺の上に立つ登場人物たちは、暗中模索の状況、つまり未だ進歩か後退かの判断も不可能な宙吊りの状況を生きているが、無論彼らには歴史の審判を待つだけの時間的な猶予はない。それゆえ彼らはそうした切迫した状況の中で、忌まわしい「過去」を清算することによって、何とか未来へと歩みを進めようとしているのである。

しかしながら、『ポーキュパイン』で一貫して描かれるのは、歴史的「過去」の清算という困難な行為がそれ自体の内に孕む本質的問題である。例えばペトカノフは違法に逮捕され、彼自身がかつて大統領として制定した抑圧的な法の下で裁かれる。これはミイラ取りがミイラになるという皮肉な出来事に違いないが、新政府側はここでまさに恐るべき「過去」の遺物である法を用いて、その「過去」そのものの象徴である前大統領を断罪するのである。言い換えれば、人々はペトカノフが行なってきた暴虐を、いわばかつての彼自身と同じやり方で彼に対して行使するのであり、その点で「過去」を断ち切ろうとするこの行為そのものが逆説的に「過去」の反復になっているのである。

事実、ソリンスキーは前大統領を「われわれの歴史上最悪の犯罪者」として処刑すべきだと考える強い世論に配慮せざるを得ず、[28] 有罪という結論ありきの裁判は彼の妻マリアをして「見世物」であると言わしめる。[29] 作中でペトカノフは、かつて実の娘で文化相を務めていたアナを「反革命」という理由で暗殺した容疑をかけられるが、その根拠は粛清を示唆する書類に残された彼のイニシャルのみであった。彼はそれが正式な署名ではなく容易に偽造が可能なものであると主張するが、[30]（最終的には棄却されたものの）ソリンスキーはこの証拠不十分の容疑を前大統領の罪状に加えたのだった。この一連の流れはある意味で、恐らくペトカノフ政権下で日常的に行なわれていたであろう形骸化した裁判や、ヨシフ・スターリンによる大粛清時代のモスクワで行なわれた残酷な見世物裁判の反復に他ならなかったのである。

このように、『ポーキュパイン』において人々は「過去」と決別するために「悪」を悪法によって断罪し、一貫して無罪を表明し続けていたペトカノフを処刑する。だが作中で明確に言及されている通り、[31] 一体「誰に裁く権利があったのか」という問いはその後にも依然として残る。誰が悪を悪と認定し、かつて国家そのものであったこの男を、如何なる立場から裁き得るのか——こうした問いかけに対する答えをバーンズは物語の中で明確には用意していない。なぜなら本作が描く社会においてこの問題は根本的に解決不可能だからである。物語の中盤、被告席のペトカノフ前大統領は、公判を主導する法廷のエリートたち一人一人に向かって「君は良いアパートを持っているだろう?」と繰り返すが、[32] ここで彼の台詞が示唆しているように、「変化」後の新政権を担う階層はほぼ全員が社会主義政権の下で多大な恩恵を受けてきたばかりか、その抑圧的支配に何らかの形で加担してきた者たちに他ならなかった。

もちろん、主人公であるソリンスキーや彼の家族もその例外ではない。例えば彼の父は失脚して今は病床にあるとはいえ、かつては初代国家指導者やペトカノフと並ぶ共産党の最高幹部の一員であったし、彼自身も結党メンバーの祖父と反ファシズム闘争の英雄である父を持つ女性マリアと政略的に結婚することによって、大学で安定した地位を得ることに成功していた。その後ソリンスキー自身は党の活動から距離を置いて反政府勢力「緑の党」の運動に身を投じるが、一方で筋金入りの共産主義者であった彼の妻は、自身の祖父が「トロツキストのテロリスト」として一九三七年に粛清されていたことを知ったあとも自らの政治的信念を捨てることはなかった。[33] そしてペトカノフの裁判が結審に向かう頃、彼女は遂に夫に対し「愛情と尊敬」を失ったと告白するのであった。[34] ソリンスキーは物語の前半、自分はペトカノフ裁判において注意深く「ヤマアラシの手袋」(porcupine groves)を嵌めていると比喩的に語っていたが、最終的に父親を病気で亡くし、妻と娘を失った彼にとって、ペトカノフを痛めつけるための手袋の針は皮肉なことに内側、すなわち自分自身の方を向いていたのである。

本作においてバーンズが主題としたのはまさに、「過去」との決別が不可避的に産み出すこうしたディレンマに他ならなかった。物語を通して作者が暗示しているように、未だ暫定的な社会において、歴史による審判を待たずして早急に「過去」を清算しようとするとき、実のところ何者もその「過去」から完全に無縁ではあり得ないし、従ってそれに審判を下す超越的な主体も存在しない。それだけでなく、皮肉なことにソリンスキーをはじめとする登場人物たちは、ペトカノフをペトカノフの法によって裁くという一種の茶番劇を通して、「過去」を断ち切るためにもう一度だけ「過去」を反復せざるを得ないのである。しかしながらこうした試み――すなわち「過去」をそれ自体の枠組みの中で断罪するという行為――が倫理上の問題を孕んでいることを承知した上で、彼らはそれでもなお明るい未来へと前進する可能性に賭けるのである。ペトカノフが社会主義と革命の完遂のために多くの人々を犠牲にしてきたのと同じように、冷戦後の「新たな時代」を迎え入れるため、今度は彼らがペトカノフ本人を歴史の生贄にするのだ。

これまで見てきたように、バーンズの『ポーキュパイン』は、独裁や全体主義という未だに生々しい「過去」に対して早急に別れを告げようとする社会の諸相に主に目を向けていた。興味深いことに、この物語の終盤、死刑判決を受けたペトカノフ前大統領はソリンスキーに対して落ち着き払った口調で、「私のことを普通の男だと思うか、それとも怪物だと思うか？」と問いかける。[35] そして彼は次のように言う――「もし私が怪物なら、私はお前の夢の中に現れ、悪夢をもたらすだろう。そしてもし私がお前と同じ人間なら、私はお前の日常に再び現れるだろう。さぁ、どちらを選ぶのだ？」[36] ここでペトカノフは、たとえ自分を殺したとしても「私を消し去ることなどできない」と言いきり、最後に「お前を呪ってやる。私がお前に判決を下すのだ」という印象的な台詞を残す。[37]

この場面に象徴されている通り、『ポーキュパイン』は冷戦の終結、社会主義の敗北、そして独裁体制の崩壊という出来事を背景に、人々が逃れることのできない亡霊的「過去」の問題を探求している。こうした歴史的転換点を背景として自身のテクストを綿密に構築したバーンズは、この小説においてイデオロギーの崩壊によって宙吊り状態になった社会が、まさに未来を手探りで掴み取ろうとしている状況を表象しつつ、その中で誰もが無縁たり得ない「過去」を、人々が如何にして清算することが可能なのかといった難問を提示した。以上のように、バーンズの小説は冷戦の終結という歴史的事件を単に表層的な背景として取り込むのではなく、むしろそれを契機としてポスト冷戦時代――或いは東欧におけるポスト独裁政権の時代――というまだ見ぬ「未来」に対して、真摯な問題提起を行なったのである。

5　結びに代えて――二十世紀と独裁者フィクション

二十世紀はある意味で、アドルフ・ヒトラーやヨシフ・スターリンから旧植民地諸国の指導者たちに至る独裁者の時代であった。この点で、『ポーキュパイン』において死を前にしたペトカノフが言う「お前を呪ってやる」という印象的な台詞は、冷戦と二十世紀の終わりを前にした、独裁者自身による二十一世紀に生きる人々への皮肉なメッセージとして読むことができる。ペトカノフは未来における自身の「再来」を預言したが、果たして二十一世紀のわれわれは、独裁者の「呪い」や亡霊から完全に解き放たれていると言えるのだろうか？　或いは、ビッグ・ブラザーの時代は二十世紀と共に本当に終わったのだろうか？――残念なことに、現在においても国内外の政治情勢は、世界各地に依然として存在し続ける専制体制の動向と決して無関係ではあり得ない。もちろん本章で述べたように、二十世紀末の冷戦終結と社会主義勢力の退潮に伴って、東欧を中心とする各国の独裁政権は崩壊した。しかしながら、例えば中国では、最高実力者・鄧小平の指示によって天安門広場に集結したデモ隊が武力鎮圧され、事実上の一党独裁に基づく抑圧的な体制が維持された。また旧ソ連諸国やアフリカ、アジア、中南米などにおいても、独裁や全体主義は――巧みに「正当性」のイデオロギーを改変しつつ――生き残った。核開発を盾に大国アメリカと「瀬戸際外交」を繰り広げる金正日・金正恩統治下の北朝鮮などは、まさにその代表格である。

一方で、今世紀になって去っていった独裁者たちもいる。キューバのカストロ兄弟のように余力を残して引退し、後継者に道を譲った場合もあれば、ジンバブエのロバート・ムガベのように、九十歳を超えて側近に大統領の地位を追われたケースもある。だが、二〇〇一年以降の国際社会を様々な面で揺るがせてきたのは、前世紀の負の「遺物」として葬られた独裁者たちであった。実際、二十一世紀の始まりと共に勃発した九・一一同時多発テロを契機としたアメリカの中東介入の結果、二〇〇三年にはイラク戦争が勃発し、逮捕されたサダム・フセイン元大統領が処刑された。更に、二〇一〇年十二月以降のいわゆる「ジャスミン革命」や「アラブの春」によってチュニジア、エジプト、イエメンの独裁者たちが次々退陣したが、他方でリビアの指導者ムアンマル・アル＝カダフィは西側諸国が支援する反政府勢力との「徹底抗戦」の末に拘束され殺害された。かつて「リビアの狂犬」と恐れられた彼が人々から集団リンチを受けて血まみれになり、名もなき一兵士の手によって銃殺された際の映像がメディアに流布したことは、全世界に衝撃を与えた。

このように、二十世紀に登場した独裁者たちのネガティヴな遺産は、未だにわれわれの世界に大きな影を落としている。無論ヒトラーやスターリンが死んでから既に半世紀以上が経ち、もはやナチズム／ファシズムやスターリニズムのような全体主義は、時代遅れの過去のものとなりつつあると言えるかもしれない。しかしながら、本当にそうであろうか？　われわれは今も、シリアのバッシャール・アル＝アサドや北朝鮮の金正恩、或いはロシアのウラジーミル・プーチンや中国の習近平と同じ時代を生きている。われわれは彼らの中に――そして恐らく、彼らも自らの中に――スターリンや毛沢東、或いはビッグ・ブラザーの亡霊を見ている。また、特に二〇一〇年代以降、日本や欧米諸国ではナショナリズムの嵐が吹き荒れているが、排外主義やポピュリズムに流された政治指導者たちが、ナチズムやファシズムの過去に「先祖返り」しないなどと、一体誰に言いきれるだろうか？

先述したように、バーンズの『ポーキュパイン』において、ペトカノフ前大統領は「私のことを普通の男だと思うか、それとも怪物だと思うか？」とソリンスキーに問いかけた上で、死によって自分を消し去ることなどできないと豪語する。二十世紀という不幸な時代を特徴づけた独裁者たちは、果たして「普通の男」だったのか、それとも「怪物」だったのか？　シンクレア・ルイスやアーサー・ケストラー、ジョージ・オーウェル、ウラジーミル・ナボコフ、ウィリアム・ゴールディングらに始まる英語圏の独裁者文学の系譜は、こうした謎を探究し続けてきたと言っていい。そして当然のことながら、その答えは多種多様である。本書ではスターリンやヒトラーをモデルにした彼らの作品群から出発し、それから冷戦下の核時代において「独裁者」そのものを抽象的な恐怖の対象として再定義したL・P・ハートリー、フィリップ・K・ディック、カート・ヴォネガット、アンジェラ・カーター、J・G・バラードらのSF的小説群の分析へと進んだ。続いて、われわれは米国作家ジョン・アップダイクの小説を経由して、アジアやアフリカの実在の独裁者たちをモデルにしたV・S・ナイポール、ヌルディン・ファラー、ピーター・ナザレス、チヌア・アチェベ、サルマン・ラシュディといったポストコロニアル作家たちのテクストを考察してきた。そしてジョン・A・ウィリアムズとジュリアン・バーンズの作品を簡単に概観したあと、今こうして二十世紀末の東欧を舞台にした後者の中編にまで辿り着いたわけであるが、われわれが追ってきた英語圏における独裁者フィクションの系譜上には、「怪物」としての独裁者もいれば、「普通の男」としての独裁者もいた。そしてまた忘れてはならないが、当然その両方である独裁者たちもいた。本書が辿ってきたこの道筋の先に、一体何があるのかは分からない。しかしながら、文学的想像力の賜物としての架空の「独裁者」表象に着目してみることは、英語圏におけるフィクションの歴史に新たな側面を見出すことに繋がるのみならず、二十世紀という——次第に遠ざかりつつある——時代について再考し、その脱神話化された遺産を様々に眺めるための視点をも提供してくれるのである。

【註】

（1）John A. Williams, *Jacob's Ladder* (New York: Thunder's Mouth Press, 1987), p. 56.

（2）Ibid., p. 24,

（3）Ibid., pp. 132, 133.

（4）Ibid., p. 138.

（5）Ibid., p. 237.

（6）Julian Barnes, *England, England* (New York: Vintage, 2000), p. 136. ちなみに、作中でサー・ジャックはマーサによってヨシフ・スターリンにも喩えられている（p. 69）。

（7）Ibid., p. 187. 本作からの引用は古草秀子訳『イングランド・イングランド』（東京創元社、二〇〇六年）を用いる。

（8）Ibid., p. 207.

（9）Ibid., p. 206.

（10）Ibid., p. 207.

（11）またこの小説は、二〇一七年に自死した英国の文化批評家マーク・フィッシャーが定義した「資本主義リアリズム」の閉塞的状況――「つまり、資本主義が唯一の存続可能な政治・経済制度であるのみならず、今やそれに対する論理一貫した代替物を想像することすら不可能だ、という意識が蔓延した状態のこと」――を二十世紀末の時点で先駆的に戯画化していたと言えるかもしれない。マーク・フィッシャー『資本主義リアリズム』セバスチャン・ブロイ・河南瑠莉訳（堀之内出版、二〇一八年）十頁を参照。

（12）Greg Rubinson, “Truth Takes a Holiday: Julian Barnes's *England, England* and the Theme Park as Literary Genre”, in *Literary Laundry*, vol. 3, n. 2 (spring 2003).
<http://web.literarylaundry.com/journal/volume-2-issue-1/critical-reflections/truth-takes-holiday>

（13）Barnes, *England, England*, pp. 108-09.

（14）島村直幸「アメリカと帝国、「帝国」としてのアメリカ」『杏林社会科学研究』三三巻三・四合併号（二〇一七年三月）二九頁

（15）Barnes, *England, England*, p. 131.

（16）Rubinson, “Truth Takes a Holiday”, in *Literary Laundry*, vol. 3, n. 2 (spring 2003).

（17）Perry Anderson, *The Origins of Postmodernity* (London: Verso, 1998), p. 32.

(18) Peter Childs, *Julian Barnes* (Manchester: Manchester University Press, 2011), p. 99.

(19)『ポーキュパイン』は英語版よりも先にブルガリア語の翻訳版が出版され、同国で大きな成功を収めた。この小説の執筆過程や作者のリサーチの模様については、バーンズと編集者の書簡のやり取りをまとめた次の記事に詳しい。Dimitrina Kondeva, "The Story of Julian Barnes's *The Porcupine*: An Epistolary 1/2 Chapter", in *Julian Barnes: Contemporary Critical Perspectives*, eds. by Sebastian Groes & Peter Childs (New York: Continuum, 2011), pp. 81-91.

(20) Vanessa Guignery, *The Fiction of Julian Barnes* (New York: Palgrave Macmillan, 2006), p. 88. また、ブルース・セストーは虚構の人物であるペトカノフとゴルバチョフの関係性こそが、フィクション的なものと歴史的なものとが作中で交錯する重要な点であると述べている。Bruce Sesto, *Language, History, and Metanarrative in the Fiction of Julian Barnes* (New York: Peter Lang, 2001), p. 126.

(21) Fredrick M. Holmes, *Julian Barnes* (New York: Palgrave Macmillan, 2009), p. 135.

(22) Merritt Moseley, *Understanding Julian Barnes* (Columbia, South Carolina: University of South Carolina Press, 1999), p. 146.

(23) Julian Barnes, *The Porcupine* (1992; London: Vintage Books, 2014), p. 21.°

(24) Ibid. pp. 21-22.

(25) Ibid., p. 69.

(26) Ibid., p. 69.

(27) Ibid., p. 70.

(28) Ibid., p. 94.

(29) Ibid., p. 113.

(30) Ibid., p. 109.

(31) Ibid., pp. 37-38.

(32) Ibid., p. 59.

(33) Ibid., p. 102.

(34) Ibid., p. 112.

(35) Ibid., p. 135.

(36) Ibid., pp. 135-36.

(37) Ibid., p. 136.

あとがき——ビッグ・ブラザーの黒い犬たち

イギリスの小説家イアン・マキューアンの作品に、『黒い犬』(*Black Dogs*, 1992)という長編がある。ソヴィエト連邦崩壊の翌年——すなわち、ジュリアン・バーンズの『ポーキュパイン』(*The Porcupine*, 1992)と同年——に出版されたこの小説は、ナチズムやスターリニズムのトラウマを絶え間なく暗示させてはいるものの、ビッグ・ブラザーのような独裁者を正面から描いてはいない。『黒い犬』に独裁者はもはや不在である。それゆえこの小説は、冷戦終結というビッグ・ブラザー「退場」以降の時代を反映した物語だと言えるかもしれない。だが、果たしてそれは正しいのだろうか? 『黒い犬』は本当にビッグ・ブラザーが立ち去ったあとの世界を祝福しているのだろうか?

確かにこの作品でマキューアンは、スターリニズムや全体主義に幻滅して転向した元共産党員の主人公バーナードが、ベルリンの壁崩壊のニュースを聞いて大きな衝撃を受け、語り手で親戚のジェレミーと共に同地を訪れた際の出来事を描いている。ここで強調されているのは恐らく、冷戦構造の終焉に伴う「新しい時代」への——今日的な観点から見れば——無邪気な期待に他ならない。マキューアンは壁の崩壊後、各国から人々が集まり祝祭的ムードに包まれたベルリン市内の光景を子細に描写しつつ、社会主義に対するアメリカ新自由主義の歴史的「勝利」を表象しようと試みている。しかしその一方で、作者はたとえ歴史が劇的に動こうとも、社会には決して過去と共に置き去りにすることのできない幾つもの集合的記憶が存在することをも示唆している。

その象徴の一つが、（タイトルにもなった）「黒い犬」の不吉なイメージである。かつてウィンストン・チャーチルが自身の憂鬱症を指して用いたこのメタファーは、二十世紀を通して人類に影のように付きまとってきた忌まわしい過去の記憶と結びつけられており、マキューアンはわれわれが歴史の流れの中で既に克服したはずのもの、或いは歴史の地層の下に埋もれたはずのものが再び蘇って顔を出し、ある種のトラウマを幾度も繰り返し想起させるということを暗示している。作中では一九四六年の南フランスの山道で、実際に二頭の巨大な黒い犬がバーナードの（今は亡き）妻ジューンに襲い掛かろうとする。怪我の手当てをする彼女のところにやって来た市長の話によれば、この野生化した二頭の犬はフランスがナチス・ドイツの占領下にあった頃、連合国側に密かに情報を流していた「スパイ」を逮捕するべく現れたゲシュタポが連れてきたものであった。

第二次世界大戦中のナチズムに関する記憶は、このように戦後の一九四六年になってジューンの前に突然また姿を現す。そして作中でその恐るべきイメージは、新冷戦期の一九八一年に語り手ジェレミーが共産主義体制下のポーランドでユダヤ人強制収容所の跡地を訪れた場面と、冷戦終結後の一九八九年に彼がバーナードと共にベルリンを訪問する場面に再び登場する。これはいわば、「黒い犬」に象徴される――われわれが清算したはずの――「過去」のトラウマ的記憶が、戦後史を通じて克服不可能なものとして何度も幽霊のように表出するということに他ならない。

マキューアンが作中で悪や文明の「狂気」の体現として提示した「黒い犬」という象徴的なイメージは、単にナチズムの恐怖だけでなく、二十世紀におけるありとあらゆる全体主義的抑圧やジェノサイドへの暗示を孕んでいると考えられる。そして言うまでもなく、この一世紀を通して常にそれらの中心にいたのが、数々の悪名高い独裁者たちであった。

最終章で述べた通り、二十世紀から今世紀にかけて、既に何人もの独裁者たちが倒れた。ある者は文字通り葬り去られ、またある者はその地位を追われたが、世界には未だ専制的な指導者や支配体制が残っているし、独裁を脱した国々においても、ビッグ・ブラザーの痕跡は人々の脳裏に強く焼きついている。ビッグ・ブラザーの「黒い犬」たちは、たとえその主人を失ったとしても、この世界をしばらくは徘徊し続けるだろう。そしてビッグ・ブラザー自身もまた、いつの日か姿を変えてわれわれの前に再び現れ出ようとしている。そのため地球上の最後のビッグ・ブラザーが打ち倒され、全ての「黒い犬」たちが死に絶えるまで――或いは、もはや復活の可能性を絶たれたビッグ・ブラザーの亡霊が完全な「過去」となる日まで――独裁者文学はこれからも書き続けられるだろう。ビッグ・ブラザーとその「黒い犬」たちがいる限り、そしてそれらに立ち向かう大衆が存在する限り、二十一世紀においても独裁者文学は続いてゆくに違いないのである。

※

私は二〇一六年から二〇一九年にかけて英国ロンドンの大学院に留学し、アンジェラ・カーターについての博士論文を執筆したが、本書『ビッグ・ブラザーの世紀――英語圏における独裁者小説の系譜学』は事実上それに先立って構想され、ほぼ同時進行的に書き継がれた（ただし、後述するように一部の章はそれ以前にまで遡る）。留学を開始した当初は、異国の慣れない生活環境や教育システムに戸惑い、なかなか博士論文以外のことに時間を割くのが難しかったが、冒頭の「はじめに」にも記したように、幸いにも半年ほど経過すると思いもがけず執筆が軌道に乗り始めたので、私はこの新たなプロジェクトを少しずつ形にしていくことができたのである。

とはいえ、英語圏における「独裁者小説」についてまとまった論考を書いてみたいという考えそのものは、実のところ学部時代から持っていた。もちろん、それは「構想」と言えるほど立派なものでも体系立ったものでもなかったが、私は英米文学専攻でウィリアム・ゴールディングについての卒業論文を書きながら、この作家の寓話小説『蠅の王』をアーサー・ケストラーやジョージ・オーウェルと繋げて論じることはできないだろうかと漠然と考えていたのである。今思えば、それを修士論文や博士論文のテーマに選んでしまえばよかったのだが、当時の私には複数の作家を横断的に論じることは何か途方もなく壮大な試みのように感じられたし、むしろいわゆる作家論のような形で、一人の書き手のテクストを徹底的に読み直すという作業の方が自分の性に合っているようにも思えたのである。また、修士課程では一時的に小説研究から離れ、劇作家ハロルド・ピンターの研究に「浮気」していたので（そちらは最近、『ハロルド・ピンター——不条理演劇と記憶の政治学』という別の著作に結実した）、長らくこの独裁者フィクション論は未熟な構想の段階にとどまっていた。

しかし、留学中にカーターの奇想天外な小説『ホフマン博士の地獄の欲望装置』を政治的な側面から再検討したり、（カーター論との関係から）J・G・バラードやフィリップ・K・ディック、L・P・ハートリーらのSF／ディストピアン・フィクションを読んだり、更にはペーパーバックで英語圏の様々な未読の作品に接したりしているうちに、あたかも点と点が繋がって線になるかの如く、このプロジェクトのおぼろげな輪郭が次第に鮮明なものとして浮き上がってきた。もちろん、博士論文の執筆が佳境に入った時期や口述審査の前後など何度かの中断はあったものの、私は日本に帰国し現在の勤務先に運良く専任職を得て以降も、断続的に本書の執筆を続けたのである。

これら一連の過程の中で、幾つかの章は論文として大学紀要や学術誌などに掲載された。そのため以下には各章の初出情報を載せた上で、ごく簡単なコメントを付しておきたいと思う。

はじめに――フィクションとしての独裁者たち
書き下ろし。冒頭部分のみ最終段階で追加されたが、それ以外は留学中にはある程度まで形になっていた。

第一章「独裁者小説の誕生と展開（序論）――全体主義の時代とルイス、ケストラー、オーウェル、ナボコフ」
書き下ろし。留学中に執筆し、帰国後に細部を仕上げた。シンクレア・ルイスとウラジーミル・ナボコフの両独裁者小説には、イギリス滞在中に出会った（ただし、どちらもイギリス文学ではないのだが）。

第二章「スターリニズムとナチズムの寓話――オーウェルからゴールディングへ」
オーウェルに関する部分は、前章と同じく留学中に書いて帰国後に完成させた。ゴールディングに関する部分は本書の中で最も古く、その原型は学部の卒業論文に加筆訂正を施した以下の二本の文章に遡る。"The Victimized Persecutors: The Images of Fragile Humanity in William Golding's Late Novels"『言語態』（東京大学駒場言語態研究会）第一三号（二〇一四年）一八五―二〇三頁、"The World of Fragility: Victimizations and Persecutions in Golding's *Lord of the Flies* and Other Early Works"『比較文学・文化論集』（東京大学比較文化研究会）第三一号（二〇一四年）一―一四頁。なお、本書に組み込むに当たっていずれも省略と大幅な修正を施してある。

第三章「冷戦期ＳＦにおける核、独裁者、男性／父権性――ハートリー、ディック、ヴォネガット、カーター、バラード」

本章の成り立ちはやや複雑であるが、大部分はカーターとバラードに関する以下の二本の論文に基づいている。「架空の冷戦と文化的残骸：アンジェラ・カーター『ホフマン博士の地獄の欲望装置』における間テクスト性の考察」『テクスト研究』（テクスト研究学会）第一四号（二〇一八年）一―二二頁、「石油危機、原子力、独裁者、ＳＦ――J. G. Ballard, *Hello America* 小論」『比較文化研究』（日本比較文化学会）第一三八号（二〇二〇年）一一―二〇頁。前者はイギリス留学以前、日本の博士課程に在学していた際に、テクスト研究学会の第一七回大会（二〇一七年八月二五日、佛教大学二条キャンパス）で口頭発表した原稿に基づく論文である。その内容は私の博士論文（及びそこに組み込まれたカーターについての多数の論考）を基にした拙著 *Angela Carter's Critique of Her Contemporary World: Politics, History, and Mortality* (Peter Lang, 2021) の第四章と一部重複しているため、より詳しい議論はそちらを参照して頂きたい。また後者の論文は、留学中に執筆した。なお、本章におけるハートリー、ディック、そしてカート・ヴォネガットに関する部分はあとから付け加えたものである。

第四章「アフリカの独裁者たち――アップダイク、ナイポール、ファラー、ナザレス、アチェベ」

ジョン・アップダイク、ヌルディン・ファラー、チヌア・アチェベ、ピーター・ナザレスに関する部分はこれまで未発表で、留学から帰国後の二〇一九年から翌年にかけて書き下ろしたものである。一方、同時期に執筆したＶ・Ｓ・ナイポールについてのセクションは、以下の論文として学術誌に掲載済みである。「ビッグ・ブラザーからビッグ・マンへ――オーウェル、ナイポール、開発独裁」『比較文化研究』(日本比較文化学会)第一四一号(二〇二〇年)五五―六五頁。再録に当たって多少の修正を施した。

第五章「アジア・イスラム圏における独裁、権力闘争、そして女性たち――ラシュディのパキスタン」

このサルマン・ラシュディ論は、帰国後に非常勤講師をしていた二〇一九年度後半に集中的に執筆した。その後、以下の論文として現在の勤務先の大学紀要に掲載された。「独裁制、女性たち、(架空の)パキスタン――Salman Rushdie, *Shame* を読む」『日本女子大学紀要:文学部』(日本女子大学文学部)第七〇号(二〇二一年)三三―四八頁。なお、この論考は当初から本書に収録する予定だったので、初出時からあまり大きな変更はない。

第六章「独裁者の時代に(結論)――ウィリアムズ、バーンズ、そして二十世紀の終わり」

ジョン・A・ウィリアムズに関する冒頭部分及び、最後の結びの部分は完全な書き下ろし。ジュリアン・バーンズの『イングランド・イングランド』についてのセクションは、本務校のイギリス小説演習の授業(新型コロナウイルス感染拡大の影響により、オンラインで行なわれた)で用いた講義資料に加筆したものである。また、『ポーキュパイン』についての部分は、留学中に書いた以下の論文のバーンズに関するセクションから採り、再構成した。「冷戦の終わりに――ジュリアン・バーンズ『ポーキュパイン』とイアン・マキューアン『黒い犬』について」『比較文学・文化論集』(東京大学比較文学・比較文化研究会)第三六号(二〇一九年)二七―四〇頁。

あとがき――ビッグ・ブラザーの「黒い犬」たち
当然、書き下ろしであるが、冒頭部分のみ右の論文「冷戦の終わりに――ジュリアン・バーンズ『ポーキュパイン』とイアン・マキューアン『黒い犬』について」のイアン・マキューアンについての記述を大幅に再構成した上、一部採録している。

※

本書を執筆する上で、大変多くの方々にお世話になりました。慶應義塾大学、東京大学、ロンドン大学バークベック・カレッジで学んだ際にご指導を賜った先生方、帰国直後に貴重な教育の経験を積ませて下さった中央大学の先生方、未熟者の私を日頃から様々な面でサポートして下さっている日本女子大学文学部英文学科の同僚の先生方（特に、川端康雄先生には出版に際して相談に乗っていただきました）、学会発表の際に貴重なコメントを下さった先生方や同世代の研究者の方々、そして私の授業で興味深い視点を提供してくれた学生のみなさんに、深く感謝いたします。また、本書の出版に当たって日本女子大学総合研究所の刊行助成（二〇二一年度）を頂きました。この場を借りて厚く御礼申し上げます。

二〇二一年六月

奥畑　豊

主要参考文献

Achebe, Chinua, *The Anthills of Savannah* (1987; London: Penguin Books, 2001).

——, *An Image of Africa and The Trouble with Nigeria* (London: Penguin Books, 2010).

——, *Things Fall Apart* (Oxford: Macmillan Heinemann ELT, 2005).

Alpers, Benjamin L., *Dictators, Democracy, and American Public Culture: Envisioning the Totalitarian Enemy, 1920s-1950s*. Chapel Hill: University of North Carolina Press, 2003).

Amis, Martin, *Einstein's Monsters* (London: Jonathan Cape, 1987).

——, *Koba the Dread: Laughter and the Twenty Million* (London: Vintage Books, 2003).

——, *The Second Plane* (London: Vintage, 2009).

Anderson, Perry, *The Origins of Postmodernity* (London: Verso, 1998).

Armillas-Tiseyra, Magali, *The Dictator Novel: Writers and Politics in the Global South* (Evanston: Northwestern University Press, 2019).

Baker, Charlotte and Hannah Grayson, eds., *Fictions of African Dictatorship: Cultural Representations of Postcolonial Power* (Oxford: Peter Lang, 2018).

Baker, Charlotte and Hannah Grayson, "Introduction: Fictions of African Dictatorship", in *Fictions of African Dictatorship: Cultural Representations of Postcolonial Power*, eds. by Charlotte Baker and Hannah Grayson (Oxford: Peter Lang, 2018), pp. 1-10.

Baker, James R. and Arthur P. Ziegler, eds., *William Golding's Lord of the Flies* (New York: Putham, 1964).

Ball, John Clement, *Satire and the Postcolonial Novel: V.S. Naipaul, Chinua Achebe, Salman Rushdie* (New York: Routledge, 2003).

Ballantyne, R. M., *The Coral Island* (1853; Maryland: Wildside, 2006).

Ballard, J. G., *Complete Stories of J.G. Ballard* (New York: W.W. Norton, 2010).

——, *Concrete Island* (London: Harper Perennial, 2008).

——, *Crash* (London: Fourth Estate, 2009).

——, *The Crystal World* (London: Fourth Estate, 2011).

——, *The Drought* (London: Fourth Estate, 2011).

——, *The Drowned World* (London: Fourth Estate, 2014).
——, *Empire of the Sun* (London: Fourth Estate, 2014).
——, *Extreme Metaphors: Interviews with J. G. Ballard 1967-2008*, eds. by Simon Sellars and Dan O'Hara (London: Fourth Estate, 2012).
——, *Hello America* (New York: Liveright Publishing Corporation, 2013).［J・G・バラード『ハロー・アメリカ』南山宏訳（東京創元社、二〇一八年）］
——, *High Rise* (London: Harper Perennial, 2006).
——, *A User's Guide to the Millennium: Essays and Reviews* (London: Flamingo, 1997).
Barnes, Julian, *England, England* (New York: Vintage, 2000).［ジュリアン・バーンズ『イングランド・イングランド』古草秀子訳（東京創元社、二〇〇六年）］
——, *Flaubert's Parrot* (London: Vintage, 1990).
——, *A History of the World in 10 1/2* Chapters (London: Pan Books, 1990).
——, *The Porcupine* (London: Vintage Books, 2014).
——, *The Sense of an Ending* (London: Vintage, 2012).
Baxter, John, *The Inner Man: The Life of J. G. Ballard* (London: Weidenfeld & Nicolson, 2011).
Ben-Yishai, Ayelet, "The Dialectic of Shame: Representation in the MetaNarrative of Salman Rushdie's *Shame*", in *Modern Fiction Studies*, vol. 48, no. 1 (March 2002): pp. 195-215.
Bernstein, Sarah, "Free Market of Desire: Libidinal Economy and the Rationalization of Sex in *The Infernal Desire Machines of Doctor Hoffman*", in *Contemporary Women's Writing*. vol. 9, no. 3 (2015): pp. 348-65.
Biles, Jack I., *Talk: Conversations with William Golding* (New York: Harcourt Brace Jovanovich, 1970).
Bloom, Harold, "Introduction", in *William Golding's Lord of the Flies*, ed. by Harold Bloom (Broomall: Chelsea House, 1996).
Boyd, S. J., *The Novels of William Golding* (Sussex: Harvester, 1988).
Brooks, David, "Salman Rushdie", in *Conversations with Salman Rushdie*, ed. by Michael R. Reader (Jackson: University of Mississippi, 2000), pp. 57-71.
Burgess, Anthony, *Ninety-nine Novels: The Best in English since 1939: A Personal Choice* (London: Allison & Busby, 1984).
Butter, Michael, *The Epitome of Evil: Hitler in American Fiction, 1939-2002* (New York: Palgrave Macmillan, 2009).
Carey, John, *William Golding: The Man Who Wrote Lord of the Flies* (London: Faber and Faber, 2009).
Carter, Angela, *Heroes and Villains* (London: Penguin Books, 2011).
——, *The Infernal Desire Machines of Doctor Hoffman* (1972; London: Penguin Books, 2011).［アンジェラ・カーター『ホフマン博士の

地獄の欲望装置』榎本義子訳（図書新聞、二〇一八年）]
——, Notepad, Add MS 88899/1/105, Angela Carter Papers Collection (The British Library, London).
——, *The Passion of New Eve* (London: Virago, 2014).
——, *Shaking a Leg: Collected Writings* (London: Penguin Books, 1997).
Childs, Peter, *Julian Barnes* (Manchester: Manchester University Press, 2011).
Conrad, Peter, "Did I Actually Write a Soliloquy for a Hamster?", in *The Observer* (October 26, 2008). <https://www.theguardian.com/books/2008/oct/26/john-updike>.
Coovadia, Imraan. "Authority and Misquotation in V.S. Naipaul's *A Bend in the River*", in *Postcolonial Text*, vol. 4, no. 1 (2008): pp. 1-12.
Cordle, Daniel, "Beyond the Apocalypse of Closure", in *Cold War Literature: Writing the Global Conflict*, ed. by Andrew Hammond (London: Routledge, 2006).
——, *Late Cold War Literature and Culture: The Nuclear 1980s* (London: Palgrave Macmillan, 2017).
Corey, G. R., "A Brief Review of the Accident at Three Mile Island", in *International Atomic Energy Agency Bulletin*, vol. 21, no. 5 (October 1979), pp. 54-59.
Crick, Bernard R., *George Orwell: A Life* (Harmondsworth, Penguin Books, 1992).
Cundy, Catherine, *Salman Rushdie* (Manchester: Manchester University Press, 1996).
Dayal, Samir, "The Liminalities of Nation and Gender: Salman Rushdie's *Shame*", in *The Journal of the Midwest Modern Language Association*, vol. 31, np. 2 (winter 1998): pp. 39-62.
Defoe, Daniel, *Robinson Crusoe* (Oxford: Oxford University Press, 2009). [ダニエル・デフォー『ロビンソン・クルーソー』上巻、平井正穂訳（岩波書店、二〇〇二年）]
Derrida, Jacques, "No Apocalypse, Not Now (Full Speed Ahead, Seven Missiles, Seven Missives)", trans. by Catherine Porter and Philip Lewis, in *Diacritics*, vol. 14, no. 2 (1984): pp. 20-31.
Dick, Philip K., *Do Androids Dream of Electric Sheep?* (London: Weidenfeld & Nicolson, 2012).
——, *The Man in the High Castle* (London: Penguin Books, 2001).
——, *The Penultimate Truth* (London: Gollancz, 2005). [フィリップ・K・ディック『最後から二番目の真実』佐藤龍雄訳（東京創元社、二〇〇七年）]
Dimitrina Kondeva, "The Story of Julian Barnes's *The Porcupine*: An Epistolary 1/2 Chapter" in *Julian Barnes: Contemporary Critical Perspectives*, eds. by Sebastian Groes & Peter Childs (New York: Continuum, 2011), pp. 81-91.
Farah, Nuruddin, *Close Sesame* (1983; Minneapolis, Minnesota: Graywolf Press, 2006).

——, *Sardines* (1981; Minneapolis, Minnesota: Graywolf Press, 2006).
——, *Sweet and Sour Milk* (1979; Minneapolis, Minnesota: Graywolf Press, 2006).
Fukuyama, Francis, *The End of History and the Last Man* (New York: Free Press, 2006).
Gamble, Andrew, *Britain in Decline: Economic Policy, Political Strategy and the Brutish State* (London: Macmilan, 1981).
Gașiorek, Andrzej, *Post-War British Fiction: Realism and After* (London: Edward Arnold, 1995).
Gindin, James, *William Golding* (Basingstoke: Macmillan, 1988)°
Golding, William, *Close Quarters* (New York: Farrar, Straus and Giroux,1999.
——, *Darkness Visible* (York: Farrar, Straus and Giroux, 2007).
——, *The Double Tongue* (New York: Farrar, Straus and Giroux, 1999).
——, *Fire Down Below* (New York: Farrar, Straus and Giroux, 1999).
——, *Free Fall. 1959. William Golding: Three Novels* (New York: MJF, 1997).
——, *The Hot Gates* (London: Faber & Faber, 1984).
——, *The Inheritors. 1955. William Golding: Three Novels* (New York: MJF, 1997).
——, *Lord of the Flies* (London: Faber and Faber, 1997).［ウィリアム・ゴールディング『蝿の王』平井正穂訳（新潮社、二〇〇三年）］
——, *A Moving Target* (London: Faber & Faber, 1984).
——, *The Paper Men* (New York: Farrar, Straus and Giroux, 1999).
——, *Pincher Martin. 1956. William Golding: Three Novels* (New York: MJF, 1997).
——, *The Pyramid* (London: Faber and Faber, 1997).
——, *Rites of Passage* (New York: Farrar, Straus and Giroux, 1999).
——, *The Spire* (San Diego: Mariner, 2002).
Gordon, Edmund, *The Invention of Angela Carter: A Biography* (London: Chatto & Windus, 2016).
Guignery, Vanessa, *The Fiction of Julian Barnes* (New York: Palgrave Macmillan, 2006).
Haffenden, John, “Salman Rushdie”, in *Conversations with Salman Rushdie*, ed. by Michael R. Reader (Jackson: University of Mississippi, 2000), pp. 30-56.
Haffenden, John ed., *Novelists in Interview* (London: Methuen, 1985).
Hammond, Andrew, *British Fiction and the Cold War* (New York: Palgrave Macmillan, 2013).
——, *Cold War Stories: British Dystopian Fiction, 1945-1990* (London: Palgrave Macmillan, 2017).

Hart, David W., "Making a Mockery of Mimicry: Salman Rushdie's *Shame*", in *Postcolonial Text*, vol. 4, no. 4 (2008), pp. 1-22.

Hartley, L. P., *Facial Justice* (Penguin Books, 2014).

Holmes, Fredrick M., *Julian Barnes* (New York: Palgrave Macmillan, 2009).

Hume, Kathryn, "Taking a Stand while Lacking a Center: Rushdie's Postmodern Politics", in *Philological Quarterly*, vol. 74, no. 2 (spring 1995): pp. 209-30.

Hussain, Nasser, "Hyphenated Identity: Nationalistic Discourse, History, and the Anxiety of Criticism in Salman Rushdie's *Shame*", in *Qui Parle*, vol. 3, no. 2 (fall 1989): pp. 1-18.

Huxley, Aldous, *Brave New World* (New York: Vintage, 2007).

Idris, Nazua, "Naipaul's *A Bend in the River* as a Jamesonian Third World National Allegory", in *Stamford Journal of English*, vol. 7 (2012): 169-82.

James, C. L. R., *Mariners, Renegades and Castaways: The Story of Herman Melville and the World We Live In* (Hanover: Dartmouth College Press, 2001).

Kaveney, Roz, "New New World Dreams: Angela Carter and Science Fiction", in *Essays on the Art of Angela Carter: Flesh and the Mirror*, ed. by Lorna Sage (London: Virago, 2007), pp. 184-200.

Koestler, Arthur, *Darkness at Noon*, trans. by Daphne Hardy (London: Vintage, 1994).［アーサー・ケストラー『真昼の暗黒』中島賢二訳（岩波書店、二〇〇九年）］

——, *The Invisible Writing: Being the Second Volume of Arrow in the Blue* (London: Collins with Hamish Hamilton LTD, 1954).［アーサー・ケストラー『ケストラー自伝——目に見えぬ文字』甲斐弦訳（彩流社、一九九三年）］

Kubayanda, Josaphat, "Unfinished Business: Dictatorial Literature of Post-Independence Latin America and Africa", in *Research in African Literatures*, vol. 28, no. 4 (Winter, 1997), pp. 38-53.

Lewis, Sinclair, *It Can't Happen Here* (London: Penguin Books, 2017).

Lovesey, Oliver, "The Last king of Africa: The Representation of Idi Amin in Ugandan Dictatorship Novels", in *Unmasking the African Dictator: Essays on Postcolonial African Literature*, ed. by Josphat Gichingiri Ndigirigi (Knoxville: University of Tennessee Press, 2014), pp. 85-110.

Luckhurst, Roger, *"The Angle between Two Walls": The Fiction of J. G. Ballard* (Liverpool: Liverpool University Press, 1997).

McEwan, Ian, *Black Dogs* (London: Vintage Books, 1998).

Meyers, Jetty, *Orwell: Wintry Conscience of a Generation* (New York: W. W. Norton & Company, 2000).

Moolla, F. Fiona, "Figuring the Dictator in the Horn of Africa: Nuruddin Farah's Dictatorship Trilogy and Ahmed Omar Askar's Short Stories", in *Fictions of African Dictatorship: Cultural Representations of Postcolonial Power*, eds. by Charlotte Baker and Hannah Grayson (Oxford: Peter Lang, 2018), pp. 199-214.

Morton, Stephen, *Salman Rushdie: Fictions of Postcolonial Modernity* (Basingstoke: Palgrave Macmillan, 2008).

Moseley, Merritt, *Understanding Julian Barnes* (Columbia, South Carolina: University of South Carolina Press, 1999).

Nabokov, Vladimir, "Introduction", in Vladimir Nabokov, *Bend Sinister* (London: Penguin Books, 2001). 〔ウラジーミル・ナボコフ『ベンドシニスター』加藤光也訳（みすず書房、二〇〇一年）〕

——, *Lolita* (London: Penguin Books, 2006)

——, *Tyrants Destroyed and Other Stories* (London: Penguin Books, 1975). 〔ウラジーミル・ナボコフ『ナボコフ全短篇』秋草俊一郎ほか訳（作品社、二〇一一年）〕

——, *Bend Sinister* (London: Penguin Books, 2001).

Naipaul, V. S., *A Bend in the River* (1979; London: Picador, 2002). 〔V・S・ナイポール『暗い河』小野寺健訳（TBSブリタニカ、一九八一年）〕

Nazareth, Peter, *The General Is Up* (1984; Toronto: TSAR, 1991).

Ndigirigi, Josphat Gichingiri, "Introduction", in *Unmasking the African Dictator: Essays on Postcolonial African Literature*, ed. by Josphat Gichingiri Ndigirigi (Knoxville: University of Tennessee Press, 2014), pp. x1-xxxi.

Ndigirigi, Josphat Gichingiri ed., *Unmasking the African Dictator: Essays on Postcolonial African Literature* (Knoxville: University of Tennessee Press, 2014).

Ngũgĩ wa Thiong'o, "Foreword", in *Unmasking the African Dictator: Essays on Postcolonial African Literature*, ed. by Josphat Gichingiri Ndigirigi (Knoxville: University of Tennessee Press, 2014), pp. vii-viii.

Nicholls, Brendon, "Reading "Pakistan" in Salman Rushdie's *Shame*", in *The Cambridge Comparison to Salman Rushdie*, ed. by Abdulrazak Gurnah (Cambridge: Vambridge University Press, 2007), pp. 109-24.

Nixon, Richard, "Nixon's 1974 State of the Union Address", Watergate.info. <http://watergate.info/1974/01/30/nixon-1974-state-of-the-union-address.html>.

Nye, David, *Consuming Power: A Social History of American Energies* (Cambridge, Mass: The MIT Press, 2001).

Obama, Barack, "Remarks by the President on the Death of Muammar Qaddafi", *The White House: President Barack Obama.* <https://obamawhitehouse.archives.gov/the-press-office/2011/10/20/remarks-president-death-muammar-qaddafi>.

Okuhata, Yutaka, *Angela Carter's Critique of Her Contemporary World: Politics, History, and Mortality* (Bern: Peter Lang, 2021).

——, "The Victimized Persecutors: The Images of Fragile Humanity in William Golding's Late Novels", in *Gengotai*, vol. 13 (2014): pp. 185-

203.
——, "The World of Fragility: Victimizations and Persecutions in Golding's *Lord of the Flies* and Other Early Works", in *Comparative Literature and Culture* [*Hikaku bungaku bunka kenkyu*], vol. 31 (2014): pp. 1-14.
Orwell, George, *Animal Farm: A Fairy Story* (1945; London: Penguin Books, 2000).［ジョージ・オーウェル『動物農場』山形浩生訳（早川書房、二〇一七年）］
——, *The Complete Works of George Orwell*, vol. 12, ed. by Peter Davison (London: Secker & Warburg, 1998).
——, *The Complete Works of George Orwell*, vol. 16, ed. by Peter Davison (London: Secker & Warburg, 1998).
——, *The Complete Works of George Orwell*, vol. 17, ed. by Peter Davison (London: Secker & Warburg, 1998).
——, *The Complete Works of George Orwell*, vol. 18, ed. by Peter Davison (London: Secker & Warburg, 1998).
——, *The Complete Works of George Orwell*, vol. 19, ed. by Peter Davison (London: Secker & Warburg, 1998).
——, *Homage to Catalonia* (London: Penguin Books, 2000).
——, *Nineteen Eighty-Four* (London: Penguin Books, 2004).［ジョージ・オーウェル『一九八四年』高橋和久訳（早川書房、二〇〇九年）］
Paddy, David Ian, *The Empires of J. G. Ballard: An Imagined Geography* (Canterbury: Gylphi, 2015).
Peach, Linden, *Angela Carter* (Basingstoke: Palgrave Macmillan, 2009).
Pringle, David, "Exclusive New Interview with Angela Carter", Angela Carter Online <https://angelacarteronline.com/2017/05/07/exclusive-new-interview-with-angela-carter/>.
Rasberry, Vaughn, *Race and the Totalitarian Century: Geopolitics in the Black Literary Imagination* (Cambridge, Massachusetts: Harvard University Press, 2016).
Rosenfeld, Gavriel D.,*The World Hitler Never Made* (Cambridge: Cambridge University Press, 2005).
Rubinson, Greg, "Truth Takes a Holiday: Julian Barnes's *England, England* and the Theme Park as Literary Genre", in *Literary Laundry*, vol. 3, n. 2 (spring 2003). <http://web.literarylaundry.com/journal/volume-2-issue-1/critical-reflections/truth-takes-holiday>
Rushdie, Salman, *Midnight's Children* (London: Vintage, 2006).
——, "Outside the Whale", in *Granta*, vol. 11 (spring 1984). <https://granta.com/outside-the-whale/>.
——, *The Satanic Verses* (London: Vintage, 2006).
——, *Shame* (London: Jonathan Cape, 1983).［サルマン・ラシュディ『恥』栗原行雄訳（早川書房、一九八九年）］
Ruthven, Ken, *Nuclear Criticism* (Carlton: Melbourne University Press, 1993).
Said, Edward W., *Covering Islam: Hoe the Media and the Experts Determine How We See the Rest of the World* (London: Vintage, 1997).［エ

ドワード・サイード『イスラム報道』浅井信雄ほか訳（みすず書房、二〇〇三年）〕
——, *Power, Politics and Culture: Interviews with Edward W. Said* (London: Bloomsbury, 2004).
——, *Reflections on Exile and Other Essays* (Cambridge, Massachusetts: Harvard University Press, 2000).〔エドワード・サイード『故国喪失についての省察』二巻、大橋洋一ほか訳（みすず書房、二〇〇六年）〕
Sesto, Bruce, Language, *History, and Metanarrative in the Fiction of Julian Barnes* (New York: Peter Lang, 2001).
Teverson, Andrew, *Salman Rushdie* (Manchester, Manchester University Press, 2007).
Thompson, Dorothy, ed., *Over Our Dead Bodies: Women against the Bom* (London: Virago, 1983).
Thompson, E. P., *Protest and Survive* (London: Penguin, 1980).
——, *Star Wars: Self-Destruct Incorporated* (London: Merlin, 1985).
——, *Zero Option* (London: Merlin, 1982).
Updike, John, *The Coup* (1978; London: Penguin Books, 2006).〔ジョン・アップダイク『クーデタ』池澤夏樹訳（河出書房新社、二〇〇九年）〕
——, *Rabbit, Run* (London: Penguin Books, 2006).
U.S. Department of Energy Office of Nuclear Energy, Science, and Technology, *The History of Nuclear Energy* < https://www.energy.gov/ne/downloads/history-nuclear-energy>.
Vonnegut, Kurt, *Cat's Cradle* (London: Penguin Books, 2008).〔カート・ヴォネガット『猫のゆりかご』伊藤典夫訳（早川書房、一九七九年）〕
Williams, John A., *Jacob's Ladder* (New York: Thunder's Mouth Press, 1987).
Žižek, Slavoj, *The Sublime Object of Ideology* (London: Verso, 1989).〔スラヴォイ・ジジェク『イデオロギーの崇高な対象』鈴木晶訳（河出書房新社、二〇〇一年）〕

アーレント、ハンナ『イェルサレムのアイヒマン——悪の陳腐さについての報告』大久保和郎訳（みすず書房、一九九四年）
——『全体主義の起原』全三巻、大島通義・大久保和郎・大島かおり訳（みすず書房、二〇一七年）
——『人間の条件』志水速雄訳（筑摩書房、一九九四年）
池澤夏樹「『クーデタ』解説」ジョン・アップダイク『クーデタ』池澤夏樹訳（河出書房新社、二〇〇九年）三五五—六九頁
井上あえか「パキスタン政治におけるイスラーム」『アジア研究』四九巻一号（二〇〇三年）五—一八頁
井樋三枝子「アメリカの原子力法制と政策」『外国の立法：立法情報・翻訳・解説』二四四号（二〇一〇年六月）一八—二八頁
ウェーバー、マックス『権力と支配』濱嶋朗訳（講談社、二〇一二年）

ヴェルヌ、ジュール『十五少年漂流記』波多野完治訳（新潮社、一九五一年）

奥畑豊「架空の冷戦と文化的残骸：アンジェラ・カーター『ホフマン博士の地獄の欲望装置』における間テクスト性の考察」『テクスト研究』一四号（二〇一八年）一―二二頁

――「石油危機、原子力、独裁者、ＳＦ――J. G. Ballard, *Hello America* 小論」『比較文化研究』一三八号（二〇二〇年）一一―二〇頁

――「独裁制、女性たち、（架空の）パキスタン――Salman Rushdie, *Shame* を読む」『日本女子大学紀要：文学部』七〇号（二〇二一年）三三―四八頁

――「ビッグ・ブラザーからビッグ・マンへ――オーウェル、ナイポール、開発独裁」『比較文化研究』一四一号（二〇二〇年）五五―六五頁

――「冷戦の終わりに――ジュリアン・バーンズ『ポーキュパイン』とイアン・マキューアン『黒い犬』について」『比較文学・文化論集』三六号（二〇一九年）二七―四〇頁

小田英郎「タンザニア・ウガンダ戦争とアミン政権の崩壊：二国間戦争から解放戦争へ」『法學研究：法律・政治・社会』六八巻一〇号（一九九五年一〇月）五九―七八頁

落合雄彦「ナイジェリアにおける『民族問題』と制度エンジニアリング――軍事政権期を中心にして」『アジア経済』四六巻、一一・一二号（二〇〇五年一一月）七一―九七頁

川端康雄『オーウェルのマザー・グース――歌の力、語りの力』（平凡社、一九九八年）

――『ジョージ・オーウェル――「人間らしさ」への讃歌』（岩波書店、二〇二〇年）

小林健一「米国における現代的エネルギー政策の成立――カーター政権のエネルギー政策」『東京経済大学誌：経済学』二八五号（二〇一五年二月）二六九―八八頁

ザミャーチン、エヴゲーニイ『われら』小笠原豊樹訳（集英社、二〇一八年）

島村直幸「アメリカと帝国、「帝国」としてのアメリカ」『杏林社会科学研究』三三巻三・四合併号（二〇一七年三月）二五―六〇頁

シュミット、カール『合法性と正当性――中性化と非政治化の時代』田中浩・原田武雄訳（未來社、一九八三年）

――『独裁――近代主権論の起原からプロレタリア階級闘争まで』田中浩・原田武訳（未来社、二〇一七年）

ソレル、ジョルジュ『暴力論』今村仁司・塚原史訳（岩波書店、二〇〇七年）

ナボコフ、ウラジーミル「断頭台への招待」『世界の文学8 ナボコフ』川村二郎ほか編、出淵博・富士川義之訳（集英社、一九七七年）

成田瑞穂「カルロス・フエンテスと独裁者小説」『神戸外大論叢』六四巻五号（二〇一四年）四五―六〇頁

ハーバーマス、ユルゲン『第2版 公共性の構造転換：市民社会のカテゴリーについての探究』細谷貞雄・山田正行訳（未来社、一九九四年）
原口武彦「ソマリア内戦――民族、部族、氏族」『アフリカレポート』（一九九三年三月）一〇―一三頁
ヒトラー、アドルフ『わが闘争――完訳』全三巻、平野一郎・高柳茂訳（黎明書房、一九六一年）
ファノン、フランツ『地に呪われたる者』鈴木道彦・浦野衣子訳（みすず書房、二〇一五年）
フィッシャー、マーク『資本主義リアリズム』セバスチャン・ブロイ・河南瑠莉訳（堀之内出版、二〇一八年）
プラトン『国家』上下巻、藤沢令夫訳（岩波書店、一九七九年）
ベンヤミン、ヴァルター『ベンヤミン・アンソロジー』山口裕之訳（河出書房、二〇一一年）
ホルクハイマー、マックス&テオドール・アドルノ『啓蒙の弁証法――哲学的断想』徳永恂訳（岩波書店、二〇〇七年）四八九頁
マルクス、カール『ゴータ綱領批判』望月清司訳（岩波書店、一九七八年）
メルロ＝ポンティ、モーリス『ヒューマニズムとテロル――共産主義の問題に関する試論』合田正人訳（みすず書房、二〇〇二年）
リオタール、ジャン＝フランソワ『ポストモダンの条件――知・社会・言語ゲーム』小林康夫訳（書肆風の薔薇・星雲社、一九八六年）
――『リビドー経済』杉山吉弘・吉谷啓次訳（法政大学出版局、一九九七年）
ローゼンフェルド、アルヴィン・H、『イメージのなかのヒトラー』金井和子訳（未来社、二〇〇〇年）

【ワ行】

【ヤ行】

【ラ行】

【ヤ行】

【ラ行】

【マ行】

【ナ行】

【ハ行】

【タ行】

【カ行】

索引

※おもな人名、事項を五十音順に記した。
作品は作家ごとにまとめてある。

【著者】’

奥畑 豊

（おくはた　ゆたか）

1990 年、兵庫県出身。慶應義塾大学文学部人文社会学科卒業。東京大学大学院総合文化研究科修士課程修了。2019 年 9 月、ロンドン大学バークベック・カレッジ大学院博士課程修了 (PhD in English Literature)。中央大学、東京大学にて非常勤講師を務め、2020 年 4 月より日本女子大学文学部英文学科専任講師。専門はイギリスを中心とする 20 世紀以降の現代文学（小説、戯曲）。単著に博士論文を基にした *Angela Carter's Critique of Her Contemporary World: Politics, History, and Mortality* (Peter Lang, 2021) がある。また、第 29 回福原賞（福原記念英米文学研究助成基金・出版助成）を受賞し、日本語の第一単著『ハロルド・ピンター——不条理演劇と記憶の政治学』（彩流社）を 2021 年 6 月に刊行。主な論文に「ハリウッド、冷戦、家庭：Angela Carter の *The Passion of New Eve* における女性像の構築」『英文学研究』95 巻（2018 年）、“Angela Carter and Modern Japanese Fiction: Her Re-Encounter with Western Literary Legacies”, *Contemporary Women's Writing* (forthcoming) など。

日本女子大学叢書 24

ビッグ・ブラザーの世紀《せいき》

英語圏《えいごけん》における独裁者小説《どくさいしゃしょうせつ》の系譜学《けいふがく》

2021 年 8 月 10 日　第 1 刷発行

【著者】
奥畑 豊

発行者：高梨 治
発行所：株式会社**小鳥遊《たかなし》書房**
〒 102-0071　東京都千代田区富士見 1-7-6-5F
電話 03-6265- 4910（代表）／FAX　03 -6265- 4902
http://www.tkns-shobou.co.jp

装幀　中城デザイン事務所
印刷・製本　モリモト印刷株式会社

ISBN978-4-909812-66-7　C0098